红 柯 著

创世纪

老兵的故事

河南文艺出版社

·郑州·

创世记：一座城市的历史

——代序

红　柯

　　新疆有许多古城，楼兰、交河、龟兹（库车）、于阗、伊犁、喀什噶尔……那都是汉唐时代张骞通西域、玄奘西天取经的必经之路。甚至比张骞更早，民间交往往往早于官方、早于朝廷。我曾写过一篇《龙脉》，大意在有丝绸之路之前，就有这种交往。《山海经》《穆天子传》里不但有昆仑神话，还有周穆王天池会西王母多少有点"创世记"的意思了。今天新疆维吾尔自治区首府乌鲁木齐是清朝才出现的一座城，汉唐天山南北再往西就叫西域，西域的重心在伊犁，从伊犁后撤乌鲁木齐时，就叫新疆了。乌鲁木齐是一座年轻的城市。二十世纪五十年代，天山南北又出现了一批新城，二十万大军铸剑为犁，不与民争地，在荒无人烟的戈壁滩上开出一座座新城，也就是被后人誉为创世记的壮举，如阿拉尔、五家渠、北屯、石河子、奎屯……我这里讲的就是奎屯。我曾在《收获》2003年4期发表过一篇《奎屯这个地方》。内地很少有人知道这个地方，人家知道石河子、克拉玛依、伊犁，甚至独山子，就是不知道奎屯，我总是要解释半天。

我几十年都生活在小地方。我离开奎屯迁居陕西宝鸡，宝鸡这个地方也是除了陕西很少有人知道，外地朋友竟然问我在哪个宝鸡，地图上有个宝鸡市，还有个宝鸡县。当时把我给弄蒙了，居住在宝鸡跟所有宝鸡人一样以为宝鸡有多牛皮！后来宝鸡市干脆把宝鸡县划为一个区——陈仓区，2004年冬迁居西安后就不再特意强调自己的地理位置了。我在宝鸡上过四年大学，又在那儿工作了近十年。我专门写过一篇《宝鸡，火车下的蛋》，还写过一部长篇《阿斗》，宝鸡是三国古战场，又是阿斗投降后的封地，写《阿斗》算是我对宝鸡的一个交代。奎屯也是我生活十年的地方，大学毕业就从陕西关中远行至天山北麓那座小城，在那里成家立业，写了不少有关奎屯的小说，还意犹未尽。

奎屯这个称呼最早源于十三世纪蒙古大军西征，从不儿罕山一直打到东欧大平原的蒙古军在地球上兜了一个大圈子，回师征西夏，途经天山北麓，奇寒无比，蒙古战士忍不住叫起来，"奎屯，奎屯"，就是汉语"冷啊，冷啊"的意思。这么一喊，一个地名就出现了。蒙古人给大地取的名字可以成为一门学问：乌鲁木齐——优美的牧场，阿尔泰——金子，阿克苏——白水，乌苏——清水，伊犁——大头羊，阿力麻里——苹果城，喀纳斯——美丽而神秘，可可托海——绿色丛林，乌尔禾——套子。在蒙古人之后，哈萨克人给了奎屯另一个名字——哈拉苏（在蒙古语中是黑水的意思，黑水即清水）。无论是蒙古人还是哈萨克人，奎屯最早是一片牧场，跟戈壁滩交错在一起的草地。奎屯的左邻右舍乌苏与沙湾，汉唐就是屯田垦区了，清朝时已经相当繁华了。《玉娇梨》里就有乌苏古城，奎屯南边的独山子清朝末年就是一座油矿了，也是新疆最早的工业。奎屯仅仅是一个小驿站。林则徐充军伊犁，途经奎屯住了一宿，在日记中写了一句："奎墩（屯），居民百余，闻水利薄，田非膏腴。"奎屯市成为城市以后各种版本的地方史志都从林则徐这一句日记开始。蒙古人、哈萨克人的口语正式化为文字了嘛。奎屯人还在西公园为林则徐修了塑像。林则徐说得很清楚："田非膏腴"——不是一个土地肥沃的地方。我曾在一篇文章中写过这样一句话：热爱一片土地，不一定非得人杰地灵、珍宝满地。新疆这样的地方不多，二十世纪五十年代开始屯垦的地方都荒无人烟。军垦第一座新城是石河子，天山大峡谷流出的一条河，满河床全是石头，就叫石河子。建设兵团司令部最早设在石河子，后来迁乌鲁木齐市光明路，石河子是兵团副政委张仲瀚亲自负责设计的，完全可以当作全国城建的楷模。奎屯垦区是从石河子分出来的。石河子是农八师，奎屯是农七师。农七师部最早在沙湾，政委史骥、师长刘振世领一班人马沿玛纳斯河寻找落脚点，从炮台到小拐大拐到车排子，发现了另一条河——奎屯河，农七师从此跟奎屯河连在一起。建设兵团每个农业师都有军垦第一犁。农七师的第一犁就在师部所在地一三一团，最远的是一三七团，也就是我在长篇《乌尔禾》写的乌尔禾小绿洲。

1986年秋天我落户奎屯的时候，奎屯只有三栋楼，农七师师部大楼、奎屯市委市政府大楼、红旗商场。市区的主要树种就是白杨树、新疆杨，红旗商场前边还有高大的银叶金果的沙枣树。我执教的单位伊犁州技工学校位于西区，与市三中为邻，以林带相隔，南边隔一条碎石马路是伊犁教育学院，西边也是一条碎石马路，一条林带一条小河，河西岸是水工团，往北一公里就是一三一团。当时还能见到地窝子，我还记得我第一次在地窝子旁边与一位中年农工聊天时的那种震撼。后来我联系上我的叔叔和婶子，他们1958年来新疆，在农五师九十一团，一个叫托托的地方，我去待过一段时间，《玫瑰绿洲》写的就是托托。当时叔叔婶子还住土坯房。从地窝子到郊区的土坯平房，到市区的砖房，再到市中心的现代化大楼，可以说是从原始到现代的跳跃式前进，地地道道的创世记。后来我读到农七师原政委史骥的回忆文章，史骥与刘振世当时可以坐小车，大概是美式吉普或苏联的"羊毛车"。两位首长巡查辽阔的垦区，数万将士的作业区泥浆泛滥、蚊蝇飞舞。战士们发明了许多土法子，如戴纸帽子，只露两只眼睛，身上涂满青泥。政委师长也学战士的样子，戴纸帽子。一群奇形怪状的人在万古荒原上开天辟地。夜宿地窝子，即在地上挖坑，压上树枝、芦苇，再压上土，炕桌、木凳都是从土上凿出来的。婚房也是地窝子，很容易走错。跟我聊天的农工告诉我，每个连队都闹过这种笑话，顶多是一个尴尬的笑话，日后相处很好。那个年代不可能再演义出什么新花样。长篇《乌尔禾》就是这样开头的，海力布走进了王卫疆父母的地窝子，但读者读不到庸常的"武侠武打"。军垦第二代大多出生在地窝子里。从地窝子开始，后来出现土坯平房，砖房、楼房出现的时候已经有城的气象了。

农七师师部大楼就是20世纪50年代的俄式建筑，砖木结构，楼梯地板都是厚木板，宽大的门廊和圆柱。周围的林带有几百米宽，简直是一座森林。这座俄式大楼一直保留到1993年，拆掉了。新建的师部大楼十层，有电梯，林带变成广场，有音乐喷泉，钢塑"军垦第一犁"。但我们一家更怀念那座俄式大楼和楼周围森林般的林带。中国的城市中心很少有这么茂密高大的树林，几百亩大。从这座大楼开始往东依次是客运站、州医院、棉纺厂、发电厂、造纸厂、砖厂、东果园，往西依次是汽车营、烟厂、酒厂、农机厂、面粉厂、西公园。1975年，奎屯设市，农七师师部南边出现新的大街和市委市政府大楼，市政府广场，直对乌伊公路和独山子矿区。1992年北疆铁路通车，奎屯电视台、广播电台宣传了整整一个月。通车那天，各单位用车拉大家去看剪彩仪式。那些当年的军垦民兵、支边青年，听从党的召唤西上天山的女兵，一辈子也没离开过这块土地，他们的孩子也很少有离开的机会，火车对他们来说意味着一个遥远的梦想。1992 年开始，数年间几百栋大楼拔地而起，市区的杨树、沙枣树、榆树换成了新树种和进口草皮。郊区和垦区的条田上依然傲立着榆树、沙枣树和杨树，以抗风沙。1993 年，奎屯栽种了五公里长的新疆玫瑰，半人高，我每天早晨沿这条玫瑰大道长跑。哈萨克妇女采集玫瑰花制作花酱，我们家用玫瑰烙饼子。1998 年我重返奎屯时，玫瑰又砍掉了，换成了进口草皮。

奎屯以乌伊公路与独山子相隔。乌伊公路已建成高速公路，与乌苏以奎屯河相隔，乌苏已设市，奎独乌区域被经济学家誉为新疆的"金三角"。1995 年年底，我们全家迁居陕西后，我又多次重返新疆。2010 年 6 月底又去了一次，从伊犁河谷尼勒克进入西天山腹地唐布拉草原，再往前就是独库公路与伊乔公路交会的地方乔尔玛了，那也是奎屯河的上源。乔尔玛不但有当年修筑独库公路牺牲战士的陵园，还有农七师水工团的一个水文站。奎屯绿洲就靠这条奎屯河。奎屯河不大，却很暴烈，汛期常常出现冰块堵塞河床的现象，不能用炸药也不能用机械，只能用十字镐沿途敲打。农七师水工团的职工腰间系上绳索，下到河面作业，五十年代至今，有七十多位职工献身。我的小说《雪鸟》写的就是水工团破冰人的故事，发表在《山花》2000 年 4 期。奎屯河乔尔玛水文站，是奎屯最偏远的一块"飞地"，只有一个职工，默默工作一辈子，单身，河就是他的女人。以乔尔玛为原型，我写了《乔儿马》，发表在《人民文学》1999 年 5 期。还有上千名军垦老兵，跟这位水工站职工一样终身未娶，没有女人，只有大地为伴。我的"天山系列"长、中、短篇五百多万字，写奎屯的仅二十多万，过于沉重的东西，文字难以表达。

目　录

他们创造了七个家园，

他们老了，

孩子把他们写成了书。

卷一

阿　尔　泰

营长从野战军变成建设兵团的"兵团人"，去了一趟阿尔泰，让阿尔泰震了一下，震了个没吭声。上级命令大家速战速决找媳妇。营长回陕西老家找媳妇，营长也没忘阿尔泰的美妙风光。营长在村里转了几天，花花绿绿的女子入不了眼。营长眼里全是阿尔泰的森林、湖泊和草原，这不能怪营长太挑剔。营长就转出村子，转到县城。县中刚放学，街上最惹眼的就是学生娃。1950年代的高中生跟金子一样都是宝贝疙瘩。一个高高挑挑白净红润的女学生走过来，走到营长眼仁里，跟遥远的阿尔泰风光挤在一起。营长的眼睛就大了，鼻孔也大了，耳朵忽扇忽扇，喉结突突跳像山上滚石头。营长在阿尔泰草原听过哈萨克人唱歌："我骑马过你家/你的歌声入云霞/我滚下马滚到了坡底下。"营长的喉结就滚得这么厉害。营长走到女学生跟前，唉！叹口气，女学生很奇怪地看这个年轻军官，年轻军官说："这么乖个姐姐①待这搭亏死了。"女学生就说："那你说待哪搭亏不死？"营长就说阿尔泰，阿尔泰嫽得太，你要待在阿尔泰你就嫽得没边边了。

女学生就跟上营长来到阿尔泰。

营长的传奇故事是这样开始的。兵团政委张仲翰点名要营长去阿尔泰。营长和几个专家提前走。专家里头有搞测绘的、有搞土壤的，他们都是学问很深的人。他们坐一辆美式吉普，晃荡了三天，第四天到达阿尔泰。

那正是 1958 年的秋天，中亚细亚大草原和那贵族气质的群山出现在他们面前。司机来过好几次，司机待在车里抽烟。司机知道这帮子人要惊讶好半天。司机第一次来阿尔泰，把车开到草窠里去了，那回车上坐的是王震。王震跟司机一样被这座贵族气质的山震住了。司机听见王震自言自语："怪不得我叫王震哩。"几个参谋就开司令员的玩笑："毛主席叫你到新疆就为这。毛主席说王胡子植被茂密，到祖国最荒凉的地方种庄稼去吧。"将军望着阿尔泰山，望了很久，他的军帽早已托在手里，草原和群山静悄悄的。卫兵参谋司机和车也是静悄悄的，他们就像中亚腹地的一丛植物。

那种沉静依然留在司机的脑子里。司机就下来了。司机

———

① 西北方言把未婚女子叫"姐姐"，"乖"即美丽漂亮。

跟大家站在一起。他听见营长说，"我看见金子啦"。司机说："阿尔泰蒙古语就是金子的意思。"

"我说的不是蒙古语，我说的是这座山，蓝色中有金光。"

"那是植物，新疆的植物都是这颜色。"

"那我就来对了，我是来种地的。"

大家都看那座山，它跟任何山都不一样，它是从北亚大草原到中亚大草原中间慢慢隆起来的。牧草从远处来，从四面八方来，来到阿尔泰，牧草就高起来，牧草捧着各色各样的花，到阿尔泰，草原花就自然地排列组合成整整齐齐的图案向高处蔓延，就这样从牧草和花的海洋里伸展出灰蓝色的岩石。那些石头跟天空连在一起，坡度平缓，畜群会不自觉地吃草吃到天上。人却望而止步。营长南征北战，见过多少壮烈的场面，见过多少气势磅礴的大山。阿尔泰静悄悄的，平缓而灰蓝的山体让人满目生辉，让人脖子伸长，胸腔和血液里升腾起一团雾气。营长小声说："我的灵魂飘出来啦。"

营长的脑袋周围旋着一团雾气。

司机说："那是你太紧张，流汗，汗气冒出来啦。"

土壤专家摸营长的额头："他体温很正常。"

测绘专家翻看营长的眼睛："问题在这里边，他眼睛里有梦幻。"

两个专家一致认为：营长中魔啦。

他们在阿尔泰折腾好几天，吃住在专署。这里有个挖金大队。司机叫营长去看金子，营长对金子不感兴趣，营长喜欢这里的群山和草原。专署所在地是一座小城，坐落在群山丘陵间，额尔齐斯河的一条小支流克兰河从小城中间流过。1958年的阿勒泰，跟个小集镇差不多。营长很容易走出大街，走进山野。有时一整天不回来。有一次回来时浑身水淋淋的，据他说是抓鱼时掉进额尔齐斯河，差点漂到北冰洋。专署的人提醒他：山里有土匪。

群山深处时有枪响。枪声带很长的哨音，跟鸟叫一样一点也不凄惨。司机说："这家伙使的魔法，枪声都不对劲了。"专署的人也感到奇怪，他们在这儿待七八年了，乌斯满匪帮闹得很凶，草原和群山还有残匪，枪声跟夜枭一样让人心惊胆战。司机说："这是王震和张仲翰派来的宝贝，他待在这儿，阿尔泰就没事了。"

天快黑的时候，营长从桦树林里钻出来，大家都在等他。大家看见一只马鹿走进专署大院。大家以为看错了，马鹿穿过林带就成了营长。问题出在林带上。林带里全是桦树，桦树长满阿尔泰群山。营长走进专署大院，大家问他："你怎么变成马鹿了。"营长说："这里的马鹿不怕生，还往我跟前蹭，我差点让它撞倒，挪一下身子它就到了腿底下，把我驮起来啦。"营长身上有棕色的鹿毛有焦煳的马鹿味儿。大家问他听见枪响没有，这里土匪很多。营长说："扔炸弹也不顶用，全是鸟叫。"营长模仿鸟叫，就是学不来。营长说："阿尔泰的鸟声是不可学的。"大家面面相觑，司机心直口快："营长，你没感觉到什么？"

"我不明白你的意思。"

"你老革命了，怎么跟小孩一样。"

"小孩不好吗？"

司机吭哧半天，司机说："小孩好小孩好啊。"

大家怪怪地看营长，大家都走开了。

营长端着奶茶拿着馕，边吃边看天上的云，云彩变幻不定，时而像马时而像羊，云朵掠过河谷时，营长说："云响了一下。"一块挺大的白云果然撞在山上，好像岩石在呵气。营长就笑："哈，它们跟我一样了。"营长脑袋上有一团白白的雾气。营长说："这是我的云。"大家惊讶得不得了，司机说："那不是云，是他的灵魂，阿尔泰把他的灵魂震出来啦。"专署的人反而笑他们："你们和他一块的，你们就没震一下。"他们说我们震得厉害。人家就说你们脑袋上什么都没有，你们不虔诚。他们就抱怨营长爱出风头突出自己。

他们要回乌鲁木齐，营长不想走，他们说："你处处跟我们作对，你架子真大啊，张仲翰要来你去不去？"营长说："你们去汇报，我在这儿等。"

"你以为你是元帅。"

大家很生气，坐上吉普车回乌鲁木齐去了。

专署的人喜欢营长，他们给营长一匹马：在阿尔泰没有马寸步难行，他们说："就跟你没长腿一样。"

营长骑上马就不想在街上待，他一直跑到山外，在平坦的原野上调转马头；马和他都伸长脖子望着阿尔泰山。枪响他没听见，他以为是鸟叫；马也没听见。土匪冲到跟前，马刀在阳光里一闪，顺势一拉，营长就会分为两半从马的两侧落地。营长的枪在枪套里叭响一下，土匪栽下来。土匪胯下的马狂奔起来，子弹打烂了匪徒的脑袋，土匪挂在马镫上，滑过去的地方牧草闪出一道灰绿的波浪，马刀把许多牧草划断了。营长开枪完全出于军人的本能，而另一种更强大的本能又把他的视线牵向灰蓝色的群山，他的手也离开枪套，合在一起，像虔诚的圣徒在做祈祷。马也是那种神态，马刀以及枪声没能打断马的虔诚，从马湿漉漉的目光和睫毛就能看出来，灰蓝色的群山唤起骏马神圣的感情。

另一个土匪拦住狂奔的马，把伙伴解下来；他找半天没找到那半个脑袋，那半个脑袋早磨成肉酱啦。他很生气，他手里提着美式轻机枪，里边全是达姆开花弹。他骗腿上马，奔上斜坡。开阔地带有个人在马上做祈祷。土匪考虑该不该向这一个祈祷的人开枪，土匪撕一棵摇晃的芦苇，嚼一口，哒哒哒一个点射，营长和马跳起来。机枪大叫，达姆弹惊慌失措往外蹿。营长已经不跳了，营长带着满身黑黑的弹洞冲过来，机枪噎住了，达姆弹缩在弹夹里死活不出来，土匪狠扣扳机也不顶用，营长一把夺过机枪，营长说："是马克南给你的吧。"

多少年后我们还在想这个问题，我们觉得这个爱尔兰人太不可思议了，美国人用爱尔兰人的尸骨做铁路的枕木，这全世界都知道，爱尔兰人基本上都是些铁路工人，剩下的便是斯威夫特、萧伯纳、乔伊斯、叶芝这些文学大师。这个马克南却喜欢机关枪，不远万里来到中国，而且是很偏僻的新疆，撒种子似的撒播那么多机枪。

营长不可能知道这么多关于爱尔兰人的知识，可营长知道那个美国外交官马克南，新疆人都知道，特别是那些遭受匪患的人，对他刻骨铭心。

营长从土匪手里夺过枪，营长说："兄弟，牧鞭和坎土曼比这玩意儿好哇。"土匪的脸一下红了，红了脸的汉人就不再是土匪了，他打马走了，去找他的羊群和鞭子。

营长可是挨了许多枪子，幸好营长是中魔的人。达姆弹炸不开，达姆弹跟死面疙瘩一样淤在他身上弄得他很难受。马也在流血。正常的达姆弹一发就可以打掉马脑袋，那么多达姆弹憋在马身上，马很兴奋，马打吐噜，喷出的全是血。血先是顺着腿往下流，后来就从肚皮上落下来，跟小便一样嗒嗒嗒响，一下把马冲垮了。马倒在地上，脑袋高高仰起来，像在泅渡滔滔的血液之河，马眼睛闪射灰蓝色的光芒。营长用手枪顶着马脑门放了一枪，那片灿烂的灰蓝色光芒就消失了。

营长摇摇晃晃往前奔走，营长心里很急，他的血嗒嗒嗒跟尿尿一样，他奔到洼地的桦树林里。那里有顶蒙古包，营长血肉模糊的样子把蒙古族老妈妈吓一跳，营长说："老妈妈，快止住我的血。"老妈妈用香灰堵都堵不住，老妈妈哭了："这么多窟窿啊孩子，佛爷也救不了你啦。"

"我不想死。"

"我求佛爷让佛爷收下你。"

"老妈妈你不要求佛爷，我还要种地。"

"那是群山和草原，那是牲畜待的地方啊，孩子。"

"群山和草原之间很大很大。"

"那是荒漠。"

"那就是我要去的地方。"

老妈妈拔出蒙古刀揭桦树皮，很新鲜的桦树皮冰凉冰凉，裹在枪眼上，营长硬邦邦跟一棵树一样。老妈妈把他搬进蒙古包。营长说："老妈妈，我会死吗？"

"死亡离你很近。"

营长已经看见死亡的影子了。

老妈妈说："英雄好汉常常跟死亡打照面，躲开的不是好汉，是死亡。"

营长说："我的血快流光了，我身上全是洞，我这样子怎么活呀？"

老妈妈说："流掉的血会回来，张开的洞会发芽长肉。"

成吉思汗年轻时，与泰亦赤兀惕人打仗，被箭射伤了嘴和咽喉，衰竭无力地回来了，身边只有两个那颜①，正下着大

① 那颜：贵族。

雪。那颜勒住他的马，见成吉思汗处于这样一种状态，便烧红了石头，浇了些雪水直到蒸气升起。他们把成吉思汗的嘴托到蒸气上，直到淤血从他喉中吐出来，他的呼吸才稍微舒畅些。雪盖满他们的腰，他们没法从原地挪动。到了清晨，他们将成吉思汗扶到马上。

敌人到处搜索他们，群山和草原上全是敌人的马队，山岳被震得发抖，可成吉思汗只听见雪花飘落的声音。这是那颜从大汗的耳朵上看出来的，大汗的耳朵跟没长羽毛的鸟一样飞动着，大汗说："雪花就是它的羽毛，真正的飞翔就是这种不要翅膀的虔诚。"这是蒙古人第一次听到虔诚这个词。

后来蒙古人的马队到了世界各地，那里有繁华的城市和辉煌的文化，那里有浩如烟海的书籍，书上写满了虔诚这个词。蒙古人就告诉那里的居民，这不是真正意义上的虔诚，真正的虔诚不要痕迹。蒙古人所说的痕迹就是表达虔诚这种神圣情感的字。蒙古人是不识字的，他们认识天空和大地。

大汗在敌人隆隆的马蹄声中陷入对大雪对冬天对整个群山和草原的沉思，大汗从无边无际的沉思中只说出这么一个词。大汗说："高贵的情感不可能太多，人只有两个耳朵，一只耳朵只能咽一个字。"大汗的话很简略。大汗的话在那个危机四伏的雪天便成为札撒，札撒是蒙古人的律令，也是草原和群山的律令。

当律令出现的时候，敌人还那么凶那么张狂，大汗就感到可笑。那时的蒙古人，狂躁自私，打斗不休，草原乱哄哄的。大汗说："草原必须静下来，蒙古人跟雪花一样沉静下来的时候蒙古人就有希望了。"大汗说："我先静下来吧。"

马竟然在那颜们之前明白了大汗的心意，马穿过大雪来到丛林里的湖边。那是一片静静的水域，大汗很高兴，大汗说："这正是我所需要的。"

两个那颜感到惭愧。

大汗说："这有什么奇怪呢，你们两个加起来才四条腿，马一个就有四条腿。"那颜不禁对马刮目相看。

大汗说："它不是一般的牲畜，它是上天给我最好的那可儿[1]，它们也是最尊贵的那颜。人在马跟前是惭愧不起来的，你们很快就会看到马给我们蒙古人带来什么。"

英雄时代开始的时候，成吉思汗那么孤单、那么衰竭，他跟前只有两个那颜和他们的马。马和主人一样衰竭。主人全倒在湖边，可马还站着，主人从马身上看到一种神秘的力量。大汗说："我们祈誓吧。"大汗把腰带解下来，大汗和他仅有的两个那颜伏在地上，就像祈求上天一样祈求马。马的眼睛便有了灰蓝色的灿烂之光。马在那一天成了上天的神物。这是腾格里通过成吉思汗之口告诉蒙古人的。那颜是最早听到神谕的蒙古人。大汗说："这是我铁木真最高贵的一天。"那颜见成吉思汗的健康处于这样一种状态，就不明白大汗所说的话。大汗告诉他们：当人像海子里的水那样躺在地

---

[1] 那可儿：亲兵。

上时，人就高贵起来啦。

大汗身上的肉都烂光了，大汗说："我的肉烂得这么净是为了接近神灵。"

那颜带有一副渔网，那颜把网撒到海子里，捕到一条肥大的红鱼。那颜没有力气把鱼拉上来，就这么让鱼带着网在水里游动。

大汗说："你不要把鱼拉上岸，鱼上岸就等于剥了它的肉。"

那颜说："鱼上了岸人才能吃它。"

大汗说："让神灵给我长肉吧，长得跟这鱼一样。"

鱼动得很厉害，那颜不肯松手。

大汗说："这么壮的鱼，它会把网当成衣服。"

网果然成了鱼的衣服。最初的鱼鳞是乱糟糟的，只有到了那神圣的一天，鱼鳞才成为好看的图案。后来成吉思汗在阿尔泰的大湖里又见到这条巨大的红鱼。那湖在群山的腹地，成吉思汗叫一声哈纳斯，红鱼就像太阳一样从水里出来了。红鱼穿着那身漂亮的衣裳。成吉思汗对他的骑手说："看看你们身上穿的是什么？"骑手看他们身上的铠甲时，铠甲就放出鱼鳞状的光芒。大汗说："有这身衣服，你们就可以走到最后的海洋。"蒙古人就把鱼当神物，鱼跟太阳一样，在黑夜里眼睛也是睁开的。

那颜说："不吃鱼怎么能长肉啊。"

大汗好像快要入土了，地上只露着他的头颅，大汗到了这时候还是那么从容那么镇定，大汗说："森林是我的住处，土地是我的枕头，我的肉已经长出来了。"接纳生命的黄土竟然鲜活起来。大汗说："你来做斧头，我来做斧柄，让我们长出最好的肉。"大汗跟大地说完话就站起来。那颜看呆了，那颜是最早看到这一奇景的蒙古人。蒙古最早的叫法是萌古，是从柔弱中萌动强大的意思。成吉思汗一下子感悟到草原人生命的奥秘。

大汗说："铁木真是从土里钻出来的。"

那是那颜亲眼所见。

大汗说："草是从土里钻出来的。"

那也是那颜们亲眼所见，也是所有草原人亲眼所见。

泥土这种朴素而简单的举动暗示着什么。

大汗说：这种朴素虔诚的生命就是我们蒙古人。

在那神圣的一天，草原人从萌芽状态进入英雄时代。

蒙古老妈妈叫起来："肉长出来啦，跟春天的草一样。"老妈妈的耳朵跟鸟儿一样贴在营长的腿上，老妈妈说："儿子娃娃的肉先从腿上长。"营长身上很快有了血液的流动声，老妈妈喊起来："哈纳斯哈纳斯，泉水一样的血啊流得再快一些流得再猛一些。"肉猛猛地长，血猛猛地流，营长一下子坐起来。老妈妈喊："你的命回来了，你的命跟海子里的红鱼一样跳起来啦。"

营长是跳着站起来的。

在他虚弱的日子里，老妈妈不停地用奶子喂他。他喝了好多好多奶子。他还能闻到自己身上的奶香。营长不好意思了，他感到自己像个婴儿。老妈妈太高兴了，她喂活了一条命。"我把死亡打跑了，"她说，"我们蒙古人就是在一天里从婴儿长成大小伙子的，我们刚开始弱得跟草一样，我们的成吉思汗弱得连一丁点好肉都没有，就剩下骨头啦，谁能把命存在骨头架里，成吉思汗就让蒙古人的命从他男子汉的骨头缝里挣出来，蒙古就是这样从柔弱的草猛长成鹰。"

营长长了一身好筋肉，桦树皮揭不掉啦。他的脸上身上留着树皮上的疤。老妈妈说："儿子娃娃不能太光滑，涩巴一点好。"除过那几块黑疤，营长几乎全是白桦树的肤色了。老妈妈说："你可以活到二百岁。你跟一棵树活在一起，你就有树的寿命，你还会有树那样的根，能扎在群山和草原的任何地方。"

营长说："我扎在荒原上。"

"那你要吃好多苦。"

"我愿意吃那么多苦，我可以把整个荒漠吃下去。"

"那你就会成为绿洲。"

"我就是一片绿洲。"

"你是得到神谕的人，神已经启示你了，是神让你来种地的。"

专署的同志在草原上找到营长的马，马早断气了。专署的人断定营长让土匪杀害了。

张仲翰将军带着基建处长、灌溉管理处长一大帮人，到阿尔泰规划组建建设兵团第十个农业师。营长从旷野深处走出来，大家看到的是一个树人，一个白桦人。将军还是认出了他的部下，营长向首长敬礼，营长的手发出树叶的哗哗声。

将军说："我已经听到绿色家园的声音了。"

营长说："给我们的家园起个名吧。"

他们待的那个地方是当年成吉思汗的点将台，叫多尔布尔津，是个很荒凉的地方。张仲翰注定要成为建设兵团最有诗意的将军，将军绿色的大手一挥："这里是我们兵团人最北的家，就叫北屯吧。"

新组建的兵团官兵都急着找媳妇，那是上级的命令，必须回老家速战速决领一个大姑娘归队。

营长不着急，离开蒙古包的时候，蒙古老妈妈告诉他：你走过的地方牧草会燃起绿色火焰，花儿会发出宝石般的光芒，丫头会心花怒放。营长说："有一个丫头就够了。"老妈妈笑："那是你们汉人的习惯，可你不是纯粹的汉人了，你的命一半是树，树根要长到什么地方，只有土知道。"

"阿尔泰已经让我中魔了，能跟阿尔泰相比的丫头才能打动我的心。"

老妈妈告诉他：千万不要用美丽来卡女人，世界上所有的事情都能卡住女人，只有美丽卡不住，越卡越多，跟蜜蜂一样，"你的血是甜的，是那种加了盐巴的甜，女人会疯狂地爱你，你用什么卡不行，用美丽的阿尔泰，哈哈，那是火上浇油"。

离开阿尔泰的时候，营长站在北屯的原野上，默默注视阿尔泰的森林湖泊草原，以及游动其间的白云、畜群和鹰，老妈妈的忠告被抛到脑后。

他的人马还在乌鲁木齐，他发布的命令同样是可笑的：官兵必须领回漂亮媳妇，否则纪律处分。大家都笑："我们都想要漂亮媳妇，可媳妇不是画出来的。"

"那也得找一个画儿似的人来，就找你们村最乖的女子。"

回到乌鲁木齐的营长，简直就是从阿尔泰大森林里走出来的一棵白桦树。营长反复解释，那是他挨了枪子，蒙古老妈妈用树皮止血弄成这样子的。营长显然想用弹孔来吓唬司令部的女兵，女兵们不耐烦了："我们是听过枪声的，我们不是学校的小丫头。"胆子大的把枪拔出来，顶着白胳膊，她们已经在新疆待惯了，已经染上浓烈的羊肉串味。营长的部下就嚷嚷：怪不得营长不紧张，营长活脱脱一个草原王子，哪像我们。部下们告诉营长他们的求偶标准：揭开尾巴一瞧是个母的就给你提溜回来啦。

营长很生气。营长不能不生气，营长看见乌鲁木齐郊外灰蒙蒙的博格达峰，就想起美丽的阿尔泰。营长气就不打一处来，弄一群丑婆娘去阿尔泰安营扎寨，成吉思汗会在地底下笑死他的。营长一咬牙，亲自出马，回陕西老家领回一个红润润的乖女子。

他的部下也都按时归队了。大多数空手而归。搞到媳妇的，营长一一过目，营长想发火。教导员把他拉到外边，教导员说："西出阳关无故人，人家能来就不错了。"营长说："跟咱部队的装备一样，什么型号的都有。"教导员说："人家都是强劳力，身体倍儿棒。"营长说："算了算了，老套筒汉阳造照样打倒反动派。"教导员说："就这，还是大家连哄带骗搞到手的。"营长果然听见那些小媳妇，唧唧喳喳谈论美丽的阿尔泰，营长就想起蒙古老妈妈的话，美丽卡不住女人，反而让女人热血奔涌。营长的血呼啦热了，大家好像听见营长热血沸腾的声音，大家跑出来问营长："我们现在走吗？"营长问大家："你们说呢？"大家就嚷嚷："阿尔泰是咱们的家了，待乌鲁木齐有什么意思。"

那年冬天，我们跟大雪一起来到阿尔泰，阿尔泰把她的美丽藏了起来，冰雪覆盖大地，把天也堵上了。我们在茫茫白雪中来到阿尔泰。我们是坐车来的。沿途的戈壁沙漠也被雪封住了。雪让世界变得明净而简单。

突然，车停下来，司机说："到了，下车吧。"

一望无垠的白雪覆盖的原野伸向远方，大荒原空旷、岑寂，听不到一点代表生命的声响。营长也吓一跳，这是阿尔泰另一副面孔。千号人与大荒原静静地对峙着。老兵们是带家来的，他们有老婆，他们也有娃娃，他们的娃娃哇哇哭起来。哭声在万里荒原上显得那么柔弱。

营长说："这是荒原上第一个哭号的孩子。"

孩子的父亲说："他妈生他的时候，老子正跟胡宗南打仗呢，没听上他落地的哭声。"

那个十来岁的孩子哭得跟刚出世的婴儿一样。母亲紧紧抱着他，母子俩不敢往车外看。

营长跳下车，营长说："盖天睡地，这是我们的家。"

男人们噗通噗通全跳下来，雪没过腰间，个子矮的快要到肩膀了。雪地上全是小矮人，小矮人们拼命动，越动越小。

营长说："你妈正生你哩。"

大家笑。营长不笑，营长正儿八经："回忆一下婴儿的动作，婴儿是咋出来的。"营长肯定是最先回忆起来的人，大家学着营长的动作，腿蹬手扒。营长的腿先出来了，大家都出来了，清理掉身边的雪，大家才发现他们站在大地上，有人叫起来："哈哈，老子是站着生出来的。"

在古老的传说中，腿先出来的人注定要开天辟地，成就一番伟业。

那一天，便成为他们一生最神圣的日子。

在那个神圣的时刻，女人本来是要哭的。她们心里憋得慌。她们基本上是贫下中农的女儿，她们能吃苦，长天大野的苦她们都吃得下，可这阿尔泰大荒原陕西没有，河南没有，全中国只有新疆有。她们中仅有的几个上过学的小媳妇，首先意识到自己回到了原始社会。她们的男人在深雪里挣扎的时候，她们大张开嘴，可她们没喊出来。后来她们生孩子时这么喊了，她们没有意识到女人的呼喊意味着什么，可男人的动作显然是有暗示性的。一种巨大的感动从她们身上涌流而出。此时，在阿尔泰群山腹地，那神秘的哈纳斯湖里，红鱼跟太阳一样升起来了。太阳不是从地平线上，太阳从天空深处一下子就出来了。从女人眼瞳里出来的是泪，泪含在眼瞳里，绝对流不出来，就像红鱼跃得再高绝对上不了岸，太阳无论多么辉煌绝对不会掉到地上。一股温柔而刚强的力量，把女人的泪镶在眸子里，跟宝石一样发出灿烂的光芒。

谁也想不到成吉思汗有那么一双眼睛，连他自己也不知道，那是一双女性似的猫眼。

他很早就磨练成铁石心肠。父亲也速该被敌人毒死，部落里的人也背叛孤儿寡母，他一次次从险境中逃脱。他自己也凶狠起来。他意识到一匹马容不下两个骑手，就射杀了同父异母的兄弟。统一蒙古的战争异常残酷，大汗对敌人绝不手软，斩尽杀绝，直杀到猫和狗。

他是威力的象征，人们忽略了他那双猫眼。

还是有人感觉到他身上的某种诗意，那人就是翁吉剌部落酋长德薛禅。成吉思汗五岁那年，父亲也速该带他去德薛禅家做客，德薛禅很喜欢成吉思汗，两家便结为娃娃亲。岳父很自豪地说："我不稀罕万里疆土，我们只愿生一个美丽的女儿。"那个美丽的蒙古少女孛儿帖就成为成吉思汗挚爱终生的妻子。妻子对丈夫的挚爱同样出于对英雄的崇拜，男人的勇武与豪迈是草原人最骄傲的东西，也是女人最喜欢的。那双漂亮的猫眼如同明珠暗投，不为人所知晓。

1204 年秋天，大汗和他的蒙古铁骑开进阿尔泰草原，大汗惊讶得说不出话。那是大汗和蒙古军在不儿罕山以外见到的第二座山，也是他们征服世界以后见到的最美丽的群山。山体所透露的灰蓝，唤醒了大汗身上的某种东西，大汗在马背上就对他的大军下令："不许上山，朕的眼睛在这座山上。"那颜、那可儿们看他们的大汗，他们果然看到那双猫眼，他们急切地恳求大汗："视察我们的马队吧，那都是草原上最好的马最好的骑手。"

大汗策马徐行。那是中亚腹地最美丽的秋天，在阿尔泰草原上，所有的蒙古马和蒙古骑手，全都领略了大汗那双美丽的猫眼。正是这双猫眼照耀着骏马和骑手冲出阿尔泰，席卷亚欧大陆，他们心甘情愿流血直至万箭穿身，也难以忘怀那双猫眼所闪烁的美。

阿尔泰改变了大汗的心性。当他策马走过他的大军时，他从骑手与骏马的神态里感受到一种新的东西，一种超越强权的膜拜。直到现在，蒙古人才从灵魂深处衷心地拥戴他。大汗被这种神圣的东西感动着。

他已经走到大军的尽头，他没有停下的意思，他好像在视察那些黄茸茸的牧草，明亮的花朵和顾秀的白桦树。在他颁布的札撒里，骑手是不许哭的，即使死了亲人也不许哭，只能用敌人的血来祭奠。可大汗自己的眼睛里却涌动着这种札撒所不允许的东西。那种东西是不能让军队和战马看到的。他自己也不想看到。他就把泪遏制在眼瞳里。镶在眼瞳里的泪一下子闪射出灿烂的光芒，直达阿尔泰山顶。那也是他的律令所不允许的，他的瞳光湿漉漉地落到阿尔泰山顶。那是一种温柔的回归，回归后的温情很容易辉煌起来。那已经是好多年以后了，营长和他的战友在荒原上开出绿洲，美丽的庄稼长起来的时候，工厂也建起来了，工人从灰蓝色的岩石里开采打磨出闻名世界的猫眼宝石，在黑夜里也能闪闪发光，跟星星一样。草原上的蒙古人兴奋地大叫：成吉思汗成吉思汗。成吉思汗以后的蒙古人谁都知道，他们的大汗有一双美丽的眼睛。那双眼睛被打磨成世界上最美丽的宝石。

　　成吉思汗的泪水就这样坚硬起来。一颗豪迈而勇武的雄心一旦放射出美丽的光芒，就会产生震撼世界的力量。大汗似乎走到大地的尽头，他脚下那条温暖的绿色河流额尔齐斯河，把阿尔泰的美一直带到北极。这是大汗所不知道的。大汗没必要知道这么多。鹰从山顶起飞，翅膀平展展的。大汗一射双雕，名震大漠；兀鹰、秃鹫、鹞子，无不落到他的箭下。阿尔泰之鹰冲过来时，大汗没动，鹰就顺着大汗的视线飞过来，落在大汗肩上。

　　大汗就这样结束了他的视察，肩扛着鹰，高坐马上。大汗问自己："让雄鹰膜拜的是什么？"他的心灵告诉他："那是你的眼睛。""我的眼睛是什么？""是这个广漠的世界。"这双美丽的猫眼注定要照耀世界，给世界带来美。

在那神圣的一天，在茫茫的雪原上，女人的眼睛注定要流出一种超越泪水的灿烂之光，男人注定要走上再生之路。他们费很大劲扒开积雪，一直扒到冰凉的大地，用手拍拍，用脚踩踩，确信自己是站在大地上，他们兴奋得满脸通红，他们就这样完成了一个婴儿壮烈的诞生过程。

女人把行李扔下车，把锅碗端下来。男人走向荒原深处，扒开积雪，从雪里跳出一只一只野兔，赤褐色的一团，跟火焰一样。营长说："不要伤它们，它们是荒野上的火焰。"兔子在哈萨克语里就是火焰的意思。营长说："荒原自己烧起来啦，我们也能烧起来。"营长扎进雪里，抓到一根梭梭柴。梭梭柴干硬结实，干得裂口子。营长说："这些口子是喷火的。"

营长叫大家掂摸，梭梭柴在大家手里传一遍。大家都是摸过枪摸过锄头的，谁也没见识过这么沉的柴火，大家说："跟铁疙瘩一样。"女人心细，她们说得更恰切，她们说这是铜的。营长说：铁和铜是火炼出来的，梭梭柴是炼火的。营长叫大家赶快捡柴火。

大家学营长往雪里扎，雪有半人深，半截身子扎下去也摸不到。大家很惊讶地看营长，营长说："我的命是树变的，找柴火容易。"营长叫他们扒开雪，跟挖树一样。大家扒开雪，果然找到了梭梭柴。

大家越扒越有劲。柴火就堆起来了，堆得跟山一样。大家围着山一样的柴火堆，嘴里呵着热气，白花花像茂盛的白胡子，眼睛湿润润的。女人们自己给自己说话："不敢哭，眼泪就把柴火弄湿了。"女人们把喜悦憋在眼眶里，泪珠很圆把眼眶都憋疼了，女人就是不让泪珠滚出来，让它干憋着。

好多年以后，我们在诗中写道："阿尔泰的金子/是沉在母亲眼睛里的/是不可挖掘的/阿尔泰的美/是母亲的眼泪滋润的/是不可比拟的。"我们写过好多好多诗。我们是他们的儿女，稍大一点的已经在那里蹦跳了；小一点的，还没有进入母亲的身体。好多女人刚过门就跟丈夫西出阳关，风雪阿尔泰了。在进入母亲的身体之前，我们以及我们长大后写下的诗全在母亲的愿望里，我们是在愿望里长起来的，我们的诗是这样写的："我们是从远古的荒原诞生的/是在母亲妊娠前的兴奋里/在未点燃的篝火里/生命就开始萌动了。"

柴火干硬跟铜一样，女人用手擦用怀抱用眼睛看，女人们把它们看亮了，在营长点火前，它们在女人心里就燃烧起来了，就像她们妊娠之前，婴儿的生命已经在心灵里萌动一样。营长叫她们坐在最前边。成人和孩子靠着柴火，男人们在外边。男人们是黑的，女人娃娃是红的，红女人红娃娃不停地挪屁股，脚手都搭上柴火了，娃娃们叫起来："柴火是热的。"女人们也叫起来："柴火是热的。"红女人和红娃娃就像从柴火缝里吐出来的火。

一团真正的大火从柴火底下钻出来，从雪原里钻出来，像一条水中鱼。

营长说："就是那条鱼，它就像一匹马，差点把我带到北冰洋。"

红红的火焰扑到人们身上，火焰是冰凉的，人们张开手臂拥抱火焰，火焰光滑矫健，根本抱不住。女人们万分惊讶。小媳妇们的怀抱让火焰给揎开了。生过孩子的女人是有经验的，她们告诉小媳妇：怀有多大就生多大的娃娃。当红鱼从火中游过来时，小媳妇们勇敢地扑上去，再也不羞怯了。红鱼再也没有离开他们。

营长说："它怎么能离开我们呢？成吉思汗只看了看，我把它抓住了，嗳，我亲手抓住的呀。"营长伸出他那双桦树手，大家都相信这样的手绝对能抓住神话般的鱼。当然营长是谦虚的，营长说："我把它放了，它是阿尔泰的神物，一会儿在额尔齐斯河，一会儿在哈纳斯湖，神出鬼没。""额尔齐斯河通北冰洋呢。"说这话的是营长媳妇，营长媳妇念过书，正念中学，营长就把她提溜到阿尔泰。营长很欣赏媳妇的知识脑袋，营长说："额尔齐斯河跟火车道一样连着北冰洋，红鱼能蹿到地球的额颅上。"营长说："这么神奇的东西，咱不能杀了吃呀，咱就把它放了。"大家说："放了好放了好，那是一条生路，保我们吉祥。"营长一指火堆："瞧！它回来了，看我来了。"

红鱼卧在大家脚边。红鱼在火焰里动。女人们说："跳了一天了，天黑了，歇着吧。"红鱼就从火焰里沉下去。火烬依然那么坚硬，火烬裂成鱼鳞状，裹在梭梭柴上，很整齐，一绺一绺排上去，红鱼把梭梭柴聚在自己浑圆的身体里，火焰便滋润起来。

寒夜深沉，人们挤在一起，营长说："越紧越好，挤成一个人就能熬到天亮。"红鱼把许许多多的人聚在自己浑圆温暖的身体里，谁也认不出谁了，只有一双双亮晶晶的眼睛，像雪地的星星，闪闪烁烁；雪花也闪烁起来，闪裂成亮晶晶的星星。旷野上全是星星，连人和雪也分不清了。营长说："干吗分那么清，都是天上下来的。"

所有的星星中孩子肯定最有诗意，那个孩子在自己的星座里说："太阳就卧在这里。"当篝火周围全是星星时，篝火就成为荒原上的太阳。营长说："其实太阳就是天上的一条鱼。"营长说："太阳是从额尔齐斯河漂上去的。"那个星星一样的孩子在自己的星座里说："额尔齐斯河流到地球的头顶，头顶上边就是天空。"孩子说："河里的鱼全游到天上去了。"营长说："鱼晚上不闭眼睛，鱼眼睛里有星星。"孩子说："我的眼睛成星星了。"那些星座里的孩子都看到了自己眼睛里的星星，大人们也看到了。

旷野深处也有了星星，那是动物的眼睛，有狼有熊有黄羊有野兔。孩子们害怕，恨不能钻到火里去。男人们拿枪要打。营长说："它们不叫不咬静悄悄的，野兽沉静下来就不是野兽了，它们眼睛里亮起星星。"狼和黄羊走在一起，熊和野兔走在一起，荒原上的动物全过来了，它们看见了火。这种滋润润的火焰它们第一次碰到，它们的眼睛就湿起来。动物忘记撕咬和拼杀，走向大火。营长说："把枪收起来。"大家把枪压在屁股底下。身后全是灼热无比的兽眼。整个荒原也蓬勃起来了。营长说："我们可以熬过冬天了。"

野兽是比篝火更大的火。篝火哗一声沉下去，把大地烧个洞。营长媳妇念过中学，营长媳妇说："地底下有岩浆。"大家不知道岩浆是什么。营长媳妇说："是石头里的火。"大家就感到屁股下很热。大家说："营长你娶这么灵巧个媳妇，是给大家烧炕的吧？"营长说："地本来是热的。"

动物全趴下了，大家可以听见它们的呼吸，它们离人很近，眼睛没了凶光，眼睛还是很威风的，又威风又漂亮。女人们瞥一眼心里就吱喽一下冒白烟，肉都跳起来了，那不是害怕，是激动。她们从来没见过这么威风这么漂亮的眼睛。

荒原之夜肯定是不眠之夜。大家说："我们跟鱼一样夜里不合眼。"营长说："那是鱼钻到了你身上。"大家说："鱼活着呢，鱼在身上跳呢。"

雪原上的夜不是黑的，是蓝的，很明净很神秘的一种无边无际的蓝，好多年以后，我们被他们生下来，我们还能感觉到那种大海一样浩瀚无际的蓝。我们把它称为阿尔泰的童话之夜。

在那个童话里，我们的父辈跟火融在一起，在地上烧了个大窟窿，他们就坐在大窟窿里，越坐越深。有的人说："是天变高了。"有的人说："是夜太亮了。"营长的话总带有权威性，营长说："咱们坐在地底下了。"大家都闻到了沙土的气息，那是沉睡了千年万年的沙漠土，除过草根和跳鼠，没有谁动过它们，那种处子般的气息让人晕眩。

四周静悄悄的，大家越挤越紧，挤成了一个人，一个很大的人。荒原第一次出现这么大的人，荒原很吃惊。千年万年以来，荒原上除过匆匆而过的畜群和牧人，还没有什么人跟地贴得这么紧。人越往地里钻，人反而越大，大地惊讶得簌簌响，那是土末子流下来啦。大家说："咱们钻这么深，能出来吗？"营长说："钻得越深人越结实，人结结实实就能出来。"

在蒙古人的传说里，他们的祖先最初只有两男两女。这仅有的四个人是战争的幸存者，他们的部落与敌人打仗，敌人洗劫了他们，他们是带着部族的血仇逃出来的。敌人要斩尽杀绝，战争的恐怖死死纠缠他们，他们拼命奔逃，穿越崇山峻岭，来到没有人烟的绝境。连他们自己也不知道是怎么进来的，因为他们走的全是悬崖陡壁，连鹰都飞不过去。

他们落脚的地方叫额尔古涅—昆，昆字意为山坡，额尔古涅意为险峻，这个地名意即峻岭。这样一个人迹罕至的地方却有大片丰美的草原和茂密的森林。死里逃生的两男两女结为两家人。他们在这淳朴的地方恢复了元气，他们相信他们会像激流一样蓬勃而起，他们就给自己起名为乞颜，意即从山上流下的狂暴湍急的洪流。他们给自己的部族起一个生气勃勃的名字——萌古，意即孱弱和淳朴。他们很快繁衍成一个强大的部落。

子孙们以祖先乞颜勉励自己，像狂暴湍急的洪流那样冲出山去。崇山峻岭难以逾越。他们聚集起来，在森林里整堆整堆地准备了许多木柴和煤，宰杀七十头最健壮的牛马，用它们的皮做风箱。然后在山崖下堆起木柴和煤，七十个风箱一齐扇起木柴和煤下面的火焰，就像七十头牛马吼叫嘶鸣奔腾，部落里的男人女人小孩跟着吼叫嘶鸣跳跃。男人们在狂欢里创造出力大无比的摔跤，女人在狂欢里创造出草原最豪迈最感人的长调。群山里的虎豹雄鹰铺天盖地吼起来跳起来。天地鼓着肺把风暴般的呼吸吹进火焰，直到山壁熔化。

蒙古人注定要成为草原最坚硬的勇士。他们熔化的那座山是一座铁山，当岩石熔化的时候，一条火花四射的红色河流出现了，谁也没想到山底下会流出这样一条河。酋长说："我们把大地烧穿了，我们找到了最大的泉，这是我们蒙古人的泉。"蒙古人就用他们自己民族的语言喊起来，"哈纳斯哈纳斯"。酋长说："我们蒙古人的哈纳斯跟我们的祖先乞颜一样，狂暴湍急势不可当直到大海。"大海是蒙古人对奔流不息的泉水的想象。这个酋长理所当然成为大海的源头，他就是蒙古人最早的汗王海都。在海都汗的大海里，注定要出现那条美丽吉祥的红鱼。人们看见海都汗把手伸进沸腾的岩浆之河，就像在清凉的河里抓鱼一样，海都汗抓到了传说中的红鱼。那是一条美丽的鱼。红在蒙古语里是美丽的意思。海都汗的手的硬度超过了岩石，只有这样的手才能抓住红鱼。海都汗把肥大的红鱼举起来："它会给我们蒙古人带来吉祥。"蒙古人的吉祥就是勇敢和坚强。红鱼很快就变黑了。海都汗有办法让它亮起来。当煤炭的火焰喷射成龙的形状时，那条黑沉沉的铁又亮起来。海都汗把它剖开，分成好多条，锻打出锋利无比的兵器，给马也锻打出吉祥的镫，镫把马与蒙古人连在一起。海都汗让女人把煤里喷出的火龙绣在战纛上。就这样，蒙古人骑着马打着火龙旗，拿着铁走出深山老林。

营长把天亮不叫天亮，叫出来，也不知是叫啥出来。太阳、群山和人一下子就出来了，像是从洞穴里钻出来。太阳是不是在洞里待着，没人知道；群山是不是在洞里待着，也没人知道。人只知道人自己。

大家确确实实知道自己在洞穴里待了一晚上。待在洞里就是暖和。几十个人挤成一堆，挤成一个很大的人，那么大一个人，再冷也抗得住。天亮一出来，人挤不成堆，人散开人就小得没边边，白天反而比晚上冷。白天的寒冷是有方向的，从四面八方围上来，阳光跟飞刀一样，一下子把寒冷变锋利了。娃娃们嚷嚷：我还想钻到黑洞洞里，想跟大人粘一搭。

营长和教导员商量：得想个办法，给大家弄个黑洞洞让大家躲一躲。大家是打过硬仗的，去过朝鲜，美国人的飞机跟黑老鸦一样把天都遮严实了，咱们还不是挖坑道，沿着三八线把朝鲜半岛都挖通了。营长朝四野看了看，营长说："阿尔泰大小跟朝鲜差不多，能在朝鲜挖就能在阿尔泰挖。"

大约有三十堆篝火，在雪地烧出三十个黑窟窿，往下挖不到一尺就是冻土带，硬得跟石头一样。营长说："蒙古人把山都熔开了，咱还熔不开地吗？"营长命令继续烧，边烧边挖。营长把裤子脱下，用细梭梭棒撑开，就是一个简易风箱。营长叫他媳妇使唤风箱。风箱一张一合，就把风射到火里头，火就吼起来，跟野猪一样，嗷——嗷——嗷——，烧上一阵，把火烬翻到另一边，烧过的地方热气腾腾，铁锹十字镐狠挖狠铲。大家想着那个暖暖和和的黑洞，挖得再深还嫌不黑，还往深里挖。

第七天挖好。是按营长的要求挖的。每个大坑都有个斜坡，那是出口，并且挖出炕和桌子，连厨房也挖好了。

第七天是个大喜的日子。营长领大家到荒原深处，在洼地里找到一片树林。营长是个树人，老远能闻到树的味道，没走冤枉路，大家跟着他，直奔树林。好像是给他们准备好的，全是高大的杨树和榆树。大家抢起斧头，丁丁当当，砍倒的全是大树。

树圆浑浑横在土坑上，上边覆上树梢干草苇子压上沙土，一个黑咕隆咚的洞穴就出来了。

娃娃们跟鼠一样钻进去，吱哇乱叫，叫够了又蹿出去在洞顶上跳，跟兔一样。

女人们把干草干苇子铺到炕上，挪着屁股压，压得吱吱响，圆圆的屁股把干草干苇子全碾平了，屁股底下还在响，响声已经不是吱吱乱叫而是秋虫一样的嘤嘤声。女人们铺上褥子、单子，把被子叠得四四方方，被褥放着暖融融的光芒。她们自己也坐在炕中间，静静地坐那么一会儿，她们自己也在放这种暖融融的光芒。

娃娃们停止打闹，他们缩在洞口，窥探他们的土炕，窥探他们温暖的被褥和他们温暖的母亲。他们贴着的土壁也在放射这种温暖的光芒，沙土簌簌落下来，就像一股股热流落到他们身上直到脚心。他们当中不少人后来去了乌鲁木齐，去了阿勒泰，去了克拉玛依、石河子、奎屯，留下来的也有幸住上了带暖气的房子，那种洞穴里的土腥味的温暖会常常袭上心头。在那神圣的一刻，他们会停下手中活，静那么一会儿，那种温暖已经渗入血液，只要血液还在流动，这种美妙的感觉就难以消失。他们中出了不少诗人、作家，在文学语言里，阿尔泰母亲永远是双重的，一种是远古而来的大地母亲形象，一种是家里的生身母亲，这两种形象重叠交替，不停地拓展他们的心灵空间。

覆盖着大雪的洞穴/覆盖着圆木和干草的洞穴/在幽深和温暖中/养育我们/那是柔弱而强壮的生命啊/阿尔泰母亲。

女人们注定要感悟到荒原的母性力量，那是沉睡了千年万年的处女地，那些生养过孩子的女人发出梦幻般的呼喊："我又成姑娘啦！"而另一种声音从大地深处传来："我要生养

我要生养！给我种子给我种子！开垦我吧开垦我吧！"然后是沉静，巨大而漫长的沉静。有人小声说："地被打开了，开得这么深。"有人说："洋镐铁锹都是铁家伙，用铁开肯定开得深。"有人说："铁冒火哩。"火跟龙一样张牙舞爪龇牙咧嘴吼叫着往土里钻。有人说："女人梦见蛇就要生娃娃，咱都梦见龙了。"那些生养过孩子的女人总是有经验的，她们对自己的肚子感到自豪，撩起衣服："他娘个腿，阿尔泰嫽得太！"女人们都撩起衣服看自己的肚子。生养过的没生养过的，谁也没仔细看过自己的肚子，她们被自己肥沃的原野震住了，她们叫起来："阿尔泰嫽得太，阿尔泰是我们女人的，女人的肚子就是阿尔泰。"大家不喊叫了，像吃了好东西，在咂摸那种又绵又长的味道，越咂越有味，咂着咂着就噗一声笑了。

营长媳妇小声说："怪不得这死鬼一说阿尔泰我就神魂颠倒，书都不念了，我爸我妈给我甩命我都没眨眼，跟上人家就走了。"

"营长都给你说了些啥？"

"他说阿尔泰嫽得太，女人到这搭就嫽得没边边了。"

"女人见不得人说好，人家说你好，你就命都不顾了。"

营长媳妇识文断字，营长媳妇说："阿尔泰原来的意思就是金子，女人到阿尔泰，女人就是金子。"

"你是金子我们不是。"那个女人闻闻营长媳妇，"你还没圆房呢，女人没圆房是金的，圆了房是银的，生了娃连铁都不是了。"

营长媳妇说："不管你生过没生过，到了阿尔泰就是阿尔泰女人，就是金女人。"

大家都说："咱是金女人。"

在蒙古人的传说里，成吉思汗在阿尔泰颁布了一条特殊的札撒，那是大汗在马背上发出的最神圣的札撒："不许上山，那山上有朕的眼睛。"这无疑是最有男子气最有英雄气概最高贵的一道口谕。

女人们说："女人不能让人随便上，谁都上就贱了。"

女人们说："女人活在男人眼睛里才算没白活。"

营长媳妇说："成吉思汗的女人让人家抢过，成吉思汗都没嫌弃，把她当宝贝。"

大家说："厉害人心软。"

营长媳妇说："成吉思汗是在阿尔泰变软的。"营长媳妇知道得多，大家都爱听她说，她说："成吉思汗长着一双猫眼睛。"大家都哟了一声。凡是女人都知道猫眼睛是怎样的眼睛，这样的眼睛长在高大魁梧勇武豪迈的男人脸上那是怎样一道风景。营长媳妇说："成吉思汗到阿尔泰人们才看见他长了一双猫眼睛，他就不让人上山，山就成了金山。"

女人们说："男人把咱们带到阿尔泰，还给咱挖这么深的洞。"女人们越说越激动："那么硬的家伙，铁锹洋镐我的大大，还用火烧。"女人们激动得不得了："那么大的火，谁见过那么大的火，跟蛇一样跟蟒一样跟龙一样。"女人们激动得不能再激动了："就挖了这么一个洞，这么一个洞啊！"大家围上营长媳妇，营长媳妇在大家眼里是个能媳妇，能媳妇念过书，她们就问能媳妇："世界上还有没有这么好的洞？"营长媳妇说："北京有个山顶洞，那是住猿人的。"大家都说那洞好，那洞在北京在毛主席身边，毛主席身边的啥都是好的。毛主席身边有个洞，阿尔泰也有个洞，大家就像到了毛主席身边，大家心里暖洋洋的。大家不再问营长媳妇了，大家也能说两句了，个个显得很能，都是能人，你一句我一句，说的都是洞：毛主席在井冈山住的是石头洞，到延安住的是土窑洞，到北京坐了江山身边也得有个山顶洞。还是营长媳妇能成！营长媳妇说："新中国就是从窑洞里诞生的。"大家全都"啊呀"了一声，全都想起来该干什么。

炊烟升起来，升得很直，像是从白雪里升起来的。无边无际的雪原上几十个黑疤，升起几十道笔直的炊烟，烟柱子直接融入太阳，太阳像系在烟柱上的一个金黄的油馕，散发出食物的芳香。

大家都闻到了这种香味，娃娃们停止打闹，仰头看天上飘动着的巨大的馕。男人们停下手里的活也仰起头看天上。

营长说："这是女人在天上打洞哩，咱们在地上打了个洞，她们就在天上打洞。"

营长说太阳是个洞，太阳就是个洞。那个亮亮的洞里出来好多好多黄澄澄的馕。馕是在坑里烤的。新疆人烙馍不用锅，用泥糊一个深坑，烧得红红的，把面团贴满，一次可以烤好几十个。

营长说："女人这么日能，把馕坑弄到天上去了，女人烤太阳哩。"

大家说："这么香啊，把人香死了。"

炊烟一点一点淡了短了。

营长说："太阳是个鱼，被女人钓住了。"

太阳真的被钓住了，跟着青青的炊烟飘过来。咬钩的太阳成了红的。

营长说："女人日能得很，把红鱼都能弄住。成吉思汗当年也只看了看，我在河里折腾半天也没抓住，差点让鱼拖到北冰洋，还是女人日能，放一根烟就能把鱼钓住。"

太阳一点一点落到地上，雪地一片辉煌。

营长说："鱼上岸了，岸上有雪，鱼再折腾也是鲜的。"

太阳落下去了，天上还有太阳的余光。

营长说："鱼进洞了。"

大家跟着鱼进去。洞里亮晃晃的，鱼钻到灶眼里去了。那么大的鱼，灶眼里搁不下，鱼尾巴露在灶眼外边摇个不停，摇着摇着就进去了，鱼把灶眼钻深了，把锅盖都顶起来了，鱼从锅里出来了。大人娃娃都在啊啊叫，连吃带喝。

这是到大荒原的第一顿饭，整整一个礼拜没吃热乎饭，一直是雪就干馍。大人娃娃都饿疯了，无论是手还是嘴，都感觉不到碗筷，他们脑子里只有天上那个巨大而芳香的油馕，只有那条被炊烟钓上岸的肥肥的红鱼。大家吃得山呼海啸，肚皮圆了还吃，狠吃。那种饥饿的感觉在血液里在脑子里，不在肚子里，把肚子吃得再圆也没用；直到吃得喘不过气来，红光满面头上冒汗，眼睛圆溜溜的。饼子和糊汤把大家吃成了大肥鱼，又红又壮的大红鱼，摇头摆尾往炕上一躺，一身的舒坦一脸的吉祥。

第八天是暴风雪。好多年以后，大家想起这第一场暴风雪还心有余悸。庆幸的是前一天挖好了地窝子，否则所有人会被暴风雪刮得无影无踪。

男人们不当一回事。他们刚从朝鲜回来，美国人的轰炸机顶得上十二级风暴。大风暴在头顶呼啸，他们咬着莫合烟打牌下棋拉二胡吹口琴。

女人和孩子缩在炕角不吭气，眼睛圆溜溜往上翻，顶棚和墙壁不停地落沙土。男人偶尔安慰他们一下："莫事莫事，地窝子比防空洞结实，扔原子弹都莫事。"女人就喊一声："能不能让风别叫唤。"男人说："风要叫唤谁管得住。"女人咚跳下炕："你管不管？你不管我管呀。"男人赶到妇人前边，提上枪往出冲。雪把出口堵死了。男人往外打两枪，大家只看见枪口冒烟，听不见枪响，子弹跟鸟儿一样冻僵了。

营长说："不要开门，小心风进来。"

大家赶快把门堵上。

女人们说："娃娃们害怕。"营长说："头一回都这样。"

营长把娃娃们全喊出来，营长不让娃娃缩炕角缩娘怀里。营长说："儿子娃要长大就得害怕，害怕上一回就结实了。"女人们把女孩子抱怀里，营长也不答应，营长的理由很简单："马都不吃弱草,何况是人。"女人们就松开手,女孩子跟男孩子一起在暴风雪的呼啸中发抖,抖着抖着就不抖了。手脚平静下来,肩膀和腰也静下来,人一平静,眼睛里的光就稳了,又稳又直,看啥都是清晰的。

孩子们静静坐了一夜。

男人玩男人的。暴风雪之夜,没人睡觉。女人们不惊动孩子,女人们在旁边鼓劲,不用嘴不用眼睛,用心,用心默默地念叨。从她们的姿势可以看出,她们在放射一种力量,用这种难以捉摸的祈誓帮助孩子度过阿尔泰的暴风雪之夜。

孩子的身体安静了,孩子的心灵还在惶恐中,孩子柔弱的心灵跟小虫子一样在千里荒原上踽踽而行。好多年以后,他们上了学,他们的作文题几乎都是"金色的阿尔泰"。他们就写暴风雪之夜,写自己脆弱的心灵,在洞穴里跟虫子一样。当人感到他是一条很小很弱的虫子时,他就心平气和了,他就能感应到更多的生命。孩子的耳朵和眼睛出奇地敏锐,穿透厚厚的沙土,大荒原的内部世界一下子趋于澄明。在那沙土的澄明中,孩子看到昆虫和小动物,看到草根,它们都有自己小小的洞穴,它们柔弱,可它们在跳动,在地底下跳动,生命幽暗的微火照亮了荒原的心脏。暴风的呼啸一下子遥远了。营长叔叔告诉他们:你们不会再害怕了,害怕离开了你们。几乎没有年龄的差别,所有小孩,注定要在那个神圣的夜晚成熟起来。

营长就给住的地方起一个很有诗意的名字——地窝子。中亚腹地、蒙古人的海子旁边，出现大群大群的地窝子。海源于海子，绿洲源于地窝子，所有的子都是原创型的。

好多年以后，孩子们长成少年，荒原成为绿洲。边境紧张起来，战争的阴云盘旋在中亚细亚上空，孩子们可听见边境那边隆隆的坦克声，庞大的铁甲兵团在那边不停地演习，炮声隆隆。天空常常出现奇怪的光。孩子们以为是北极光。从大人们的谈话里他们知道那是火箭，是能携带核武器的远程火箭，也有短程的。大人们说到短程火箭和核弹时，就像说手榴弹。大人们打过仗，他们的战争意识总脱不了飞机大炮机枪手榴弹。大人们说完这些危险的话题，就脸色阴沉地走向庄稼地。拖拉机轰隆隆响起来，几十辆拖拉机排起来，形成一个强大的兵团，威风凛凛地开向辽阔的原野。土地就这样成为大海，泥土翻滚，然后是麦浪是茂密的玉米，最后是淳朴而圣洁的棉花。棉花把一切都消解了，把边境那边庞大邻国的核阴影连同坦克的吼声全都消解了。

> 在善恶的角力中
> 爱的繁衍与生殖
> 比死亡的戕残更古老、
> 更勇武百倍。①

---

① 引自诗人昌耀的长诗《慈航》。

孩子们长大后，不少人考入大学，有些人从事国际战略问题研究，接触了不少当时不为人知的机密，他们的学术论文一下子就有了文学色彩。我看过其中的一段：核阴影下的中亚细亚，绿洲不断地扩大，庄稼长势凶猛，那里的孩子出奇地强壮出奇地漂亮出奇地美！核阴影何以引起生命世界的核变？这是尚待研究的重大课题。只有兵团人的后代才能意识到这个悖论，也只有兵团人的后代才能研究这个课题。写到这里，连我也怀疑我的这些文字是小说？是诗？是史？是神话？有一点是清楚的，那就是生命的裂变。凭着这仅有的一点清晰度，继续进行叙述吧。

在蒙古人的传说里，成吉思汗最早是个怯弱的孩子，害怕雷声害怕刀枪害怕战马的嘶鸣。

这一连串的恐惧中最大的恐惧是父亲的死，父亲被敌人用毒酒害死，他只有五六岁。寡母带着几个幼子，度日如年。父亲的王位被人篡夺。父亲留给他的只有铁木真这个名字。这是成吉思汗登汗位前的名字，也是他们部族仇敌的名字，父亲亲手杀了这个强敌，正好赶上儿子出生，父亲就用敌人的名字命名他的儿子。铁木真包含着生与死，也包含着成与败。

母亲说："你是蒙古人的铁。"

铁木真就烧起炉子，把铁烧红，放在砧子上捶打，把铁打成条，打成刀。

母亲说："我们蒙古人是从失败开始的，我们败得很惨，只剩下四个人，逃进深山，我们出来时用火熔开高山，岩石里就流出铁，蒙古人是从铁强大起来的。我们是铁，我们是额尔古涅—昆峻岭，我们是狂暴湍急的洪流乞颜。"

铁木真惊讶地看着母亲，他第一次听说自己民族的神话。这个故事人人皆知，母亲有意在这一天才告诉他，在他打铁的时候，让铁和神话一起在儿子的铁锤下延展，蒙古人就这样走出山隘走向平原走向自由解放之路。母亲很穷，母亲什么都没有，母亲只有这么一个故事。在这个故事里铁木真摆脱了恐惧。

统一蒙古的战争是艰难而漫长的，铁木真常常陷入困境，每次他都能化险为夷，他孤单而不畏惧。他一直没有忘记母亲的故事，这个人人皆知的故事从母亲口中说出来就有了新的意义。他也没忘记打铁的举动，统一蒙古后，他的札撒之一就是让所有的蒙古人在除夕之夜，象征性地点炉打铁，以志蒙古民族获得的新生和解放。

阿尔泰对他是那么重要。刚刚统一蒙古，他就意识到他和他的蒙古大军绝不能停留在不儿罕山和蒙古草原，蒙古就是生生不息，乞颜就是势如洪流。他和他的大军开进阿尔泰，他被这高贵而美丽的群山震撼了，他最先看见自己那双漂亮的猫眼睛，他被自身的美所感动。这是不儿罕山和斡难河所没有的。他意识到他的生命中还沉睡着某种东西。大汗走在齐腰的高草里，牧草刷刷的响声难以打动他。山谷转了一下，宽阔起来。克兰河从这里流过，河岸平坦湿润阳光允足。大汗走到山南水北的开阔地里，因为大汗发现那里长着一大片嫩绿的小草，连泥土都遮不住。已经是深秋季节了，森林和草原全都枯黄了，是什么植物这时候发芽长叶？大汗又惊又喜，大汗想到了母亲那个故事，也想到自己落难时，身上是如何一点一点长肉的。那片草地的主人是个汉族老妈妈，老得连她自己也说不出年纪，她的祖先是中原很早的一个王朝派到西域屯垦的。那个王朝早就不存在了。屯垦的人零零星星散落在中亚大漠上。老妈妈说："很难找到我们，除过太阳和鹰，你是我见到的第一个客人。"老妈妈给大汗倒水喝，水是用苹果叶子泡出来的，老妈妈说这是茶。大汗不明白屯垦是什么意思，中原人都屯垦吗？老妈妈说："屯垦就是种地。"

"地能种吗？"

"挖开就能种，你想要什么就种什么。"

"啊呀，那地也就太大了。"

"你真聪明，地在懒汉手里越折腾越小，在勤快人手里越折腾越大。"

"这些草是你折腾出来的？"

"这不是草，是麦子。"

"噢哟，麦子！"大汗俯身仔细看，麦叶很小，很嫩。他很奇怪，他已经拥有草原了，连天上的鹰都属于他，他竟然不知道这种植物，在草木凋零的季节一枝独秀。大汗想到，草原的冬天石头都会冻裂，大汗说："入冬前要吃掉。"

老妈妈说："明年夏天才能吃到它。"

"它凭什么熬过冬天？"

"凭它的娇嫩和柔弱。"

大汗万分惊讶："老妈妈，能给我一棵麦子吗？"

"这是我们的粮食。"

老妈妈很为难，大汗诚恳地请求老妈妈："这正是我母亲生前讲过的神话，娇嫩和柔弱必将生长出强大。"

老妈妈拔一棵麦子，带着土交给大汗，大汗的自制力是惊人的，无论内心如何翻腾脸上是看不出来的。这种超人的镇定总是让他得到最大的收获，他问老妈妈："这麦子是怎么来的？"

"我们的祖先耕种它。"

"你们的祖先又是怎样得到它的？"

"它是我们祖先用命变的。"

在老妈妈的故事里，那个叫夸父的英雄，发誓要追赶太阳，从太阳休息的旸谷一直追到天边，就是阿尔泰这一带。眼看要逮住太阳了，太阳就放出最大的热量来烘烤夸父，夸父穿越了许多沙漠和戈壁，干渴难忍，就喝大江大河里的水，把江河都喝干了，还是那么干渴。那时的阿尔泰是太阳围困夸父的荒凉之地，太阳把这里全烤成大戈壁大沙漠，寸草不生，山也是秃山，太阳蹲在秃山上等夸父。夸父拼着命大吼一声冲上去，跟太阳撞在一起。夸父身上起了火，太阳哈哈大笑，以为夸父烧死了。夸父倒在地上，活得更旺，夸父的头颅变成高贵的山岳，筋肉变成辽阔的沃野，血液变成大江大河，毛发变成茂密的草木，眼睛变成明净的湖泊，太阳再也逃不掉了，草木跟渔网一样紧紧套住它。夸父的子孙在最肥沃的地方种麦子，麦子在太阳最张狂的夏天就长出密密的刺猛扎太阳，太阳如芒在背。

大汗刚刚击败的仇敌就是太阳，大汗就像听自己的传奇故事。更让大汗惊奇的是麦子能长出刺。老妈妈说："叫麦芒，跟箭一样，是夸父射向太阳的金箭。"大汗显然被这个传说中的英雄震撼了。大汗意识到他的使命：他和他的大军必须越过阿尔泰，去追赶太阳。大汗向他的大军发布第三道札撒，大汗手一挥：追击太阳，太阳逃窜的方向就是我们进军的方向。

曾几何时，大汗在不儿罕山喊出过那样的豪言壮语：追击敌人，夺其妻女，使其伤心流泪。阿尔泰的秋天把一切都改变了。大汗在阿尔泰成了真正的天之骄子。他追击太阳。他不再用硬弓和刀，他崇拜汉族老妈妈给他的这棵娇嫩的植物，他很自豪地说："朕就用这棵嫩苗去征服世界。"

工匠用阿尔泰的铁，依照麦苗的形状打造出一把新兵器，又尖又细。将士们又惊又喜，那是铁中之铁，也是世界上最薄最小的兵器，简直就像吃饭用的小餐刀。大汗说："中原汉人就用小麦吃饭，他们就吃这种大地上最美的草。"直到1959年春天，营长和他的战友开垦出第一块绿洲，地里长出青菜。牧人们哈哈大笑：兵团的汉人吃草哩。这是后话。1204 年的深秋，成吉思汗告诉他的大军："朕的勇气来自腾格里，朕的武器来自大地，最柔弱者必强大，这把兵器就叫苗子。"

那肯定是最壮的苗，跟海子地窝子一样，成吉思汗创造出天地间最锋利最威风的武器，也是最有诗意的武器。

万人队也是依照苗子的形状排列。大汗一马当先，领着长长的苗子，身后两员大将，一生二，二生三，直到万数。将军金甲，士兵铁甲。大汗很简朴，头顶铜盔，身穿蒙古袍，袍下的铠甲换成树皮。那是大汗亲手从一棵美丽的白桦树上剥下来的，大汗说："朕要把太阳抓住，拴在树上，给我们看守蒙古包。"

大军就这样出发了。将士们想到他们汗王那双美目那柄苗子以及洁白的树皮甲，就热血沸腾势不可当。万人队很快就旋成了风暴，向西向西一直向西，一直把太阳赶到大海。蒙古人给那片海洋起一个可笑的名字"大西洋"，就是大地最西边的海。

太阳在东方是红扑扑的，落下海时就成黄脸婆了。那是大汗所不愿看到的。大军抵达亦勒的河，大汗就对太阳失去了兴趣。大汗说："太阳强壮的时候确实不错。"大汗看到了太阳的颓相，大汗说："夸父是失望后倒下的，刚开始把太阳想得太美太厉害，冲到跟前一看就失望了，还是自己最美最威风。"大汗说："朕很满足了，夸父在阿尔泰追上太阳，朕在亦勒的河把它击败了，作为他的子孙朕问心无愧。"

大汗返回东方，不想重蹈夸父的覆辙，一颗丑太阳是很可怕的。大汗让王子们告诉欧洲人：太阳是个好东西，能激起人的欲望，可千万不要太贪婪。大汗返回阿尔泰，大汗最欣赏的就是夸父的死，那是英雄之死。

他在阿尔泰待了一年。他的孩子西征归来。大汗带他们一起去中原。在贺兰山下病重，大汗意识到死亡的来临。王子们已经征服大半个世界了，所有帝王的财富都成了战利品，大汗不要这些，连金子也不要。王子说："世人都把金子当太阳，连帝王都不例外呀。"大汗说："没有什么帝王，只有一个王者就是朕，王者不需要这些。你们所看到的金子只是一个幻影，朕的金子是看不见的。"

大汗什么都不要，连那把威风凛凛的苗子也不让陪葬。那把苗子出征时光秃秃的，大汗每杀一员敌人的国王或统帅就取其一根头发，西征归来，苗子上已经扎满了厚厚一圈头发。大汗说："这是警告世人的，留在大地上吧。"

当年大汗崛起于草原时，就已经在不儿罕山下相中了一棵高大的绿树。

大汗说："就把朕装在那棵树里，就地掩埋。"

王子们哭了："我们怎么祭奠你呀！"

"王者不需要纪念碑，王者是一种淳朴。"

大汗回到草原，被装进圆木，在地上挖掘很深的洞穴，一个斜道出口，圆木慢慢地滑下去。王子们怕找不到墓地，掩埋到地面时，把一匹小骆驼埋在里边。第二年春天，他们牵上骆驼的妈妈来寻父亲。那里已长满绿草，与大草原融为一体。母骆驼奔到草地上哭泣，王子们也哭起来。他们把那地方不叫墓，叫地窝子，跟海子一样是生命的开始。

营长从梦中惊醒。营长梦见他在地窝子里睡觉，一株娇嫩的麦苗长出来，快要顶破泥土时，他的脑袋炸裂似的疼，麦苗把他的脑袋都穿透了。媳妇摸他的头发，头发是竖起来的，媳妇说："你怎么做这种梦？"

"梦见麦苗不好吗？"

"麦苗长出来，可把你的命搭进去了。"媳妇搂紧他，"你怎么跟树一样。"媳妇把他仔细摸一遍，手告诉她这是一棵白桦树。营长说："我中了枪子，蒙古老妈妈用树皮才止住血。""你还疼吗？"媳妇不停地摸那些节疤子。营长说："那不是枪眼，枪眼早长实了。"

"弹头取出来了吗？"

"弹头？那些弹头全让我嚼嘎嘣豆了。"

"你不要哄我，子弹是要人命的。"

"你没打过仗你不知道血有多厉害，能把刺刀化掉。"

"把子弹嚼了把刺刀化了，怎么让麦苗把脑袋穿透了？"

"那是蒙古人的传说，强壮源于柔弱。"

春天来到阿尔泰，冰雪消融，原野上出现一条十多米宽的石带，全是尖石头。那就是有名的成吉思汗大道，当年大汗的帐车就从这里驶向西方。大道两旁是无边无际的干旱的荒原。土层很薄，用铁锹一刮，沙石就露出来了。

营长说："强壮源于柔弱，只要有苗，再弱的苗也能把沙石整下去。"营长说："土是从沙石里钻出来的。"大家当兵前都是农民。营长说："阿尔泰的农民是开天辟地的。"营长一锹下去铲出一团火花，营长说："看到了吧，开天辟地就是先把土弄出来。"大家说："当了几辈子农民，今儿个成新手了。"大家的铁锹底下全都飞起火星。

铲出沟垄，放进河水，水把土泡出来了。

大家趴在垄畔上又惊又喜："啊呀呀，上来了，上来了。"

水咕嘟嘟冒气泡，清水变浑，土就在浑水里。水咯嘟嘟咽下去，沟垄里就留下一层泥。晒一天，地上就干裂了。又放进清清的河水。放满。半晌午就渗干了。放一次干一次。每次水都能变浑。水就像个鼠，钻到地底把土硬给提上来了。

营长说："不是提，是一颗一颗吮下的。"

大家叫起来："我的娘，跟娃娃吃奶一样。"

便有人蹲在地上抓一把沙子，左看右看不像女人奶头，往水里一放软酥酥又成了女人奶头。

营长说："大地是我们的母亲。"

这话大家听文化教员说过，营长毕竟是营长，文化教员知道的营长知道，文化教员不知道的营长也知道。营长说：

"石头是母亲的母亲。"文化教员就聪明起来了："今天我才体会到河里流淌的是奶。"文化教员刚跟媳妇圆房，大家就开他的玩笑："你昨晚上体会到的吧。"大家就把文化教员的媳妇叫河。文化教员觉得这个称呼很有诗意，就要求去河边放水。营长就派他去放水。他媳妇在地里干活干得很欢，红润润的小媳妇高挽着袖子和裤腿在荒原上一起一伏，确实像条河。

营长说："地里本来就有河，再引来一条河，我们就有两条河。"

河水咯喠喠咽进大地的腑脏，清水变浑，浑水变干变成泥。

大家说："没见过这么干渴的地方。"营长说："夸父就渴死在这里。"大家问夸父是谁，营长告诉他们："夸父是好多好多人的父，是很古老很古老的父。我们这个老父亲死得很壮烈，脑袋变成山，身上的肉变成泥土，头发胡子眉毛变成森林和草原，血液变成河，眼睛变成湖泊。"大家恍然大悟："这些荒漠是我们老父亲的骨头。"营长说："咱就让骨头长肉。"

沙石上淤一层细腻的黄泥，大家又惊又喜。营长说："美女一身膘，骨头长膘了。"大家用手摸，那种酥软细腻的感觉让人感动让人难以诉说，大家还是说了："嫽得太嫽得太嫽炸了。"

营长说："好汉一身毛，长上毛，长满，长旺，让它嫽个没边边。"

大家就看北方那座山，阿尔泰山刚从冬天走出来，阴坡还有积雪，它的森林草原和灰蓝色的岩石显得娇嫩而清晰，鹰在盘旋，鹰翅展得很平。有人小声说："它就像在犁地，我都看见犁沟了。"

有一种灿烂之光在群山草原间闪烁，鹰飞过的地方，那灿烂之光就起旋涡。

有人小声说："那样子就像展开的人。"

大家呀呀叫起来。

营长说："发芽的叶子就是展开的人。"

营长说："长成秆还是人，是人摞人，那是你有了孩子。"

营长说："撒进土里是一颗，长出来就是一大把。"

大家又惊又喜，眼睛闪出灿烂之光。

他们撒播的是春小麦。白天撒种。晚上暴风骤至，连种子带土刮个精光，沟垄都吹平了。荒原上只剩下那条荒凉的成吉思汗大道。大家这才明白，成吉思汗为什么要筑这么结实的一条路，全是用尖石头铺过去的。石头全是三角形，尖角朝上，大头嵌在地里，跟大地长出来的一样。只有长在地里的东西才是永恒的。成吉思汗就把石头种在地里，让石头发芽长成一条路，横穿大漠群山和草原，从东往西，直到大海。

庄稼源于草，神农尝百草尝出了庄稼。

营长如同神灵附体，钻出热被窝，媳妇说你干什么你干什么？营长已经中魔了。

营长奔出地窝子。媳妇也紧跟着出来。营长趴在地上，往石头缝里塞麦种。媳妇说："天亮不行吗？""天亮就不神了。"媳妇拿着手电，营长就顺着手电光剔石头缝里的土，营长说："骨头缝里都是好肉，种子在这里发芽就跟射箭一样，成吉思汗的箭啊。"

天亮，大家来了，女人们把营长媳妇挽回去。男人们拉营长拉不动，营长要看着种子一颗一颗塞进去。

又是一夜暴风，种子夹在石缝里安然无恙。

路两边打上堤堰，大水一漫，石头就响起来，石头的尖角就不见了，黄泥溢上来，盖住了尖角。

营长说："成吉思汗是穿着桦树皮走上这条路的。"

离路五十米栽上了白桦树，离白桦树一百米栽榆树。都是几十排宽的林带。风把榆树吹斜了，外边的榆树全是矮个全是弯的，可以看见风的姿势。风一路杀来，遇到阻击，风就跟穿甲弹一样开始旋转，把树都拧成麻花了，还是冲不过去。有些树贴在地上，树冠抬起一点点，就像中弹倒地的勇士，血流了，气还在。越往里边树越高，最后几排榆树枝权展得很开，完全放开了，随心所欲向天空生长。路边的白桦树可以说是一道美丽的风景了。

麦苗就长在美丽的林带间。

最初的麦苗是从石头缝里长起来的，仅仅长出一丁点芽芽，幼小的麦苗就闪出灿烂之光，把整个荒原照亮了。一根根针尖似的麦芽很快长出两片叶子，就像展开翅膀的鹰。鹰再也不需要石头的保护了，石头跟老人的牙一样开始松动。石缝太狭窄，容纳不下麦苗蓬勃的生命。

营长说："它长势很好，让它像狂暴湍急的洪流一样冲出去吧。"

那源于柔弱的生命是熔化大山冲出去的。

营长说："石头已经松动了，把石头拔掉。"

石头一块一块拔出来，在石块留下的坑里灌上土和水。就像给老人拔牙，拔掉牙的荒原一下子年轻了。

风暴还来，风暴再也毁不了田园。麦苗在风暴中越飞越猛，一下又长出两片叶子，成双成对地长，苗尖始终是一个。就像传说中的成吉思汗马队，从东往西，直到大海。

大家看天空，阿尔泰的春天，天空是无边无际的蓝。那是一种娇嫩的蓝，是麦子的大海。麦子在那里抓住了太阳，麦子就熟了。

从成吉思汗大道两边向北向南，新的条田开出来了。林带把荒原分割包围，圈在林带里边的被挖开，挖出一条条沟垄，灌水，水吮出泥土。撒种的时候，地面铺上石头，长出苗再撒掉。所有的苗都是以鹰的姿势生长的，都是从石缝里发芽，刺穿泥土和空气，在风暴中展开翅膀，带着啸音飞翔。

就这样，条田修到了额尔齐斯河岸。河那边是群山和草原。阿尔泰山南麓至乌兰大坂之间，大荒原消失了，成吉思汗大道消失了，麦子和玉米生长起来。

营长渴坏了，大家都渴，可谁也没有他那么渴。他本来是个传奇人物。当他大叫渴死我了，大家就想到传说里的夸父。夸父从旸谷一直到西天，也就是中亚腹地大荒原。夸父倒在这里。营长没有倒。营长站着。营长说："我很满足了，作为夸父的子孙，我问心无愧。"

大家都给营长递水，糖水茶水奶茶。

营长媳妇说："你喝河水吧，河水能长肉。"

营长干瘦得不像样子，营长就跳到河里，额尔齐斯河下落了许多。

营长媳妇说："他的嘴是渴的，手是渴的，脚是渴的，骨头也是渴的。"

大家就说："让营长好好喝，喝美。"

营长在河里漂好多天才上来。大家都知道他的传奇故事，谁也不感到奇怪。苏联人惊奇得不得了。那时苏联是老大哥，阿尔泰有不少苏联专家和侨民，他们目睹了营长漂游这条绿色大河，他们叫起来："他比我们的叶尔马克还厉害，叶尔马克就淹死在额尔齐斯河里。"

叶尔马克最早是亦的勒（伏尔加）河流域杀人如麻的土匪，负责征服西伯利亚的斯特罗加诺夫家族招募了这支匪帮，驱使他们越过石带（乌拉尔山）入侵亚洲。

叶尔马克打败西伯利亚汗王古楚汗，将整个西伯利亚献给沙皇。伊凡雷帝不仅饶恕了叶尔马克过去的罪过，而且厚加赏赐。"得胜者不受审判。"伊凡雷帝是这样强调国家利益的。受到奖赏的叶尔马克更加疯狂地进攻西伯利亚。成吉思汗的后代古楚汗在一个狂风暴雨之夜得到神谕：草原的敌人必亡于河流，土拉河、乌浒河（阿姆河）、锡尔河、额尔齐斯河，无论哪条河都能淹死叶尔马克。

叶尔马克不断遭到伏击，威力无比的火药枪也帮不了他。古楚汗藏在地底下，防不胜防，会突然从大地里钻出来，放一阵箭，射翻一批哥萨克，然后暴风般撤退，在很远的地方挖掘壕堑，等待叶尔马克。叶尔马克每次都要损失大量哥萨克兵。他拼命抽他的坐骑，可顿河马无论如何跑不过蒙古马。蒙古马矮小，可矮小的蒙古马轻轻一蹿，就能蹿成一股风，消失在原野上。

叶尔马克只剩下孤身一人了，他带着箭伤在草原上逃窜。一个鞑靼老妈妈救了他，用奶茶灌醒他，让他过河时一定要脱掉衣服，不要违背成吉思汗的札撒。在成吉思汗札撒里，河流是不可污染的。叶尔马克身上穿着伊凡雷帝御赐的锁子甲。鞑靼老妈妈说："这是累赘，会害了你。"

"老妈妈，我是泅水能手，河流挡不住我。"

"你的前边是额尔齐斯河，那是成吉思汗都敬畏的河啊。"

"沙皇给了我荣誉，成吉思汗给了我什么？"

"成吉思汗给大地的是神谕，神谕超过所有帝王的荣誉。"

"你想说服我脱下锁子甲？我是沙皇的勇士啊老妈妈。"

"勇士有更威风的铠甲。"

"那就让我见识见识吧老妈妈。"

老妈妈就指给他看原野上的白桦树："我们的汗王就穿着桦树皮走遍了大地。"

"白桦树很有诗意，可白桦树挡不住子弹呀老妈妈，伊凡雷帝的火药枪射落了苍鹰，鹰离开天空卧在沙皇的王冠上了，伊凡雷帝用强力地雷轰开了喀山汗国的城墙，草原是沙皇的了。"

"帝王会消失，树永远不会。"

"可树是那么忧伤，从伏尔加河到西伯利亚全是忧郁的小白桦，我在荒野游荡太久了，我该享享福了，沙皇的宫殿简直就像天堂，我该去见我的沙皇。"

叶尔马克泅渡额尔齐斯河时，锁子甲变成了石头把他沉到河底。那正好是盛夏，尸体肿胀，把锁子甲都撑裂了，锁子甲上的金片臭不可闻；那是一种金光灿烂的腥臭，臭了四十多天，叶尔马克才被打捞上来。额尔齐斯河中下游以及整个辽阔的西伯利亚，就这样一直荒凉着。直到赫鲁晓夫不惜财力开垦那片古老的荒原，撒进大批大批的玉米种子，金灿灿的种子比叶尔马克烂得还快，西伯利亚荒凉如故，根本种不成庄稼。唯一的收获就是庞大的核弹基地和坦克群，沿着边境线排列过去。黑压压压得人喘不过气。

边境高度紧张，一直紧张到我们长大。那种紧张的气氛构成我们童年的一部分。

从一开始营长就是不可多得的人物。人们还记得他像一条鱼，在额尔齐斯河里游了好多天，把苏联人震得目瞪口呆。营长理所当然冲到第一线。营长的拿手好戏就是种庄稼。一个能在石头缝里种出麦子的人，本身就是一个奇迹。他的庄稼黑压压沿边境线排过去，从阿尔泰到塔尔巴哈台到伊犁河谷，直到天山南北，绿色海洋无边无际。

营长很高兴，他在祖国的大门口开出了绿洲，种上了庄稼。

故事也就接近结尾了，兵团人的庄稼本身就是在隆隆的坦克声与核弹的阴影中长起来的，这种结局毫不奇怪。

在塔尔巴哈台，有一块两国争议地区。对方的马队和铁丝网常常越境，越来越深。我们的羊群坚持不懈去吃属于我们的牧草。

那时，营长已经回到阿尔泰。

营长是在干部会上知道这个消息的。营长查看地图，那里果然有一片空白。据说那里的土地很肥沃。营长热爱庄稼，营长不种地就难受，特别是那么肥的一块地，而且是属于我们的。我们的羊连那里的草都吃不成。营长就想到那里种庄稼。

他媳妇也要去。多少年来媳妇一直与他形影不离。营长不知道媳妇肚子里有了娃娃。他种了那么多地，媳妇那块地也该有所收获了。媳妇显然想给他一个惊喜，媳妇已准备告诉他了。他刚开完会，他边吃饭边谈塔尔巴哈台那块闲置的土地，他兴致很高。这种激情媳妇太熟悉了。庄稼和地是最神圣的事情。庄稼就是我的胡达。营长对庄稼有一种宗教般的膜拜，走到田野上，他会不自觉地向上天祈祷，他的手会自动合起来，心中默念至高无上的上苍，让庄稼生长，不断生长，像狂暴湍急的洪流一样。每当这时候，媳妇就静静地看着丈夫。那年，在渭北小城的街道上，他向她描述美丽的阿尔泰时就是这种狂热的神态。这神态永远是新鲜的，熟悉而新奇。媳妇说："我跟着你。"营长犹豫了。营长也不知道为什么要犹豫。媳妇非去不可，他就不坚持了。

那个连队离边境线只有一箭之遥。事件发生时，大家正在吃饭，有些人在擦拖拉机，收拾玉米种。兵团战士喜气洋洋，我们新疆好地方，天山南北荒漠变粮仓。

有人喊："羊倌被抓走了。"

大家呼啦冲出去，大家没去武器库拿枪，大家都习惯了农具，大家掂上农具冲过去，跟老大哥的兵打在一起。那都是骑着顿河马的哥萨克兵，用马刀用马鞭子，后来就用枪。

营长挨了一枪。营长不怎么怕这玩意儿。他身上有胡宗南的枪子有美国人的枪子有土匪的枪子，就差哥萨克的枪子。营长一铁锹下去，劈在开枪者的手上，手臂和枪一起飞出去了。

哥萨克兵退到他们那边。他们身上全是农具打的伤，不是武器打的，那种耻辱谁受得了。

被子弹击中的是个妇女。哥萨克兵都看见了，倒在地上流血的是个妇女。她是营长的媳妇。那是颗穿甲弹，把营长的身体穿透，把营长身后的媳妇也击中了。大家抢救她时才发现她是个大肚子。营长跪在她跟前，营长已经不会说话了，他媳妇惊喜地告诉他："我们有孩子了。"他媳妇流下泪，阿尔泰女人的泪一直含在眼睛里的，现在流出来了，他媳妇说："我不想死。"营长就把玉米塞进她的伤口。她说："我们的孩子。"营长就在她嘴里放一颗玉米粒。她就不说话了，也不流泪了。营长在她耳边小声说："高贵的生命不会死亡，我们必将在植物中复活。"

生命新的航程就这样开始了。

营长在他媳妇的耳边小声说："生命回到了幼芽。"

玉米的幼芽就从媳妇的伤口长出来。

营长在他媳妇的耳边小声说："生命回到了大地。"

大地就挖开一个很深很大的洞穴，尸体慢慢滑下去，人们还能看到金黄的玉米，就像一匹黄骠马。

营长还在诉说，那声音完全是树叶的喧响，一棵阿尔泰的白桦树啊，我们不由自主地仰起头，仰望这高贵的树，那树说：你们听了很多很多，你们想说的时候就叫红柯吧。在中亚腹地，红是美丽的意思，柯则是小小的树枝；那树枝轻轻摇晃，捕捉大片大片的风：

> 我说了话，写了书，
> 我抓住了两个世界。①

———————————

① 引自维吾尔族诗人尤素甫·哈斯·哈吉甫的古典长诗《福乐智慧》。

卷二

塔尔巴哈台

母亲们在玛纳斯怀上我们之后，把我们带到塔尔巴哈台山，我们还是一团粉嘟嘟的嫩肉时，就经历了一次长途旅行。那是一次极其壮观的旅行。我们是在一个寒冷的春天来到塔尔巴哈台的。塔尔巴哈台确实像一只旱獭，战战兢兢地缩在国境线上。庄稼地和房了紧贴着国境线。我可以告诉你我们房子的具体位置，墙根就砌在国界上，打开窗户，全是异国他乡。母亲总是告诉我们：我们是从玛纳斯迁来的。玛纳斯对我们这些孩子来说就像天堂一样，我们不明白母亲为什么把玛纳斯看得那么神圣。明白这个道理需要很长的时间。

先说那个寒冷的春天吧，就在我们出生的那年，边境线上发生了一件大事情，几乎是在一夜之间，人们一下子发疯了，抛弃家园拥向国界那边。据说有五千个克格勃潜伏到我们这边，策划鼓动，边境那边的喇叭声嘶力竭，用的全是中国话，真让人不可思议，俄国人说中国话说得这么好这么地道，人们以为耳朵长错了。沿边境线一字摆开美味佳肴，面包牛奶方糖，崭新的公共汽车，早已发到大家手里的侨民证，五十万张侨民证，带上这个本本，一夜之间就能进入天堂。人们就这样经不住诱惑，带上值钱的东西，离开祖祖辈辈生活的家园到异国他乡去寻找美好的生活。村子和牧场只剩下老人、妇女和娃娃。老人们自己不走，还要去劝那些疯狂的年轻人，年轻人有的是力气，他们毫不客气地掰开老人的手指，跟撅一捆柴一样把老人撅到路边的阴沟里，撅在村子里。那些顽固不化的老人总是坚持不懈，从阴沟里爬起来，仰躺在大路上用身体顶住大车轮子：要走就从我的身上轧过去吧。年轻人有年轻人的法子，他们就把老人的手脚捆起来，往沙地里一丢。喜欢恶作剧的年轻人把老人装在车上，"老爷爷跟我们一起走吧"。就这样到了国界，老人自己着急啦，挣扎着从车上滚下来，年轻人哈哈大笑，国界那边邻国的边防军也哈哈大笑，笑得更响亮更开心。年轻人把名字都改了，全都斯拉夫化。后来就没有这么客气了，大家不但要带上自己家里的东西，还要带上公家的东西，银行、百货公司、仓库成为冲击的目标，小镇被一扫而光，县城甚至专署所在地也危在旦夕。这就是1962年春天发生的事情。整个国境线空荡荡，出于对伟大邻国的无比尊敬和信赖，好多年都是有边无防，千里国界无一兵一卒，纵深两千里也没有军队。领导急得团团转，乌鲁木齐离边境地区太遥远了，告急求救的电话、电报源源不断。打开地图，秘书们找来各种资料，在准噶尔盆地中部有一块新开辟的农场，那儿恰好有一位野战军出身的团长，没有具体的职务闲置着，据说犯了错误停职检查。

"他犯了什么错误啊？"领导最关心这个。

秘书的声音降了八度："抛弃了老家的妻子，另搞了一个女学生。""热爱女人的男人是不会背叛祖国的。"领导如同神灵附体，说出这样掷地有声的话，直接跟那位团长通话，大家听得清清楚楚，领导一字一顿地向那个遥远而偏僻的农场发布命令："我命令你迅速组建一支小分队，奔赴塔尔巴哈台，封锁巴依木扎山口和库则温山口。"

那个停职检查的团长就这样成为边境地区说一不二的真正的团长，接电话的时候两个端枪的卫兵押着他，放下电话时，卫兵乖乖听他指挥。整个垦区骚动起来，脚步声、马的嘶叫声，垂挂在白杨树上的铁铧当钟用。人们哇哇叫着去马号里牵大马，去武器库里领枪支弹药，人们潮水般往团长跟前挤，团长走过来时又闪出一条小甬道。团长那双眼睛嗖嗖嗖在人群里飞蹿，挑中的都是精壮汉子，都是二十出头的小青年，黑楂楂的胡须刚刚盖住他们的嘴唇，就像地里长出的头茬苜蓿，谁都能闻到那股子香味。团长对他挑选的兵将很满意，"不错，这小子不错，你，就是你，牵马去，操家伙去"。几千号人只挑出二十个小伙子，他们牵着大马挎着长枪，腰里挂着刀子，蒙古刀库车腰刀什么刀都有，光是手里的鞭子就让人眼馋得不得了，啪啪响几下，马就开始尥蹶子，在地上团团转，随时都会变成一股风暴拔地而起。那些老兵开始嚷嚷了，这是一支从朝鲜战场撤下来的部队，战马和枪总是让他们热血沸腾。团长才不理他们呢，团长咳嗽一下说："你们都老啦，咋好意思拿枪呢！枪是年轻人的事情。"

"你呢？你跟我们一个样，胡子比尿长。"

团长才不理他们呢，团长给政委叮咛几句，带上二十个小伙子，一声上马出发，高大的白杨树夹着的大道上就冲起一股烟尘。人们伸长脖子遥望远方，羡慕、嫉妒，很快变成一团一团怒火，他们现在可以放开胆子骂这个狗日的团长了，很快就骂到问题的关键："狗日的弄了一个丫头，尿长啦，长得跟胳膊一样。"

女人堆里那个十九岁的女兵一直在远处看她的团长，四十岁的老兵在那个春天瞬间年轻了二十岁，十九岁的女兵亲眼看到老兵跟鹞鹰一样跃上马背，举着长枪，疾风般奔向远方。那些咒骂声传到她耳朵里，变成火焰在烘烤她，她随着人流往回走，她走在后边，听那些男人们愤怒的咒骂。她回到地窝子，整个人跟火炭一样，地窝子的中央有一个土炉子，她往里边丢一根梭梭柴，眼睁睁看着火苗把坚硬的梭梭解开，裂缝里喷出更凶猛的火焰，跟荒原狼一样恶狠狠地吼叫着，她用大铁壶压住火。她趴到窗口往外看，地窝子的窗口紧贴地面，大地平坦辽远，目光可以贴地面飞蹿。

"塔尔巴哈台山。"

她从箱子里翻出地图册，蓝色塑料封皮的地图册，她很快找到那座山，也找到那个叫作塔城的小城，狭小的地窝子，苇把子拱顶，不停地掉下土渣，她跟草原上的女人一样用围巾把头发扎起来。她的肚子里热乎乎地动了一下，她啊呀叫起来，她张大嘴巴捕捉那种奇妙的感觉。事实证明：那年春天，玛纳斯河畔的地窝子里，许多女人都有了身孕。那是千年荒原极其罕见的迅猛无比的春天。她在巨大的喜悦中再次翻开地图，查出塔尔巴哈台的原始含义，地图册里清清楚楚地写着：塔尔巴哈台，蒙古语，旱獭的意思。八个月后，也就是这一年冬天，她生下一个真正的旱獭，毛茸茸的胖娃娃。而她所想象的塔尔巴哈台山跟实际分毫不差。半个月后，她和一群女人来到塔尔巴哈台山，她惊讶得说不出来话。

现在，她在玛纳斯河畔的地窝子里，跟看电影一样看着她勇敢的团长奔向群山和草原，奔向骚乱的边境线。我们的母亲们连梦都没有，她们仅仅意识到自己怀孕了。挖渠下田的时候要留个神，她们做梦也想不到会离开刚刚开垦出来的美好家园，把孩子生到几千里外的塔尔巴哈台山。"就跟一群旱獭一样在地下挖个洞，就是我们的家了。"多少年以后，母亲们还在诉说自己的不幸。 1962年春天的时候，她们只认一个死理，她们将是玛纳斯河畔第一代生养孩子的女人，她们骄傲得如同肥壮的大母牛，浑身洋溢着生命力和富足，高声大气地说笑，以消除疲劳。谁也没有注意到西北角那个小小的地窝子里，那个十九岁的女兵用她巨大的梦想把所有人都卷进去了。她开始呼叫塔尔巴哈台。

据说旱獭是大地上胆子最小的动物，它的个头只有小板凳那么大，锋利的牙齿不是用来厮杀搏斗的，只能咀嚼野苜蓿和针茅，勤快的手脚既不能当武器也不能像鹿或者黄羊那样疾风般奔跑，那双短粗结实的手啊是专门挖洞的。它一口气能挖十几米深的地洞，那疯狂劲儿跟猛兽差不多，手脚并用，最激烈的时候就用牙咬，岩石被咬得粉碎，让人不可思议的是它的手脚和利齿面对地面上的任何动物都无能为力，但只要往地里一钻，大地就裂开一道缝，确切地说，大地跟一张纸一样被这种罕见的神力撕裂，任凭它大显身手，直到精疲力竭，一动不动地缩在地层深处。那是一个斜下去的深洞，扎进去十几米，缩成一团的小旱獭微微颤抖着，它紧贴着地洞的底部，大地汇聚着四面八方的力量来抱住它，它才慢慢地安静下来，大地也安静下来，在地洞里它才有安全感。

地洞也不是永久的安全之地，熊能扒开地洞，旱獭无路可逃。熊的走动声是很特别的，尤其是那种缓慢的脚步声，由远而近，从容不迫，很准确地找到洞口，然后就停那么一会儿。旱獭紧张死了，它根本不知道自己的哀鸣有多么响亮，那是一种类似小狗的尖叫，草原上的人们都把旱獭叫犬鼠，对熊来说，又肥又胖的小旱獭是一道美味，旱獭又有雪猪的美名。小旱獭可不喜欢雪猪这种叫法，它同样也不喜欢犬鼠，犬是牧人的宝贝，熊是不敢招惹犬的。旱獭就是旱獭，孤单无力，在棕熊可怕的挖掘声里，它停止了尖叫，也不再颤抖了，它的屁股和嘴巴顶在一起，跟圆球一样，在熊爪落下来之前，旱獭就已经感受到了地面上所有的冰凉和寒气。有时，狂暴的熊会一掌下去，把旱獭拍得稀烂，然后用屁股搓啊搓啊搓成泥巴。那些饥饿的熊要优雅一些，轻轻抓起缩成一团的小旱獭，往大嘴里一丢，就像壮汉吞吃鸡蛋一样。熊一口气可以吃掉二十只旱獭。地洞再深也没用，熊总能揭开大地，跟揭被子一样把旱獭堵在窝里。千百年以来，旱獭一直梦想着打出一个很深很深的洞，一直打到大地的心脏，可恶的棕熊总不能捣毁大地吧。那仅仅是一个无法企及的梦想，最深的洞只能打到二十米左右，棕熊稍用点力就可以让旱獭暴露在光天化日之下。

　　地上的猞猁、雪豹和狼，天上的鹰、鹫更是迅猛异常，只要是食肉动物都能追捕旱獭；只有野兔、黄羊和虫子不伤害它们。能让旱獭生活的地方一定是大地上的乐园，那里没有厮杀和战争，只有牧草和虫子。一代又一代的旱獭跑遍了大地的角角落落，它们把窝建在高山的陡坡和河谷的陡坎上。相传天山和帕米尔高原是旱獭最理想的家园，尤其是帕米尔雪原。为了适应高寒地带的气候，旱獭的背上长出一绺赤褐的长毛，跟汗血马一样，灰旱獭成为红旱獭，那是一种高贵的品种，尽管数量很少，却很有号召力。中亚大漠的旱獭乌云一般拥向世界屋脊。即使到不了帕米尔高原，美丽的天山也可以满足它们的心愿。辽阔的哈萨克大草原即使狂风般的野马群也要奔跑好几个月。小板凳似的旱獭要穿越大草原该有多么绝望，那条横亘在阿尔泰山和天山之间的低矮的山冈成为旱獭们泅渡茫茫苦海的岛屿，旱獭可以在这里喘口气；那是多么漫长的一口气啊，旱獭再也没有气力奔跑了，因为它们在这些低矮的山冈上打出几十米深的地洞，它们从来没有打过这么深的洞，更让它们不可思议的是在洞的底部竟然拓宽，向左向右，整出一个宽敞的大厅。那些雌旱獭竟然弄来柔软的干草，雌旱獭仿佛神灵附体，很快打出一个小洞，那是大小便的地方；离厕所远一点，再打一个更宽敞的洞，弄出一个平台铺上干草，一个温馨的家出现在大家面前。无论是雌旱獭还是雄旱獭，谁也没有想到它们会有这么大的力量，它们能建造这么一个家园。离天堂的大门还很遥远，刚好摆脱地狱的阴影，这就是家园。更多的旱獭汇聚在这里，好多年以后，那些征服了世界的蒙古兵战果累累来到这里，他们从故乡哈拉和林出发，翻过阿尔泰山，横扫欧亚大陆，沿着大西洋和印度洋辽阔的海岸线一直绕到喜马拉雅山，并翻越了那座世界最高的山峰，进入中亚黄金草原。他们再也不想打仗了，他们太累了，他们从马鞍上滚下来，躺在山坡上再也不想动了。他们身子底下就是美好无比的旱獭窝，他们就像躺在一堆海绵上，他们梦中的大地热烘烘软乎乎，跟肉团一样，他们梦见了故乡，无论是兴安岭还是不儿罕山，山上长满金黄柔软的乌拉草，比绸缎还要光滑柔软的乌拉草啊，哈拉和林的乌拉草，他们醒来的时候，一下子就看到了世界上最善良的小动物……胆子最小的旱獭竟然不怕胆子最大的蒙古兵，因为旱獭身上粘着几丝金灿灿的干草，蒙古兵眼泪都下来了，他们以为到了故乡，哈拉和林故乡，故乡的动物呀，故乡的小宝贝呀，他们就把这个小宝贝叫哈拉，多么响亮的名字——哈拉！跟人一样，哈拉是小名，蒙古人还要给旱獭起一个很庄重的大名：塔尔巴哈台。蒙古人用旱獭油医治身上的刀伤，用旱獭皮做帽子，他们成了群山和草原的牧马人，恢复了草原人的天性。那一天，旱獭生命里的高贵与梦想一下子爆发出来了，那只最优秀的雄旱獭一口气打出三十多米深的洞，不是为了生存，是好奇心，是梦想，驱使着旱獭去冒险，在这只雄壮的旱獭之后，第二代、第三代旱獭接着打。它们越来越相信上天赋予它们的那双利爪，短粗有力，那简直是一台挖掘机，向大地的腑脏挺进！越深越艰难，第三代第四代的旱獭穷其一生只能前进一两米。对整个旱獭世界来说，那来自大地深处的挖掘声总是让它们激动不已。连那些牧人也会把耳朵贴在地上倾听这激动人心的声音，放牧的生活枯燥寂寞，一想到大地深处那个圆浑浑的小生命，牧人郁闷的心一下子就开朗起来。

1962年的春天，那个十九岁的女兵趴在玛纳斯河畔的地窝子里，她的腹部地震似的动了一下，她根本没有意识到她身体里的生命，她一门心思看那只大地深处的小旱獭，爪子短粗有力刨啊刨啊，在群山腹地，她的团长举着长枪骑着大马也在跑啊跑啊。

大地是没有尽头的，大地越来越辽阔，辽阔得让人绝望，无论是人还是旱獭，全都瞪大了眼睛。

刚开始，女兵是用地图来认识新疆的，新疆的山川河流、草原戈壁城镇交通线都印在她脑子里。国家号召青年人把火热的青春献给大西北，特别是女青年，报名就可以穿上军装。每年都有大批的有为青年放弃学业奔赴边疆。她渴望早早长大，长到十八岁就可以报名参军。从初中开始她就拥有一本漂亮的地图册，每次翻开之前她都要轻轻摸一下光滑的塑料封皮，坚硬而有质感，大戈壁应该是这样子，无边无际的石头。她从图片上看到辽阔的戈壁，还有戈壁上的绿洲。她向往绿洲。据说绿洲是军垦战士从荒漠里开出来的。绿洲在地图上是一个个小黑点。当这些黑点变成实物出现在她面前时，地图一下子就被冲得没影儿了。她脑子里装满了新疆、中国乃至整个地球的地理知识，可她连家门都没有走出过，一个小县城就是她的世界。辽阔的中亚大地就很容易吞掉那本漂亮的地图册。

她可不想让她的地图册沉没在瀚海里，她从不放过任何一个炫耀地理知识的机会，司令部那帮小参谋都不是她的对手，他们没上过学，是在部队的识字班里突击学的文化，他们喜欢请教这个内地来的女兵，他们制订出来的方案常常出错。团长是个粗人，常常把漏洞百出的计划呀方案呀，摔在小参谋的脸上，团长决心教训一下这个自命不凡的女兵，团长把女兵叫来告诉她：明天去小拐。小拐就是玛纳斯河拐弯的一个地方，玛纳斯河从天山腹地呼啸而下，在准噶尔大地拐几下就消失了，团长说："听清楚了，是小拐。"女兵很快在地图上找出小拐。出发时团长告诉随行人员听"地图册"的，司令部的人都把女兵叫地图册。女兵是第一个拥有地图册的人。大家谁也没见过地图册，地图从来都是贴在墙上的，把地图搞成一本书确实是一件了不起的事情。团长也不敢轻易得罪这个拥有地图册的小兵。女兵挺得意。她可以指挥一大帮人，别人骑马，她坐车，坐司令部唯一一辆美式吉普。她把大家领到大拐。团长的脸就黑下来了："我们自己去小拐。"团长骑上马，领着大家走了。女兵和司机留在车上，还有刚下马背的小参谋。三个人沿着玛纳斯河乱窜，第三天才赶到小拐，还是用步话机联系上的。三个兵开着一辆车，被狼群追赶着，狼嗥跟风暴一样掠过大地，女兵吓得哇哇大哭。刚开始两个男人还安慰她，后来谁也不理她了，一个拼命开车，一个拼命放枪，子弹打光了，只能狂奔，直到团长的马队赶过来，马刀亮闪闪，劈倒一大片狼，狼群才散开。大家都以为这个被吓软的女兵会乖乖爬出吉普车，团长也是这个想法，团长勒着马嚼子有点洋洋得意。女兵哆嗦着从车里爬出来，抓起一块尖石头朝团长砸过去，马被砸得跳起来，嘶叫着朝大漠深处狂奔，政委参谋长全都大笑。团长身经百战，子弹都奈何不了他，女人和马只能给团长增添一些男人的风采。谁也没有想到团长会栽在女兵手里。狂奔的马踩在旱獭窝里，马蹄子咔嚓一下断了，团长的两根肋骨也断了。骏马躺在地上发抖狂叫，团长捂着左肋爬起来。女兵永远也忘不了那惨烈的一幕：骏马一声长一声短地叫着，骏马的眼瞳闪射出一道奇异的强光，团长爬过去，把马脑袋抱在怀里，团长跟马一起发抖呻吟，马已经叫不出声了，白沫喷满了团长的脸，像涂了肥皂，团长站起来，用手枪顶着骏马的脑门开了一枪，团长的半面身子红了。

团长在医院里躺了三个月。女兵去看望团长，大家都用奇怪的眼光看她，团长说："不怪她，怪我自己，我想整人家，结果让旱獭整了我一下。"气氛一下子就缓和起来，团长说："我可被整坏了，我打了二十多年仗，没受过伤，一只小旱獭就要了我两根肋骨。"那只小旱獭并不知道自己惹的祸，它很好奇地爬出来看这些军人，有人举枪要打，被团长制止了，谁都知道真正的草原骏马是不会踩到旱獭窝里的。团长的坐骑来自陕北高原，还不熟悉大漠的地形。大漠就必须有旱獭，磨练出大漠的骏马。团长很佩服这只了不起的旱獭，团长忍痛对旱獭说："快去打洞吧，往深里打。"小旱獭倏一下钻进洞里，大地的心脏就跳动起来了，忽倏忽倏，从地洞里涌出一堆堆新土。女兵小声说："我和旱獭合谋害了你。"团长就笑："你要能跟旱獭合谋那可了不得，旱獭是大漠群山的活地图，土壤水文沙石的分布它都清清楚楚，它跟编笼子一样把地球抱在怀里玩。"女兵开始对她的地图册发生动摇："地图是按科学绘制出来的呀！"团长说："那只是个大概，一条大河在地图上就是一条弯弯曲曲的线，你要是沿这条河走一遍你的感觉就不一样了。"

"我不相信你能走多少地方。"

"我走遍了大江南北，我见识过各种各样的地图。无论是我们的军队还是国民党的军队，用的地图都是日本人绘制的。日本人很早就深入中国各地实地考察，跟姑娘绣花一样做出这么精致的活儿，你不服不行。我在山西前线最后一次看日本人绘制的中国地图，看完就收起来了。"

"你想看我们自己绘制的地图，下一次我给你带来。"

她带来了她的地图册，她找到玛纳斯河，她怎么也搞不明白地图会骗了她。团长说："地图没有骗你，河流的位置没有错，你应该想到河流不是一条简单的线，这就需要经验，经验是用两条腿得来的。"

团长痊愈了，团长带着女兵和那些小参谋沿着玛纳斯河走了好几个月。女兵再一次看地图册时，那些小黑点和线条总是带着形体带着声音和色彩，河流以及大地上的一草一木一下子有了生命，她知道河流的汛期和涸水期，她知道河流左岸和右岸的不同，她知道风把树木变成阴阳两个面，她还知道山脉的走向，她知道的东西太多了。她跟一个孩子一样对大地、对地图充满了好奇，她指着那些陌生的地域问团长，这个老兵竟然能准确地描述出那些未知领域的一切，那可是一片处女地呀，连那些地方他都清清楚楚，他是一个什么样的人？女兵的好奇心越来越强烈，团长没多少文化，团长甚至不知道处女地这个词儿，女兵就小声告诉团长："从来没有开垦过的土地就叫处女地。"

"不就是荒地吗？我迟早要把那些荒地开出来，老子从五家渠开到石河子开到玛纳斯开到大拐小拐，老子要一口气开到边境线，把种子撒到边境线上，哈哈哈，多么辽阔的土地，在口里你看不到这么大的土地。"

"他简直就是一台拖拉机。"

那是全团唯一的拖拉机，团长驾上铁牛冲过去。前方是一望无际的覆盖着一尺多厚草皮子的荒原，拖拉机猛然发出震天的怒吼，犁刀切开处女地的胸膛，泥土的芳香冲天而起，带着呛人的腥味。粗犷辽远的犁沟，如同闪电，划破天空和大地，从她的双腿间从她的腹股和胸脯上一拥而过。开垦处女地必须用铁，用锋利的铁！她目瞪口呆，她一下子感受到大地深处那个雄壮的生命，雄旱獭在挖掘很深很深的洞，在使劲刨啊使劲刨啊，有一个很深很深的洞，深不可测，一直深到大地的心脏。刚到新疆不久，她就听牧民们说过古老的生命树。据说在洪荒的远古时代，大地上空旷无边，寂然无声，没有生命，什么也没有。创世主迦萨甘寻思着给大地创造一些有生命的东西。于是迦萨甘就在大地的中心栽了一棵生命树。生命树长大了，结出了茂密的"灵魂"。

灵魂的形状像鸟儿，有翅膀可以飞。那些飞出地面的灵魂随地赋形，产生出人和各种动物。据说连植物也是生命树上长出来的。从那时起大地就充满活力。根深叶茂的生命树，她就要这么一棵树！

女兵扶着犁吆着两匹大马向大地深处挺进，翻起的土块一浪高过一浪。泥土圆润饱满，就像切开的鲜肉，壮美无比的腱子肉，泥土的肉，大地的肉，草原女人就是这样赞美自己身上的肉："噢哟，瞧她的身腰，肉肉的，瞧她的屁股，肉肉的。"在玛纳斯河畔的千年荒原上，十九岁的女兵一下子瘫在地上……拓荒时代常常发生这种事情，人们被大地的神力挟带着，直到用尽最后一点点力气，就彻底地进入睡眠状态，被牲畜拉着走，在行进中酣睡，炊事员把饭送到地头，有的人吃着吃着碗掉在地上，嘴里还衔着馍馍，胸膛里已经响起炽热的呼噜声。——十九岁的女兵被大地的肉体融化了，谁也没注意她，大家都当她累了，就让她歇一会儿吧。春天的大地跟毯子一样。

团长最后离开战场，拓荒时代的人们把神地当打仗，团长还是野战军的习惯，喜欢一个人巡视战场。大地静悄悄的，荒原向远方逃去。团长刚开始并没有发现女兵，团长看见犁沟里的旱獭，小旱獭的眼睛黑丢丢的，它不明白人们为什么跟它一样刨出这么多新土。它这儿瞧瞧那儿嗅嗅，只有大地深处才有这么新鲜而浓烈的气息，小旱獭仿佛回到了温暖的地洞里，小旱獭滚啊滚啊快滚成一个皮球了，小旱獭滚到洞口都不知道，大地张开嘴巴把它咽下去。团长一直跟踪到洞口，团长的手伸进去，团长摸到一团毛茸茸的肉，热乎乎的，团长的脸抽一下，团长是个结过婚的人，团长整个手臂全伸进去了，就像被大地吸下去的，从团长的脸上可以看出他有多么沮丧，那团热乎乎的肉逃脱了，从地面上可以看出旱獭逃窜的波痕。团长跟孩子一样犯了牛脾气，执着得不得了，顺着犁沟，犁沟又深又长，大地深处任何微妙的波动都可以从犁沟的细土上看出来，细土扑簌簌滑下来，团长奔过去，奔过去，团长终于发现了他的旱獭。小旱獭穿过大地深处从女兵怀里钻出来，女兵又惊又喜，真像从她身上长出来的一团肉，女兵一下子跪在地上，抱住这团大地的肉，亲啊亲啊亲不够，团长走到她身边她都不知道，圆滚滚的旱獭身上多了一双男人的手她都不知道，男人和女人的手，四只手又是抱又是摸，圆滚滚的旱獭越来越圆，成了圆皮球，在男人和女人身上滚过来滚过去，一下子滚进了洞里，旱獭进去了，团长也进去了，只有女兵傻傻地看着这一切，女兵从苍穹顶上看着大地上的自己，看着自己身上的洞，旱獭在洞里刨啊刨啊，团长跟真正的拖拉机一样扬起锋利的铁铧扎进去，深深地扎进去……在陕北老区，团长早已娶妻生子，本来打算年底接妻儿到新疆落户，领导也跟他谈过了，他的职务是农某师的师长，少将军衔，垦区第一座新城大楼是他的办公室，带小院的砖房是他的家。现在这一切全都土崩瓦解，四十岁的已婚男人在玛纳斯辽阔的大地上进入处子状态，她的团长已经不是团长了而是传说中的生命树，一棵根深叶茂的大树出现在女人身上，她成为玛纳斯最幸福的女人。

团长什么都不顾了，王震、张仲翰，以及他的铁血战友都不行，都劝不动他。犯这种错误的团长会被撤职查办降为士兵。战友们火了："降为士兵你懂不懂。革命几十年你白干了，一切从零开始，你四十岁了，不是小伙子了。"团长只记住后边这个"小伙子"，十九岁的女兵给他的感觉绝对没有错，他还是个小伙子。一切从头开始，开天辟地，创世记，他的血又热起来啦。多么可笑，大军开到酒泉时，老兵们闹情绪了，革命一辈子就扔戈壁滩上啦。大家只敢在底下瞎嚷嚷，谁也不敢找王震王胡子。团长有这胆子，他给总司令当过护兵，他闹王震又不是一次两次，他嘟囔着找王震要房子，要在兰州城里安个家，接陕北的老婆孩子过日子，新中国成立了，老革命过小日子没有错吧。王震一下子火了，召开军事会议当着几百号干部的面，质问他："戈壁滩留给谁？留给毛主席，你去住中南海，你去不去？我马上给你打电话在中南海给你腾房子，你去接老婆孩子吧。""我不是这个意思。""不是这个意思你就给我滚！滚远远的，你以为这是南泥湾呀。"当年在南泥湾他就闹过一回，发誓不种地，十四岁参加革命的红小鬼，身经百战，他为此而自豪，江南老家的田园生活早都忘光了，听见枪炮声就如同神灵附体。部队开到南泥湾，他丢下锄头溜回山西前线，他宁愿当一名士兵去冲锋陷阵，也不愿去开荒种地。不久，王震的部队也开到山西，大战开始，他在山西前线，一口气挑了二十个日本兵，最后一个日本兵跪在他跟前，他已经杀红眼啦，收不住那颗野马似的心了，刺刀一抖，跪在地上的日本军曹被甩出十几丈，他被喷成一个血人，他跟抹汗水一样在脸上抹一把一甩，甩掉那些血浆。这一切，王震在望远镜里看得清清楚楚，血人还在战场上奔跑，大吼着，抖着刺刀，又倒下一大片日本兵。血雾笼罩天空，血人狂叫不断，一群丧失斗志的日本兵鬼哭狼嚎，缩在山洞里，谁都能听到那是哀号，是精神彻底崩溃后的哭号。血人已经是铁石心肠了，端着刺刀在洞口大叫，战争所具有的恐怖状态一下子到了极限。王震下令："把他拉回来，把他拉回来。"特务连十几条汉子费好大劲才制服血人。"他的血还是那么热，咋办呢？"

王震捋着大胡子："先让他冷静一下，以后会有大用场的。"

团长在地窝子里冷静了一个礼拜，就被放出来啦。这事非同小可，领导想来想去放心不下，就给远在南疆的王震汇报这件事，电话那边没有声音，领导就强调：只给他二十个人没敢多给。王震说话了，王震说："他还会问你要人的，要多少给多少。"领导吓一跳，以为听错了，王震说："那是十万大军的防区，二十个人顶一个野战兵团。"领导还没有反应过来："军队马上会开上去的。"王震叫起来："我们要的是庄稼，让塔尔巴哈台山长满麦子和土豆，这比坦克和大炮重要得多。"领导在琢磨王震的话。王震已经笑起来了："千里边防危在旦夕，你干了一件大好事啊，你很及时地把我们的雄狮从狗洞里给放出来啦，就让他到他该去的地方吧。"

团长真的成为一头狮子，关禁闭的一星期没刮胡子没收拾头发，刷子一样的头发全都愤怒了。不停有人摔下马背，那人挣扎着又重新上马，咬紧牙关追赶队伍。马离开草原变成耕马已经好几年了，已经适应大田里耕地拉车驮柴火，马就很艰难地寻找着那种在群山和草原上疾驰如飞的感觉。二十个小伙子差不多都被颠下马背，进入群山腹地时已经伤痕累累。大家都有些狼狈。团长根本看不见他们的狼狈相，团长大声吆喝："不要跟娘儿们似的哼哼唧唧，你们很快会碰到大群大群的女人，那时你们会害臊的。"

"我们没有哼哼唧唧，团长大人你听错了。"

"我长耳朵呢，我的耳朵不是样子货。"

团长一脸怪相，把小伙子们给激怒了。

"不要用这种眼神看我们，小心我们揍你。"

"那就让草原和群山看你们吧，我的眼睛算狗屁！"

团长一抖缰绳，胯下的马就蹿出去，小伙子们全都蹿起来啦。山势猛然开阔，远方的山顶跟猛兽一样呜呜怪叫。团长俯下身子差不多贴在马背上。大家都学团长的样子。大风就过来了，马被风揭起来，扬起前蹄，直直竖立在地上，马背上的骑手几乎跟马融为一体，尤其是两条腿，跟钢圈一样箍紧了马腹，马的神力从腰腹间一下子爆发出来压住了狂风，马稳稳地站在地上，四个铁蹄抓紧大地，脖子和脑袋向前探着，马鬃飞扬，马开始跑起来，马脑袋跟铁铧一样在狂风中划一条道，风的裂痕越来越深，风跟布一样发出撕裂的声音。有时马要跳起来，房子那么大的石头在风中滚动，马轻轻一跳，就躲开炮弹一样飞蹿的石头。塔尔巴哈台山由北往南横在中亚细亚大草原上，东西两半全是一望无际的大荒原，平坦空旷，骏马半年都跑不到尽头，正好给风提供了机会。东西南北以及苍穹的大风全聚在这里，野风飞舞狂叫，比野马还要烈的狂风冲向塔尔巴哈台山，峡谷被风凿宽了，依然满足不了风的神速和密度，能揭掉的岩石全被揭下山去，被搬到山外的旷野上，打磨成碎石和沙子，山体全剩下骨头啦，全都是含着金属的矿石，坚硬锋利，风再也啃不动山体了。这些峡谷成为让人望而生畏的险境。

雄狮般的团长总算把他的人马带出老风口，他们在背风的山坡上喝些水，继续赶路。他们走的是近路，他们终于看到了山间大道，人们赶着车子，赶着牲畜，带着所有的家当往边境奔跑。团长一挥鞭子奔下山坡，马队紧随其后。谁也没注意这队人马已经跑了好几天了，要去国外太容易了，大家胆子就大起来，谁知道这些带枪的人是干什么的？团长和他的马队好不容易赶到人流的前头，团长大吼起来，人们在大风中可以听见断断续续的词：祖国、家园、亲人。人们还看到团长的愤怒，有个大胡子壮汉拉起胯下的骏马，马的嘶鸣打断了团长的吼声，那个壮汉开始大叫："不要听他的，这里是社会主义，那边也是社会主义，是更美好的社会主义，那边有我们更美好的家园，朋友们走啊。"团长冲上去毫不客气给他一拳，正好砸在鼻子上，鼻梁塌陷鲜血涂了一脸，就在他摸腰间的刀子的瞬间，团长另一拳狠狠地击在马脑袋上，马轰一下倒在地上断气了。噢哟哟，人群乱了，草原上一千年才能出现一个用拳头击毙烈马的英雄。

"他是一只雄狮，他是雄狮玛纳斯！"

"巴图鲁，草原上的巴图鲁，玛纳斯复活了。"

人流往回返，分成许多支流，顺着群山间的小道往自己的村庄和牧场里走。还有一些固执的人，都是些时髦青年，很不服气地停在大道上，准备强行通过。不能怪年轻人幼稚，直至事件发生，连基层干部都晕头转向，那边一直是亲如一家的老大哥，一下子要转过弯来太难了。团长也不打算为难他们，"公家的东西留下，带上自己的东西爱去哪儿就去哪儿"。他们每人有好几匹马，驮得满满的，许多东西是从百货公司抢来的。谁也不愿意丢下东西光身子去国外，他们一声呼啸冲过来，团长就用他的铁拳，又狠又准，不断有马匹倒下，长嘶后断气，拿刀子的年轻人与刀子一起飞出去，跟活羊身上扒下的羊皮一样摔在地上。团长和他的马队排成一行，要穿过这道铁门关比登天还难，饱尝铁拳之苦的年轻人，乖乖卸下公家的东西，牵上马从马队中间走过去，走出很远才敢爬上马背。他们很快就轻松下来，去做别人的奴隶。

团长和马队穿过许多空荡荡的村庄，寂静的村庄没有人声，没有炊烟，跟坟墓一样。有些村庄只剩下老人妇女和娃娃，都很奇怪地看着这支部队。团长摸着孩子的头说不出话，团长再也不走小道了。这些空荡荡的村庄让人两眼发黑，他们奔上大道，直扑塔城。

塔城混乱的景象让人吃惊，商店百货公司全被抢光了，叛逃的人已经变成暴徒，暴徒们在围攻银行。团长告诉他的马队：可以用刀子，千万不要开枪。团长先冲上去，团长这回就不用拳头了，天黑了，谁在乎你的拳头。团长舞着马鞭左右抽打，打出一条通道，他的马队一下子冲过人群，冲进银行大院，手持大头棒和刀子的暴徒喊叫着冲上来。团长和马队一天一夜没吃饭了，银行的同志守着铁门，大家就在院子里喝开水啃干馕，暴徒已经爬上墙头。团长扔掉茶碗，"孩子们上马，用鞭子抽他们的脊梁"。铁门打开，团长和他的马队暴风般冲出去，鞭子在暴徒的背上发出暴雨般的响声，"噢哟，我的眼睛，我的眼睛"。团长一下子发现了这个秘密，团长雄狮般吼叫起来："背叛祖国的狗杂种要眼睛干什么？"鞭子横着抽。明天，边境那边就会出现许多瞎子。

银行保住了。马队去专署，专署有个警卫班。马队沿大街小巷狂奔，老远可以听见团长的吼声："狗杂种听着，这是中国领土，有良心的扔掉你娘的侨民证，老子再要看到侨民证就拧断你们的脖子。"狂热的年轻人全聚在饭馆里，大喊大叫，跳俄罗斯舞拉手风琴唱俄罗斯歌曲，他们直到饱尝了团长的铁拳才有所收敛，愤怒的团长连手风琴也给砸了，团长拎起一个赖不唧唧的小青年："唱中国歌曲，唱哈萨克民歌——《金色的阿尔泰》，你不会唱，你只会唱苏联歌曲。我拔下你的舌头。"赖不唧唧的小青年真不该亮那个小本本。他从胸口摸出侨民证："我已经是苏联公民了，你松开手。""你的护照呢？""护照！哈哈哈，全世界任何一个国家我都可以去办护照，到中国还要护照？朋友，告诉他，我刚才干了什么？"他的朋友笑得喘不过气来。饭馆的职工实在忍不住了："他们白吃白喝，把屎拉在锅里，这是人干的事吗？这是一群牲口，不是人。"团长黑下脸："那你就再拉一泡屎，给你自己再拉一泡。"团长让饭馆的职工找来绳子，给小伙子扎上裤口，小伙子有点小力气，拼命挣扎："放开我，放开我，我有侨民证。"他的肚子重重地挨了一拳，肛门轰地一下就裂开了，他给自己美美地拉了一泡屎。想反抗的同伙差不多都挨了一下，全被打乖了，团长让他们打开自己的行李，最好是皮箱，果然有一个棕红色的皮箱，那口被污染的锅被端上来，那是个炒菜锅，正好能装在箱子里。箱子里的宝贝全被倒出来，作为赔偿送给饭馆，这才公平合理。团长说："吃饭要交钱，胡闹要制裁，没有护照，就是非法入境，朋友对不起，得押你们出去。"

马队打着火把，胸前横着长枪，押着一群狼狈不堪的家伙连夜往边境赶。塔城离边境线只有几十公里，天亮就到了边卡。我们没有哨卡，对方有铁丝网，有柏油公路，有装备精良的军队，有蓄意准备的食品和公共汽车，他们很快就发现这支奇怪的队伍。与团长会晤的是苏联的一个上校：团长告诉上校，"这是一群非法入境者，在中国违法乱纪，太不像话啦。"上校微微一笑："是吗？苏联公民的道德水准不会低到如此程度。你瞧我们的小伙子，怕虫子和跳蚤，只好把裤口扎起来。"上校就笑起来了，苏联边防军全都笑。团长很严肃，团长拍拍年轻人的肩膀："你今年多大啦。""二十岁。""从今往后你可就是外国人了，我还想告诉你，在自己的国家挨一顿揍不丢人，到了国外不能耍二杆子啊。""我裤裆里难受。""忍一会儿就没事了，这些委屈都受不了，你在外边怎么混呢？等你用完了力气，做够了奴隶，你就会想起你的祖国，想回来就回来看看吧。"三十年后，这些叛逃者又拥到边境线上。家园已经有了主人。他们只能作为华侨回到祖国探亲，护照是有期限的。三十年中，他们几乎走遍了俄罗斯，几十万人，被分成许多小块，分散到中亚荒漠和辽阔的西伯利亚，苏联缺劳力，他们及时补充了劳动力的不足，俄罗斯人不愿意干的工作，全包给他们。当地居民又强烈地排斥他们，把他们当叛国者，当陌生人，他们倾其一生也难以融入陌生的土地，有人不停地结婚、离婚，差不多经历了苏联各民族的婚姻，直到腰杆弯下来，生命枯萎。正好三十年，祖国的日子好起来，什么东西都不缺，他们晚年只能做一件事，就是回国狂购，然后在无奈中离开。这是后话。

团长在国门留三个哨兵，然后去封锁巴依木扎山口和库则温山口。那是塔尔巴哈台山最险要的两个山口，从早晨爬到下午两点，太阳西斜的时候，他们才攀上山顶，手持刺刀的哨兵出现在山口时，整个群山欢呼起来："哈哈，山口安上岗哨了。"哨兵的身影被斜阳放大几十倍，投射到山的两侧，国界以外都被哨兵高大的身影遮住了。苏军狂躁不安，又无可奈何。

大规模的边民外逃接近尾声，人们老远看见山口的哨兵就纷纷返回故乡，只有少数亡命之徒，铤而走险绕过山口，从小道直奔国境线。小道忙碌起来，牲畜是无法赶了，车子也走不出去，叛逃者带上最值钱的东西翻山越岭往国外跑。从群山到草原到乡村，公社和镇政府依然处在危急当中。团长和他的马队，一个公社挨着一个公社去救援。许多公社空无一人，门窗被砸烂，被洗劫一空。在比较繁华的小镇街上还有行人，有店铺，也有横行霸道准备出逃的家伙，他们一定要毁了这边的家园才放心地去投奔国外。他们算是倒了大霉，团长狠狠地教训了他们。在十字路口，有一个白发苍苍的牧民躺在地上拦一辆大车，人们议论纷纷，因为这是人间罕见的奇迹，从五十里外的牧场开始，老人就用身体堵车子，木轮大车从他身上轧过去，他依然没死，大声喘气，喘一会儿又爬起来，去追赶车子，赶上后再照样躺下，被轧上一回，因为车上有他的小孙子。儿子和媳妇跑的时候，老人抱着小孙子不松手，儿子和媳妇就带上大孩子跑了。跑出去之后又想孩子。这段时间，克格勃是最活跃的人，他们出没于国境两边跟逛大街一样方便，他们不要孩子的照片和地址，就能把孩子带出来。孩子现在坐在大车里，怀里全是外国糖果，还有一个玩具，孩子快乐啊，听不见爷爷的叫喊声。车上的大人骗孩子说，你爷爷跟咱们一起出国，你爷爷身体棒不用坐车，靠两条腿就能走到国外。孩子放心地玩，一点也感觉不到爷爷的苦难。谁都清楚，再轧上几回，就是神仙也会没命的。团长离开马队，疾风般冲上去，人们纷纷让路，有人喊："玛纳斯，雄狮玛纳斯！"赶车的克格勃也听人们说过雄狮玛纳斯，千百年来流传在草原上的神话英雄竟然在一个汉人身上复活，这是克格勃难以忍受的，鼓动过来十几万，却复活一个古老的英雄，一个大英雄顶几百万几千万芸芸众生，克格勃什么都不顾了，克格勃只记得那个神话般的传说，用拳头击碎烈马的脑袋！绝不能让这种奇迹在这里重演。克格勃拔出手枪，另一只手把刀子插进车辕里的马臀，烈马一下子疯狂起来，枪也响了，子弹击中团长的铁拳，那鲜血淋漓的拳头毫不犹豫地击在烈马的脑袋上，马头咔嚓一声碎裂了，那只带血的拳头冲上去，重重地击在克格勃的脑壳上，这回可没有什么响声，跟捣一个软柿子一样，拳头涂满脑浆。团长还是感觉到疼痛，断了两根手指，团长用牙咬掉断指，跟吐唾沫一样吐到地上，车轮已经从老人身上轧过去了，老人一动不动。大家以为他死了，团长给他喝水，他在休克状态中喝下一大缸子热水，小孙子连哭带叫，出逃的人还是要带走孩子，团长说："这不行，等老人醒了再说。"

"他醒不了啦，就是醒了，一个九十多岁的老头子能把孩子带大吗？"

死亡中的老人听见这话一下子生气了，他还没彻底活过来呢，他就吼开了："我要活到一百三十岁，给孙子娶了媳妇我才能闭上眼睛。"他的眼睛睁开了，光一点一点亮起来，跟绒草上燃起的火苗一样，老人活过来了。按草原的习惯，马蹄踩不死、车轮轧不死的人，不是萨满就是阿肯，这些角色老头都不喜欢，老头要做玛纳斯奇（玛纳斯歌手）。

> 车轮轧不死的老汉
>
> 我的命得到上天的庇护
>
> 我的歌声即将成为飓风
>
> 成为日月之光和奔腾的河流
>
> 成为冰雪暴
>
> 铺天盖地歌唱草原和群山的英雄玛纳斯
>
> 看吧，雄狮一样的玛纳斯就在我们身边
>
> 一千年才能出现的雄狮
>
> 从叶尼塞河到天堂般的伊犁
>
> 现在他来到塔尔巴哈台
>
> 活泼可爱的旱獭，快钻出地洞吧
>
> 快来听听我的歌声

我的歌喉演唱的不仅仅是英雄传奇

它是我们祖先留下的语言

它是战胜一切的英雄语言

它是像种子能够繁衍的语言

它是绵延不绝，滔滔不绝的语言

玛纳斯的故事啊，谁也唱不完

高山倒塌夷为平地

岩峰风蚀变成尘雾

大地龟裂成河川

河谷干涸变成荒原

荒滩变成湖泊

湖泊变成桑田

山丘变成了沟壑

冰川变成了河湾

一切的一切都在变幻

雄狮玛纳斯的故事却一直流传到今天

在玛纳斯奇的歌声中，雄狮团长和他的马队走进镇机关大院。大街上人声嚷嚷，机关的工作人员却躲在房子里关上门，抢劫还没有蔓延到这里，自己已经把自己关起来啦。打开一间房子，只见一个人蓬头垢面战战兢兢守着电话机，这就是堂堂的公社书记，跟见了救星一样露出灿烂的笑容："啊，你是团长，你带大部队来啦，太好了。你千万得给我派些人呀，我这里有百货公司有银行有邮局有仓库。"

"有人没？"

"人当然有，可有人没有用呀！"

"为啥没有用呢？"

"我们没有枪呀！"

"那些坏蛋有没有枪？"

"没有，可他们有刀子有大头棒。"

"这就对了，为什么我们就不能把人组织起来也拿起刀子棒子来保卫国家财产呢？"

公社书记跟个孩子一样在接受启蒙教育。

"同志，我劝你不要坐在房子里靠电话机向上面伸手了，应该走出房子，把人组织起来，你的腰杆子就硬了。"

公社书记奔到伙房去掂着菜刀斧头还有秤砣，挨着门叫他的手下赶快起来。

"你拿秤砣干什么？"

"可以当手榴弹用。"

那些黏土没有生命，上天吹一口气，那黏土就成形了，腰杆就直起来。通往天堂的大门没有钥匙，剑就是它的钥匙。

所有的人都听见群山上空滚动的吼声，雄狮团长跑遍了八百公里的塔尔巴哈台山和巴尔鲁克山，他给那些丧失斗志的人以勇气，他的声音令人振奋："我一定要把孩子生在这里。"就在那一刻，远在玛纳斯河畔的女人和孩子就注定要迁往塔尔巴哈台，连团长自己也没有意识到这一点。团长不是一个独断的人，团长和他的马队三四天没有好好休息，他们在一个平缓的山坡上受到阳光猛烈的阻击。那是中亚腹地极其温暖极其迅猛的春天，当马队从峡谷里出现时，迎面正好是一块巨石，太阳猛然爆裂，仿佛摔碎一个巨大的瓶子，玻璃碎片闪射宝石之光，哗啦啦从天而降。骑手们躲不及纷纷落马，一下子陷入睡眠，那么深沉的睡眠跟大海一样波涛汹涌深不见底，群山起伏，大地在扩展，他们跟巨人一样四仰八叉躺在山坡上，呼吸声酣畅嘹亮，胳膊和腿脚伸向四面八方。马站着睡，往高空里睡，快要挨上太阳了，浑身上下浇了一层釉彩像装了琉璃瓦，马在梦中打出一串悠扬的吐噜，湿润润的，弥漫群山。团长嗷嗷嗷叫起来，团长叫着叫着就醒了。那十七个壮汉也醒了，他们吃惊地看着狂叫不已的团长："喂，你疯了吗？""你们听见没有，山里静得跟坟墓一样，连马都感到孤单。"睡眠的骏马一点也不掩饰自己，大家忍不住上到马背上，不住地摸马鬃，马很快就醒了，马嗒嗒跑起来。这回不是他们指挥马，而是信马由缰，马很倔强，马发现了问题的症结所在，战士们叫起来："团长，团长，马疯啦。""马的灵性开了，听马的没错。"就这样，马把他们带到有庄稼的地方，马儿走得很慢，完全是优美的走马姿势，为的是让团长和战士们看得仔细一些。麦子快要干死了，土地和禾苗需要水，有水的地方野草蔓延，淹没了庄稼，地快要荒了。马儿睡觉的时候都是站着的，现在马儿忍不住跪在地上，用嘴巴和鼻子嗅啊嗅啊，马喷出的湿气把麦苗洗干净了，麦苗绿了许多。更悲惨的场面还在后边呢。庄稼的惨状已经让人心酸得掉泪，马儿往人跟前一卧，意思是快上马呀主人，主人遇到卧马只能听马的，马爱去哪儿就去哪儿。马儿轻轻跑起来，马儿漂亮的长鬃垂到地上，马儿的脖子和脑袋也垂下去了，马儿发出一声声叹息。听惯了吐噜和嘶鸣的骑手一下被马打动了，他们忍不住用手去摸马的嘴巴，嘴巴干得火烧火燎，他们忍不住摸马眼睛，眼睛跟火炭一样，眼泪已经被烧干了。

"马儿呀你要把我们带到哪里去？"

高贵的骏马只给它的主人下跪，即使死亡来临骏马也是站着的。轻轻跑动的骏马呀，耳朵跟刀刃一样锋利，它听到了地底下旱獭的尖叫。春天是旱獭发情的日子，在结束冬眠之后，在牧草发出嫩芽的时候，旱獭就到外边来晒太阳，吸足了阳光，它们就追逐嬉戏寻找爱侣，重新回到地洞创造生命。旱獭的交欢在动物世界里显得很悲壮。死亡比春天更迅猛，鼠疫总是在春天袭击旱獭，几天时间千里草原就堆满旱獭的尸体，生命跟潮水一般落下去。绝望的旱獭背水一战，用世所罕见的激情求爱交欢，把春天刻在每一个后代的身上。 1962年春天，骏马听到的旱獭的尖叫是那么绝望那么悲怆，它们已经丧失了求爱交欢的欲望，它们守在窝里，身边没有异性，生命里只有哀号。骏马快要疯了。山坡上全是抛弃的羊羔。春天正是产羔的季节，羊羔大多冻死在野地里，羊妈妈跟疯子一样奔窜、哀鸣，所有的羊妈妈都伸长脖子，对着苍天发出沙哑的哀号，那些绝望的公羊把脑袋扎在干草丛里，有些公羊用头撞地、撞石头，把角都撞碎了。从悬崖上跳下去的是头羊，头羊在空中飞蹿在乱石间翻滚，它们紧闭着嘴，一声不吭，任凭生命摆脱躯体。摔死的公羊终于可以看到天空了，羊眼睛柔和宁静，一点也看不出死亡的阴影。羊眼睛跟星星一样从苍穹之顶直穿大地的腑脏，那只雄旱獭开始苏醒，一代又一代的旱獭中总要出现一个最优秀的选手去挖掘那个深洞，这个浩大的工程成为一个遥远的梦，向大地的心脏挺进，去寻找永恒的生命。现在这只雄旱獭在羊眼睛的注视下恢复了生命的本能，春天在大地深处显得异常迅猛，巨大的温柔从沙土里渗出来，雄旱獭对世界充满了爱慕之情，它不停地刨啊刨啊，它那双粗短有力的手跟鼓槌一样擂响了大地辽阔的心脏。牲畜们都能听到大地的声音，它们死也不离开塔尔巴哈台。老人和孩子也能听到大地的鼓声，孩子们哀求大人不要抛弃塔尔巴哈台，孩子们的眼神跟旱獭没有什么两样，老人们让这些年轻后生听听大地的声音，把耳朵贴在地上，听一听吧。"都什么年代了，谁还听这个，跟狗一样把耳朵贴在地上。"年轻人的大耳朵早就飞向国外了，他们听不到大地的声音了。那个神奇的老人注定要成为玛纳斯奇，因为他从旱獭刨土的声音里听到祖先的声音，确切地说是旱獭刨出了古代英雄的骨头，布满刀伤和箭矢的骨骸成了真正的鼓槌，在大地的心脏发出悲壮的歌声。

那个成为玛纳斯奇的老人，领着他的小孙子在山道上踽踽而行。悲痛至极的团长和他的马队听到了玛纳斯奇的歌声，老人在吟唱英雄的诞生，那是一个多么纯朴而伟大的生命。

瞧，这个变幻无常的人间

真让人捉摸不定，令人惊叹

阿牢开汗侵入柯尔克孜人的住地

柯尔克孜人民痛哭连天，四出逃散

巫师已经推算出，柯尔克孜将要出现一名英雄

英雄是个健壮的男婴

他出生时，紧握双拳

一只手里握着鲜红的血

一只手里攥着肥肥的油

在他的右手掌心有个印记

上面有玛纳斯显赫的名字

发狂的阿牢开汗派出许多人马

把柯尔克孜人的孕妇

一个不剩地带回来检查

他们剖开孕妇的肚子

一天之内杀死五千人

玛纳斯奇吟唱的是惨死的孕妇，让团长和战士们心碎的

是大批大批倒毙的牲畜。只要你站在 1962 年春天的塔尔巴哈台山野，就是一块顽石也会裂开，牲畜的命跟人一样珍贵。歌唱古代的英雄不是为了安慰自己，是为了让英雄再生，是让人在灾难中做出壮举。团长就这样做出决定：赶快回去，回到玛纳斯河畔，去动员我们的女人。团长把传说中的玛纳斯跟大地上的河流和家园联系在一起。团长压根儿没有想到女人们已经怀孕，包括他年轻的妻子。那是一个神奇的年月，所有到塔尔巴哈台的女人都带着身孕，那小小的生命已经悄悄在她们身上发芽生长。

几千人马浩浩荡荡向边境开拔，比牧民转场还要浩大。几乎是一种部落大迁徙。中亚大地经常出现气壮山河的部落大迁徙，卫拉特人曾经从天山迁移到伏尔加河，数百年后又从伏尔加河迁回天山。锡伯人更遥远，他们从大兴安岭绕地球一半来到西天山的伊犁河畔。 1962 年春天，玛纳斯河畔数千名军垦战士跋涉几千里路来到塔尔巴哈台山和巴尔鲁克山。相传，那些怀孕的妇女进入群山时看到的第一个生命就是旱獭。五月，动物们可以钻出地洞晒太阳啦，小家伙们把地弄得又松又软，女人们就想起肚子里的娃娃。更神奇的是夜晚，宿营在山沟里，当星星出现时，女人们从睡梦中睁开眼睛，大眼睛里有一双小眼睛，跟小蝌蚪一样游来游去。谁都知道那是小孩在看星星，小孩很可能已经有了生命，有了感觉，我们生下来以后告诉妈妈："那感觉就像坐船，在大海上漂啊漂啊。""就像骑骆驼，又高又大的骆驼，在沙漠里摇啊摇啊。"母亲们很喜欢把自己比作船或骆驼。一句话，孩子们没有出生前就进行了一次长途旅行。我们老感到塔尔巴哈台山是晃动的，跟一群牲畜一样，跟一只大船一样，大风从西刮到东从北刮到南，群山就把整个大地和房子带动起来啦，就像一个巨人扛着东西在奔走。大踏步地走啊，孩子们常常从梦中惊醒，哇哇大叫："妈妈你要把我带哪儿去？你要把我带哪儿去？"母亲们把孩子搂在怀里，一言不发，不停地抚摸孩子，从头到脚仔仔细细地摸啊摸，然后紧紧地搂住一直搂到馕坑一样滚烫的胸窝里，一个幼小的生命重新回到母亲身上，母亲几乎大了一倍。母亲既是土地又是房子，母亲用滚滚热浪抚慰孩子，孩子终于安静下来。

我们没有出生前就意识到房子的重要。我们的房子全都修在关隘险口，从窗口就可以看见苏联巡逻兵，就可以听见坦克的隆隆声。那边炮声一响，我们的房子就猛烈地抖一下，落下一层土渣子。最了不起的房子在山坡底下，大地平坦起来，界河在那里流淌。对方在那边拉一道铁丝网，铁丝网后边是宽五百米的松土带，拖拉机经常翻，松土带后边是闪闪发光的沥青公路，战车在奔驰，我们这边是边境农场带，一个军垦连形成一个村庄，边防军在村庄后边。

团长把他的房子建在国界上，用山上的石块砌房子，几千棵白杨拔地而起，接着是麦子和羊群，沿边境线哗哗喧响，咩咩欢叫。大家就学团长的样子，腰杆硬的汉子就把自己的房子往前移一两公里，跟城堡一样矗立在塔尔巴哈台山下。从生活的角度来讲，依山临水，土地平坦肥沃，牧草有半人高，无论是耕作还是放牧，都是天堂之地。

人们至今还记得团长造房子的奇迹。夏天已经过去了，来到边境的军垦战士主要是照料那些荒地，抢救牲畜，就是有名的"三代"——代耕、代种、代牧。"三代"之后，这些地就交给地方政府了，军垦战士是不与老乡争地的。拓荒时代的法则是开那些千年万年没有人烟的处女地。夏天，团长的妻子跟所有怀孕的妇女一样变得高大丰满母性十足。团长每天都要坐在石头上看那黄金草原。尤其傍晚，辉煌的草原落日让人魂飞魄散，灵魂早已乘上快马，驰骋于远方的群山草原了。团长就这样看见了山下平坦辽阔的沃野，还有一条小河。河那边就是国外。界桩就打在河对岸，也就是说，整条河在我们的土地上。第二天，团长扛着铁锹到山下挖地窝子。先挖下去一条坑道，四条坑道相连，形成一个十字。河道里有洪水冲下来的大树，就像牵着一匹马，大踏步往前走，后边是滚滚烟尘。拖到大坑跟前，跟捋胡子一样一双大手噼里啪啦把树枝全捋掉了，从腰间取下斧子，左一下右一下，比腰还粗的树干就齐茬茬被砍成两截。空地上很快码起一堆圆木。团长差不多变成一只大黑熊了，哼哧哼哧从山上搬下来一块块大石头推着走，石块翻滚尘土冲天而起．团长一个人把空旷的大地变成建筑工地。苏军以为邻国有一支大军在修筑工事，巡逻队牵着狼狗奔过来，离界河还有五十来米，狼狗就开始发抖哀号，谁都能看见，那个黑乎乎的大家伙是山里的黑熊，是真正的山地好汉。被称作北极熊的苏联军人扒下帽子蹲在地上发出一声声惊叹。这可不是闹着玩，是在搬石头。他搬石头干什么？石头一块一块砌成半人高的墙。"噢，他在修工事，那是个暗堡。"当兵的赶快绘制一张草图，记下暗堡的确切位置。圆木很快搬上屋顶，在圆木上是草把子，最上边是干土，一公尺厚的干土。团长跟个巨人似的，在大地上造出这么一栋房子。一半是地窝子一半是房子。大地太空旷了，团长就给房子扎一道围墙，用石块垒的，都是脸盆那么大的石块，从河道里搬，不用去山上。围墙很矮，只有半人高，可以看见院子里的一切。没有大门，正面是两根圆木横在柱子上。这是荒原上第一栋房子，从山上往下看就像一座牧人的毡房，比毡房结实气派。

现在可以请女主人下山了。其实女人天天下山送饭。造这么一座房子，得一个星期。女人快要生产了，女人实在帮不上什么忙，只能做饭送下山来。

女人走下山时，被眼前的家园打动了，因为她从遥远的塔尔巴哈台山腰上就看见这么一个灰扑扑的建筑，她心想丈夫真是胡闹，这里够荒凉的了，一个连队的人住得相当分散，说是个村庄，差不多散落在一条大峡谷的斜坡上，彼此相望就像看一只蚂蚁，一只蚂蚁要走到另一只蚂蚁跟前得整整一天时间。生活在大山的皱褶里，最大的愿望就是看到人，有个人影大家都要望大半天。女人一点也不理解丈夫的举动，干吗要远离大家到山下折腾？女人心里这么想，脸上是看不出的。　十九岁的女兵已经相当成熟了。她给丈夫做好饭，装在饭盒里，是一个刷着黄漆的军用饭盒。瓦罐里是汤。她带着这两样东西，慢慢地下山。她走路已经很艰难了，她就像一只逆流而行的船，好像有一千个纤夫在远处拉她。后来她的孩子老是给她讲坐船的感觉，她就笑着流下泪。把房子建在群山脚下，就像辽阔海洋的一个码头，从塔尔巴哈台山往西，五千公里的黄金草原和平坦坦的戈壁沙漠，辽远、空旷、宁静。女人的眼睛一下子清晰起来，她看到几十公里以外的东西，只有在群山草原的灰蓝色空气里，才有如此清晰的眼神。房子不再是一只虫子，房子一点一点大起来，从房子的阴影里她看到丈夫，丈夫坐在地上抽一根烟。青烟袅袅，很苗条很漂亮的一缕青烟，扭着身腰在空中起舞。她就加快了步子。一个低矮的山岗挡住她的视线，不管她怎么走，山岗老是挡着她，她狠下心，朝山岗奔去。脚下的干草和沙石哗哗响。那个遥远的纤夫使劲拉呀，终于把她拉上了山岗，她累坏了，她想都没有想就坐在地上喘气儿。迎接她的是一块热乎乎的大石头，这至少安慰了她一下，她一下子就被眼前的景象打动了，房子和丈夫就在她的脚下，低矮的山岗就像一道门岗，她居高临下看他们的新居，房子、地窝子，那么大一个院子，围墙、栅栏、闪闪发亮的界河。她忽地站起来，手搭凉棚，跟个大将军似的朝四周看，辽阔荒野上的一座房子。往后看，灰蓝色的群山做背景，山脉的顶部露出一线宝蓝的天空，她的新居就处在这样的位置上。她嗨地喊了一声，她就像只真正的大船，扬起白帆扑向辽阔的海岸。因为她怀孕，她穿着丈夫宽大的洗得发白的军装，衣襟飞扬，她把头巾都扒掉了，头发飘起来，跟马鬃一样，她几乎跳着冲进院子，把丈夫惊得直瞪眼睛。

"小心一点小心一点，摔一跤你可就爆炸了！"

"我就要爆炸！"

柔软的肚子跟气球一样顶丈夫一下，丈夫跳起来："你不要命啦。"

"已经有一条命了，我不要了。"

女人大笑，肚子和胸脯涌起高高的波浪。丈夫好像认不出来了，这是我的女人吗？十九岁的女兵几个月就变成一个热情奔放的娘儿们，跟一匹烈马似的，真让人受不了。"看什么看，都是你干的好事。你把什么东西塞到我身上啦，你瞧啊，你别跑，你给我站住！"雄狮一样的团长被堵在地窝子里，缩在角落，双手护着脸，狼狈不堪。那个圆浑浑的大肚子夯他。他已经在哀求这个狂放的女人了："里边有一条命，小心把他弄坏了。""他是我的金子疙瘩，他可没你这么娇气。"女人收起她威风凛凛的肚子："你干得不错，吃饭去吧。"女人用头巾抽丈夫，就像抽一头牲畜。丈夫饿坏了，吃饭的响声很夸张，简直是一个大马厩，一百头大马在槽里抢吃草料。"慢一点慢一点，没人抢你的。"丈夫连看都不看，背对着她，蹲在地上，抱着瓦罐，老牛饮水般咕噜噜咕噜噜，然后长长啊一声，饭盒又乒乒响起来。没有磨面机，大家只好煮玉米煮麦子吃，撒一点点菜花。粮食基本还是原来的样子。丈夫吃得山呼海啸，腮帮子上的大筋一跳一抽，就像机器上的活塞。丈夫头上冒汗。牙齿格铮铮格铮铮像在啃石头。她把饭煮得软乎乎的，玉米和麦子是泡好的，男人的嘴吃什么东西都这么张扬：喝汤都是在怒吼。丈夫点一支烟，就是新疆特有的莫合烟，丈夫几口就把烟抽完了，丈夫留下一屋子的烟雾，拎上坎土曼往外走。走到院子里，先是一串饱嗝声，接着是一个响声极大的屁！那么响亮，跟踏响了地雷一样，裤裆里轰地一下，远山传来回声，久久地回荡着。女人吃惊地看着她的丈夫，这就是我的丈夫。

她的丈夫大步走向荒原，塔尔巴哈台山下辽阔而空旷的大地上就孤零零地走着这么一个人，提着坎土曼，坎土曼在阳光里一闪一闪，更像一把刀子。凶悍的男人有铁器在身，胆子很壮，瞧他走路的姿势简直就是一个天神，就像从高高的蓝天上大步走下来的天兵天将，他的头顶正好有一朵白云，他就是骑着那朵白云下来的，那朵云很像一匹骆驼，穿行在天空和大地之间。现在，这个男人昂首走在大地上，他连天空看都不看。他越来越像一个猎手，在追一只受伤的猛兽，目光所及，干草丛就唰唰响起来，紧接着他的大脚就过来了，那些裸露的土地显出一些羞涩，在男人坚硬的目光下，土地——确切地说是处女地，本能地往一起缩。这个大胆的男人可找对地方啦，他嘿嘿笑两声往手心里吐口唾沫，搓一搓，那柄铮亮的坎土曼不像是农具，倒像是男人身上猛然勃起的一个巨大无比的器官，一下子就扎进惊慌不安的处女地，扎得那么深，还在延伸，毫不犹豫地伸下去，这个出色的家伙完全懂得生命的秘密，你瞧他越来越猛烈。团长最高纪录是一天三亩半。大地在他的生命里开始苏醒。他本来是江南山村的一个纯朴的农民，那个大时代把他这样的农家子弟变成士兵，南征北战，最稳固的陕北根据地也没有唤醒他的大地意识，那个勤快泼辣的陕北女人也没有化开他身上嗜血厮杀的本能。在他四十岁的时候，在辽阔的中亚大漠，土地以崭新的面孔出现在他的生命里。即使没有坎土曼，他的双腿间好像都有一块巨大的铁，威力无比，把他牵向大地。

　　一个星期，就是一大片地。又一个星期。大地终于把房子围起来啦，几十亩地不算什么。

　　女人已经把家搬过来了，她可以在新房子里做饭。她喜欢把饭送到地里去。她喜欢看丈夫抢坎土曼。活很累，拖拉机开不到这里。也许明年可以开过来。

　　"不等明年啦，怎么能让地在自己眼皮底下荒下去呢？"

　　坎土曼抢起来，扎进荒原。有时需要用脚踩住，双手用力撬，撬开土地的感觉妙不可言。"你回去吧。"丈夫怕把她晒坏了。她还是喜欢在地里多待一会儿。她往回走的时候，总是忍不住回头看一看。

　　她沿着界河往回走。河岸隐隐约约出现路的痕迹，近看不大清楚，远看就像一条白带子，很随意地把荒原和房子连在一起，紧贴着边境线上的河道：那些铁丝网显得很滑稽很可笑。大地是一体的，整个中亚大荒原需要一个男人去开发！撒上种子长出庄稼栽上树。那个男人说："肯定要栽上树，没有树算什么家呀！"这个口气坚定的男人就是她的丈夫，院子里很快有了十几棵白杨树。从玛纳斯大后方又运来新的树种。比白杨树更猛烈更高大的青灰色的树——新疆杨。好一个新疆杨。丈夫在门口栽两棵新疆杨，剩下的全栽在河边了。树根全扎到河床下，伸向四面八方，树根是自由的，国境线铁丝网无法阻挡它们。男人栽下一大片新疆杨，就像往辽阔的草原上放进一群野马。男人拍拍手，男人忍不住给自己挖一个坑，跳下去，人是没法跟树比的，所以就跟请神一样请来树，人谦恭得就像一个仆人。男人天天给树浇水。住在河边就有这个便利，挑水很容易，一棵树一大桶水，格嘟嘟大地的饱嗝又响又亮，地忽然塌下去陷出一个低洼的圆圈，那是树的嘴巴，那地方永远是潮湿的，散着一团潮气。树在出气呢。男人喜欢蹲在树跟前抽烟。树多好养呀，光喝水就能长起来。人到底是跟树没法比的。男人往回走的时候脚板底下热乎乎软乎乎，像踩在孕妇的肚子上，大地怀孕了，那么多的树根在伸胳膊伸腿。树是他栽的，草可是自生自灭。

草黄起来。草闪耀出浓郁的金光，有一股子庄稼的芳香。

男人不开地啦，明年再开吧。现在男人要做的事是割草，他挥动着芟镰，在大地上横扫千里，唰！——唰！——唰！——从那宽阔结实的胸膛里滚动出多么强大的力量，整个大地都感受到这股神力。被芟镰刮过的地方，大地就像被剪掉了厚厚的羽毛，大地慢慢躺下去。大地该躺一会儿了。大地挥舞着金黄的手臂狂欢了差不多一个夏天，牧草结实得跟树一样，无论是枝叶还是草穗，发出的都是金属一样的声音。镰刀顺着草根刮过去。他吐一口唾沫，就是一鞭之地，也就是马跑一鞭子的距离。他差不多是在飞。左一下，右一下，镰刀就把他带向前方。

他已经看不见那栋房子了。

返回来的时候已经星斗满天。草哗哗往下倒，夜很静，草的哗哗声传得很远。他听见有人叫他，叫得那么急切，他拖着镰刀奔过去。是他的女人。她出来找他，回不去了，沧茫大野，她害怕极了。她是个成熟干练的中亚大地上的女人，她心里很慌，她的声音一点也不慌，她把丈夫的名字喊出来，并不急着喊第二声。那韵味十足的女人的呼唤跟鸟群一样扑打着翅膀飞向远方，又从山谷里返回来，扩散到国界那边。整个中亚大荒原都在呼唤她的丈夫。她那不紧不慢的声音，已经有了草原歌曲的味道。

嗨——嗨——嗨——你在哪儿？——嗨——嗨——回家啦！——嗨——嗨——回家啦——我的丈夫——回家啦。声音在草浪里翻滚，跟一群骏马一样，中亚草原最美的景象莫过于星光下，马群出没于高高的草浪间，一望无际的中亚草海，马群很容易变成鱼群，在大地的海洋里游啊游啊。噢哟哟——我的丈夫回来吧啊回来吧，你的力气已经用完啦——你回来吧。噢哟哟——我的丈夫你慢些走啊，你的腿抬高一点啊，你朝着灯光走啊——噢哟哟——那灯光是咱们的房子呀——我的丈夫啊——啊——啊——她的丈夫连颠带跑，很快就慢下来，顺着女人悠长的曲调慢慢抬起左脚踏下去，又抬起右脚再踏下去。丈夫听见自己的鼻子齉齉地抽泣，跟灌了水的笛子一样，很艰难很湿润地呜呜响着。她几乎是慢慢挪过去的，星光下，冷飕飕的秋夜里，女人的双臂跟翅膀一样张开，用滚烫的胸怀迎接她的丈夫。他要寻找的房子啊，高高地矗立在女人的胸膛。这就是房子，亮着灯光的房子，飘着饭香的房子。

草垛从墙角一点一点升高，荒原上的牧草全都聚在这里。草垛跟一个大蘑菇一样，从大地深处长出这么一个香喷喷的大蘑菇。谁也不会用镰刀去割它，是那个壮汉不辞劳苦很虔诚地从荒野里请到这里来的。不请不行啊。没有草垛的院落是过不了冬的。

冰雪和狂风还很遥远。人们已经感觉到它的威力了。在另一个墙角，羊圈和马棚已经搭好。塔尔巴哈台山再也没有倒毙的牲畜了。人们从玛纳斯河赶到边境线上，就是为了抢救庄稼和牲畜。

居住下来以后，男人从山上赶来五十只羊和一匹马。那是一匹两岁的小马，栗色马，跟牧草的颜色一样，打出的吐噜和发出的嘶鸣有一股奶味。"它还是个孩子，瞧它多调皮啊！"小马用尾巴抽主人的手，跟拂尘一样，主人笑着让它抽，它就抽到主人脸上，麻酥酥的。光滑结实的马尾巴哟，跟滚烫的阳光一样，金光闪闪泼到人身上，激起一股子干爽的香味。羊在春天还是可怜巴巴的羊羔呢，一个夏天它们就长起来啦，它们彻底摆脱了死亡的阴影，自信而高贵，主人把它们引出峡谷，它们就能找到家园。它们一下子被山下的黄金草原吸引住了。两岁的小马反应极快，疾风般奔过去。羊显得有些迟钝，它们久久地遥望着远方，一动不动，像在思考一个重大的问题。那种不动声色的神态一下子扩展了大草原的空间，仿佛大地的辽阔是它们慢慢地看出来的，那从容不迫的眼神跟一股一股泪流一样，把整个人地全都融化在眼瞳里。那是怎样的一双眼睛啊。经历了死亡和灾难，世界开始澄明，一种罕见的笑容从眼瞳里一点一点渗出来。迎接它们的女主人也不由自主地笑起来。女人蹲在羊圈里，搂羊脖子，摸羊肚子。男人大声说："它们没怀孕，你不要找了。"

"我要生出一只小羊羔。"

"按草原的习惯，你生出来的是一个顶天立地的英雄。"

"你怎么有这种想法？"

"你在新疆还没有过冬呢，你要是经历过冰雪风暴，你就会知道你要生一个什么样的孩子，你会听到玛纳斯奇的歌声。"

"谁是玛纳斯奇？"

"草原上的歌手，一口气可以唱几十万行的长歌，那歌子比一条河还要长。"

"是唱我们的孩子吗？"

"是唱永恒的生命。日月经天，江河行地，英雄的气息永世不绝。"

"我能听到那歌声吗？"

"你能听到，你已经会唱草原长调了。"

"那是我想你想得发疯。"

"大荒漠大草原的歌子都是人们这么疯出来的。"

于是他们听到了玛纳斯奇的歌声。

整整过了十五个日日夜夜

母亲把孩子降生

多么壮实的婴儿

产婆费好大劲也抱不起来

多么骄傲的小生命

足足有半个时辰不放出哭声

莫非他有病

最有经验的老婆婆

把酥油抹进婴儿嘴里

小家伙这才张开嘴哇哇哭叫

洪亮的哭声震得地动山摇
湖水荡漾掀起滚滚波涛
野兽吓得逃出了草原
各种飞禽也仓皇飞掉

"生孩子那么艰难？我能生下来吗？"

"瓜熟蒂落你不要紧张。"

"他那么大，抱都抱不动，有那么大婴儿吗？"

"这么辽阔的地方，你好意思生一只小老鼠吗？"

女人就梦想着生一个大孩子，她的想法很快在肚子上表现出来，她的肚子快成一座山了，她连院子都出不去啦。有一天夜里，她忽然坐起来，跟一只老狼一样，全身高度警觉，跪坐着，大漠之夜静悄悄的，那无比辽阔的寂静让人窒息，她快要晕过去了，她还在坚持着，她终于听见了遥远的婴儿的哭号。塔尔巴哈台的第一个孩子降生了，群山和草原被婴儿的哭号惊醒了，女人叫起来："生了生了，你听啊，生了。"丈夫跳起来，愣半天，丈夫也听到远方婴儿的哭声，妻子激动得浑身发抖："我太想生孩子了，我一定要生个大孩子，比你大好几倍，你信不信，比你高比你大。"丈夫咧嘴笑："我已经是一头狮子了，还要大到什么程度啊。""你是一头狮子，他可是一百只雄狮，一百只猛虎，一百只黑熊啊，啊！他开始动了。"一百只雄狮抖动着跳起来，一百只猛虎奔下山，一百只大黑熊在峡谷里慢腾腾很有气势地走过来。女人说不出话了，指甲抓进丈夫的皮肉里渗出血，谁都相信这是一个雄壮无比的孩子。

　　天就这样亮了，无比温柔的黎明穿过大草原跟一团一团飞絮一样轻轻落到院子里，落到新开垦的处女地里，很快漫上山坡，群山明亮起来。妻子睡着了。妻子所梦想的那个巨大的孩子很快就会变成现实。丈夫感到一种压力，确切地说是一种无法抗拒的威力。必须把河水引到大荒原上，不可想象一块辽阔的土地永远荒芜着，孩子的世界是花园不是荒漠。日月经天，江河行地，河流不是这么白白流淌的。在一百公里以外的地方，他终于找到一个特别理想的河湾地带，从这里开一条渠，加一道拦水坝，一半河水就可以进入荒漠，一直流到他的房子跟前。

　　他是团长，他的方案很快得以实施。一队人马开到山下，秋天最后几十天，一条几百公里长的水渠伸向荒原。团长的房子只是荒原的一个小黑点，水渠很随意地带一下，那块新开垦的处女地就成了水浇地。更多的水浇灌出牧草，可以想象明年的大草原，庄稼地跟小岛一样漂浮在浩瀚的草海里，草浪和麦浪彼此呼应，那是一种灿烂而纯粹的金黄。麦子和牧草在太阳深处总会散发出相同的东西。现在可以播种了。处女地，从来没长过庄稼的野性十足的土地，被犁了好几遍，晒上十天半个月，就翻一次，阳光把土地的里里外外烘烤透了，地暄暄的，灌上水，灌满满一地水，渗下去，地往下陷，又膨胀起来，这回不能让太阳把地烘干，泥土刚从糨糊变潮，就被翻开，撒上麦种，又覆盖上，保好墒，主地元气很足，数也数不清的饱满的麦种跟星星一样布满大地。大地静谧而安详。

这就是妻子临产的神态，她不再查看那些婴儿的鞋帽衣服，她还能动，她的动作已经笨拙到原始人的程度，她弯一下腰都很困难，她还是要自己干，她口气坚决，毫不犹豫，拒绝丈夫插手。丈夫左右为难，干脆顺其自然。女人真不可思议，柔顺起来跟水一样，固执起来像一块顽石。

丈夫该干什么就干什么，丈夫整天待在羊圈里，待在马棚里。冬麦子长出来，他老远看见浅淡的绿色，他有点不相信自己的眼睛，他没往地里跑，他往后跑一段路，在更远的地方看，麦田就更真实更清楚了。他这才放下心，慢慢走过去。他用手指碰一下麦苗，谁敢相信这是荒了千年百年的土地呢？他的手那么粗糙，茧豆硬邦邦的，还有一道道带血的裂痕，会吓坏麦苗的，瞧它们多么娇嫩，它们能挨过冬天吗？一想起骤然而至的冰雪和风暴，他就打哆嗦，他扒下外套，盖在麦田里。他马上笑了。他这是干什么？他又不是洋学生，又不是没有弄过小麦。土地和麦子比人想象的要坚强。他就是在这个时候听见婴儿哭声的。他愣一下，回头往院里跑。他不知道自己忙什么了，他忙出一头一身的汗。女人真不可思议，自己把孩子给生下来了。他还记得前妻生孩子的情景，那是在陕北老根据地，有一帮婆姨照料，他根本插不上手，他就觉得女人生孩子跟鸡下蛋一样很容易。这可是个学生娃，大荒原荒凉得跟月球差不多。这是女兵对新疆最初的印象，女兵读过书，知道宇宙，也知道许许多多星球，女兵一到尾亚，就好像到了月球上。团长才不管月球地球呢，放下武器种庄稼，团长只知道这些。女人很虚弱，但女人说话的口气一点也不弱，女人说："这是男人里的男人，你去河里给他淬火，你抱得动他吗？"真是一个了不起的小家伙！是女人的暗示在起作用，还是他自己太急切？他竟然没有抱动婴儿，第二回才把婴儿抱到怀里。按女人的吩咐他到河边，深秋的河水已经渗骨头了，在婴儿嘹亮的哭号里，他撩起冰冷的清水，火红的肉团团越洗越烫，洗掉胎液时婴儿快成一团火了。一团坚硬的大火。举在手上，他小心翼翼地捧到房子里，交给妻子。他们知道新疆有许许多多叫建新的孩子，他们还是给孩子起这么一个名字，这是那个年代新疆人人向往的一个梦。在荒漠里建花园。

　　牲畜肯定听到了孩子的哭号，那个最聪明的羊弄开树枝扎成的栅栏，带着一大群羊把房子围起来，沉静了好半天，谁都知道羊是被孩子的声音吸引过来的，羊肯定要叫起来，可谁也不明白羊为什么要静这么长时间。羊在调整呼吸，羊的呼吸太重要了，羊在一呼一吸中进入至诚至敬的沉静状态。那个勇敢的头羊跟乐队指挥一样首先叫起来，整个羊群咩咩响成一片。孩子一下子煞住哭号，孩子愣住了，小眼睛很吃惊地感觉着外边的世界。羊群立即感应到孩子的变化，合唱变为独唱。那是羊群中最美妙的歌手，长一声短一声地唱起来，草原民歌的长调都是这么开始的。有些歌曲是清一色的啊，随着大地而开阔，随着远方而悠扬，随着地势而跌宕，随着群山而起伏，随着河流而奔腾，随着烈日而烫人，随着秋天而沉静，随着日月而幽明。让母亲感动的是孩子在啊啊的歌唱中找着奶头，孩子对这两个热乎乎的东西很熟悉，啊啊叫着凑上去，快要挨上奶头时，孩子幸福地闭上眼睛，完全不需要什么眼睛，孩子一下叼住奶头，双拳紧握，小腿蹬啊蹬啊连蹬几下，母亲啊一声长叹奶水一下子冲出来，越冲越猛，在孩子嘴里汩汩地响，从嘴角流下来，打湿了母亲的胸脯。现在听到的已经不是汩汩的细流而是哗哗喧响的一条大河。母亲在长久的惊讶中抬起头，目光越过窗台越过界河和铁丝网，无比汹涌地向远方奔去。大地开阔着，牧草已经败了，畜群已经回到冬牧场，大地空旷，大地的轮廓更清晰更简洁，在飞速旋转的如歌的曲线里显出大地最纯朴的形态，没有波涛，没有喧嚣，凝重平和沉静中的浩瀚无垠与雄浑之力——那么丰沛的奶水，源自女人的乳房，被这个小精灵很轻松地打开了。孩子啊我的孩子，我的宝贝我的蛋我的肉——母亲情不自禁抓捏自己的乳房，她被自己身上大海般的力量震撼了。女人的生命就这么奇妙，第一个是丈夫，接着是天使般的婴儿。而这个娇嫩的小家伙显然比大人威猛得多，几乎不用一点力气，仅仅用一张小嘴轻轻一吮，女人就成为大海，江河湖海所有的水全都汇聚过来，完成一个母亲的使命。她可以平静地看丈夫了。她简直成了大漠女王，命令丈夫干这干那。

那匹小马在孩子诞生的最初几天里，很少在家里待，它在野外奔跑，奔上山岗，发出一声声欢叫，然后猛虎一般从山坡上冲下来，眼看就要冲出国界了，它当真冲过去了，它轻轻一跳，就越过了河道，再一跳，就越过了铁丝网。那边的哥萨克骑兵纵马去追，它把马队引进戈壁滩，很潇洒地返回原地，让那些兵去饱餐戈壁上的乱石和骆驼刺吧。有好几次，小马漂亮的脑袋从窗户里伸进来，把女人吓一跳，孩子倒很大方，长长的马鬃覆到他脸上，他的眼睛在马鬃的缝隙里闪闪发亮，马笑一下很满足地收回漂亮的脑袋。马的微笑太难得了，女人记得清清楚楚，跟刻在脑子里一样。她讲给丈夫时却一句也说不出来，倒是孩子很神秘地笑了一下，她恍然大悟："就是这种笑，这孩子怎么啦，怎么跟马一样？"丈夫说："马是通人性的，孩子是人中精灵，最能跟牲畜相通。"她再也不敢小看孩子了。她刚刚摆脱对丈夫的崇拜马上又处在孩子的阴影里。我喜欢这样的我的小宝贝。又到喂奶的时候了，每次都要经历从小溪流到大江大河到大海大洋的美妙过程。这种生命的仪式给女人增添了一种庄严和魔力。女人喂奶的时候丈夫从来不去打扰。有时候他会远远看着，那一定是在女人和小孩没有察觉到的情况下。他直起腰板，拍净身上的尘土，跟圣徒一样，脑袋稍垂下一点，让目光保持仰视的角度，他听见自己的心跳，心很快就跳到身外边去了，心跌落到脚跟，在地层下边很深很远的地方，他无法想象的一个神秘的世界呼唤着一个人的心灵去漫游，他不敢挪动一下，稍有偏差，他的心就回不来啦。在那漫长的期待中，他的眼睛一动不动地凝视着女人和孩子，女人敞开的胸脯上散发出一片白光，在白光之后是温热的奶香，他几乎是一种记忆般的神往，因为他的喉咙响了一下，他的嘴巴就张开了，他的心也回来了，他记得清清楚楚是从喉咙里咽下去的。他可以干活了。女人的力量是从大地深处生长出来的。男人毫无办法。

草原的黄金地带接纳了我们，我们更乐意把公元1962年称为虎年，这也区别于中原的壬寅年，就叫虎年。在草原大漠，人们用动物表示岁月之河的流速，通常是兔儿年羊儿年鼠儿年。我们出生的这一年被反复强调，就是虎年。虎年的秋末，该出生的孩子差不多都出来了。我们把团长和团长的孩子作为故事的核心，因为团长在边防农场带已经是个头领或酋长式的角色了。他的壮举和传奇故事在我们到来之前就已经风靡天山南北，被玛纳斯奇们大肆渲染。我们的父辈是在怎样的气氛中进入边境地带的？他们从未说过。他们谈起团长总是我们的团长。塔尔巴哈台绵延八百公里，与此相连的还有巴尔鲁克山和阿拉套山，对团长的膜拜早已超出垦区的范围，整个中亚大漠都这样称呼他。这些身穿军装的庄稼汉，一个连队又一个连队，形成许多农场，一个大农场就是一个团的建制。团长就意味着一片辽阔的土地，包括群山河流草原和望不到边的条出。团长更多的是上地的概念，虎年的秋天是怎样的情景啊，战云密布，团长却把房子修在铁丝网跟前，把麦子种在边境线上，让坦克和大炮倾听牲畜的呼叫和婴儿的哭号。那简直就是雄鸡的报晓，我们全都听见了。尽管他不是第一个出生在边境的孩子，可他落脚的地方太美妙了。我们带着羡慕之色冲出母亲的身体，拼命地抓啊蹬啊，母亲与医生齐心协力跟发射炮弹一样把孩子投到大地上，孩子号啕大哭，不管男孩女孩全都是愤怒的铜号似的声音，嘹亮饱满悠扬！其实在中亚大漠是很难听到雄鸡报晓的，这是中原的习惯，中亚大漠的鸡无法报晓，如此剽悍而辽阔的大地，鸡是没有力量唤醒黎明的，这是牲畜的世界，是马的天下，黎明的曙光总是在悠扬的马嘶中掠过大地。

在塔尔巴哈台山，婴儿的哭号可以传到几十里以外，耳朵可以听得很远很远。一个连队与一个连队相隔差不多百里远，村庄又是散开的，牲畜的欢叫往往具有煽动性，跟暴风一样挟带着孩子的声音往上蹿，又向四面八方扩展。那么小的生命就能发出底气很足的声音。更多的村庄建在峡谷两侧，空旷和寂静中，孩子的声音感动着所有的生命。

雪花跟白天鹅一样落下去，快到地面时孩子们全都不哭了，全都支棱着耳朵听外边的动静。白天鹅就开始混乱起来，它们显然是奔孩子的声音而来的。大地静得可怕，再美的天鹅也得慌乱啊，它们忙着找落脚的地方。谁都想落到孩子身边。雪花和孩子，这是它们在天上想好的。雪很容易挤成堆，越是有房子的地方雪越厚，中亚大地本来就很简单，没有多少旮旯，群山的沟崞全被抹平了，全都挤在一个雪盔下边。

雪还在下。后边的雪又干净又大方。

孩子你看见没有，那是天上的鸟儿，一个男子汉必须有鸟儿相伴。女人给孩子讲一通大荒漠的规矩。孩子才多大呀，孩子根本听不懂。女人也没打算让小屁孩听懂，女人说完就给孩子脱衣服，孩子圆浑浑的，皮肤红得发亮，一盆白雪放在地上，女人把红通通的孩子放在雪盆里，孩子惊讶得瞪大眼睛，大声喘气，根本哭不出来，女人手里的雪团已经擦遍全身。孩子的额头渗出一层汗。"好样的！儿子。"女人在孩子屁股上拍一巴掌。给孩子穿上衣服。孩子还处在万分惊讶的状态中，他简直想不通大人为什么这样。现在他可以哭了，他喘过气来了，身上有一股劲儿，他吭吭哭两声，感到这声音太刺耳，他就哇哇大笑，这么一笑，他才感觉到全身的爽快是为爽朗的笑声而来的。

孩子不再怕雪了。女人很自信。这回她把孩子脱光裹在大衣里往野地里走。阳光和雪花同舞。这是中亚特有的景象，红日当空，天空蓝得一尘不染，雪花就来自太阳那个火红的溶洞。"孩子，冬天的火焰在你心里。"女人双手一抖，把孩子丢在雪地里。孩子惊慌失措，孩子乱抓乱蹬，雪浪翻滚。雪有一米多深，这回孩子哭出来了。孩子埋在雪底下。孩子嘹亮的哭声让人兴奋。孩子孩子，妈妈在这儿。孩子出现的地方离妈妈有一丈多远。孩子终于爬出来了，跟一只小雪豹一样。孩子已经不怕了，天上下来的白天鹅拥抱着它们向往已久的大地之子。女人想不到她有那么大的勇气，有那么大的自制力。"我们的男子汉，你是淬过火的男子汉。"女人给孩子穿上大衣。女人贴着孩子的耳朵，唠唠叨叨个没完，孩子根本听不懂她的话，让他奇怪的是为什么世界上只有雪和女人的怀抱。冰凉的孩子被搂在母亲温热的胸口。女人现在知道她该说什么了。"孩子，这是你落脚的地方。"母亲搂紧孩子，"我们的小老虎下山喽。"小老虎从奶头山上奔到雪地。"孩子，这是妈妈的怀抱，这是世界上最温暖的地方。"孩子这回听懂了，小家伙玩上瘾，在地上打个滚把雪压得咯吱咯吱响。女人就想起孩子挤压她胸口的情景。在平坦辽阔的雪原上，一定有大地的乳房，奔腾着奶汁和蜜。孩子能找到乳汁和蜜。孩子扑到一块处子般洁净的雪地上，孩子吃那里的雪花，来自天国的花朵落到孩子嘴里，变成蜜变成奶汁。白天鹅就这样从鸟儿变成母亲。

接着是冰雪暴，从塔拉斯大草原呼啸而来的飓风挟带着冰块和雪，一路狂奔，西天山阿拉套山和大荒原全都颤抖起来。天空彻底消失了，时间中断了，岁月之河被严寒封得密不透风，根本分不清白天和黑夜，冰雪世界一片惨白，日月星辰跟冰层下的鱼一样，你想见它们一面你就得凿开坚冰，拿皮绳去套，跟套野马一样把疯狂的太阳拖在地上，拖几千里地，把它的野性磨下去。你休想打星星的主意，冬天的星星小而深邃，所有的寒冷全都来自星星。

女人就叫孩子认那些神秘的星星。孩子的眼神具有不可抗拒的单纯和天真。任何生命都无法跟孩子对视。孩子看到哪儿就指到哪儿，孩子看到星星就指一下星星，孩子的手画一道弧线指向茫茫雪原，那里正是新开的土地，孩子指的就是撒了麦种的土地，孩子咿咿呀呀，母亲能听懂孩子的话，母亲说："地里埋着星星，星星是青色的。"孩子的手抬高一点，群山出现在孩子的眼睛里，母亲能听懂孩子的话，母亲说："星星落到冬牧场了，那里的草是青的。"母亲忍不住叫起来："这是冬天吗？"她的丈夫，大漠的玛纳斯王也被孩子折服了："我们开地挖渠种麦子栽树，我们都比不上孩子；孩子天不怕地不怕，老天爷都比不上孩子。"此时此刻，好几百个虎年出生的孩子在暴风雪怒吼的夜晚，用他们亮晶晶的眼神安静了大人的心，安静了群山草原和大地。千年万年，这里没有固定的人类，牧人逐水草而居，帐篷毡房牲畜始终处于流动状态，连牧草和树都是随季节而变化，秋天成熟的草籽会随风飘向远方。而别处的草籽又落到这里。树常常被大风连根拔起，有些干死在戈壁滩，而那些落到水边的树又活过来了。大风冰雪和严寒很不习惯这些房子。这些房子稳如山岳。房子常常被大雪堵住。男人每天都要打洞，有时要扒下门板。雪太深，开不了门，用斧子劈开门道的坚冰，去掉门板，男人穿一件皮坎肩，跟黑熊一样钻到雪里打洞，打通后还得回来取铁锹。从外边的洞口开始挖一条坑道。男人、女人和孩子从坑道里爬出来。冰雪暴过去了，太阳在雪原上滑行，一匹看不见的神马给太阳拉爬犁。谁也不会娇惯孩子，大人给孩子穿上衣服，抱到地上，大人前脚走，他后边跟着，大人出来好半天，小孩才吭哧吭哧爬出来。那时候，几百个孩子都在大雪的坑道里爬，真像是从地洞里钻出来的旱獭。大人像黑熊，小孩绝对是旱獭。塔尔巴哈台，千年万年矗立在中亚大地上的山哟，只有在 1962 年的冬天，在虎年的白雪季节，你才是名副其实的旱獭之家。

说说那条河吧。塔尔巴哈台的许多河都是从低往高流。团长家门口那条河也是这种流法。团长说："这才是我要找的河，人往高处走，河往天上流。"那条水渠把河抬到大地的高处，差不多跟山站在一起。那仅仅是开始，水渠继续延伸，越过团长的房子，把山下的平地都浇上了。能种地的地方开出来种庄稼，沙石地带留给牧草生长。庄稼和树跟天上的星星一样，跟大海的岛屿一样，显得很渺小。只要骑上马，赶上羊群走上几天几夜，再回来的时候牧工们会流下悲怆的泪水。他们会开上拖拉机去翻地。人力太有限了，开出来也种不上。他们不是不懂这个道理，是家园在大漠中太渺小了，跟纤尘一样，会被大风吹掉。团长安慰这位好兄弟："能让我们待下去的不是地有多少，是水呀我的好兄弟，水源一断，家就没了。"从古到今，西域多少城邦毁于水，河流干枯或改道就会给生命带来灾难。

中亚大地的水源都在山上，无论是天山阿尔泰山还是塔尔巴哈台山阿拉套山，它们贮藏着一个冬天的积雪，连续降雪四五个月甚至半年，你去想象吧，山里有多少雪。白雪季节群山一下变成丰腴的雪美人，保养得很滋润，不像山外，快到春天时积雪差不多变成干粉，跟白沙子一样。山里的雪永远是新鲜的，永远保持着处子之美和青春的气息。绿洲就靠雪水喂养。中亚的群山被地理学家誉为干旱荒漠里的"湿岛"。天山是最大的湿岛。塔尔巴哈台山就像小岛了，河流短促而湍急，河水刚出山就夭折在沙石里。团长要治理的就是这些河。团长见识的河太多了，战争年代就不说了，就说开荒种地吧，玛纳斯河安集海河奎屯河四棵树河，河岸都是细软的淤泥芦苇丛沙枣和红柳。泥土跟肉一样聚在河的两岸。

塔尔巴哈台的河流没有泥土，河床全是沙石，蓄不住水，水往地下渗，跟漏斗一样。团长有几次掉进漏斗里，差点淹死。"我是死不了的"，团长呛几口水又浮上水面。最险的一次，他被河吞下去咽到大地肚子里，又从另一个漏斗里吐出来。团长晕晕乎乎，又下到水里扑通扑通往前走，栽倒、起来。他没有找到淤泥，哪怕有一点点泥巴也能封住河床呀。

另一条水渠沿河岸修过来，不是灌溉庄稼和牧草，是为了树。新疆垦区都有很宽很长的防风林带，团长给这条河——小锡伯提河修建了护河林带，全是青色大个子——垦区科学院培植的新疆杨，十五列纵队，浩浩荡荡密布在河两岸。两岸的林带长起来会遮住邻国的铁丝网，树杈会伸到邻国的领空。树要这样，谁也不能阻止这个大自然的嫡子。更可怕的是树根，中亚大漠的植物都有发达的根系，最长可达五六十米，左右夹击，在河床底下织起一张密集的植物网，跟蛇一样蠕动着，树根带来阳光和空气，树根咀嚼着河石，整个大漠被嚼烂了，不管多坚硬的石头，树根都能嚼成碎末。团长趴在地上听呢，团长跟孩子一样叫起来："我的妈呀，这是树吗？这是个大活人！"妻子听不明白："大活人能在地底下吗？""你没打过仗你不知道，见过刺刀吧，再好的刺刀连捅十个人就弯了，血烫弯的，还要拔得快，多待一会儿刺刀就没了，就让血化掉了，血是一团大火！我们老家就没有这种树，最多在石缝里扎下根，把石头劈成几瓣，新疆的树太厉害了，铁矿石都吃下去了。"整个大地都在发抖，跟闹地震一样。女人的脸都吓白了："会不会把地吃空了？"

"它吃下去的是石头，吐出来的是泥土，咱要的就是泥土。"女人软在地上，连起来的劲都没有了，团长就吓唬她："这树根你可是听见了，比大活人更厉害，跟蟒蛇一样，小心它钻到你身体里去。"女人呀一声跳起来："我怎么办？"

可怕的事情发生了。树根伸到他家房子里，房子的一半在地窝子里。从林带里伸过来的树根，扎进房子后猛长，女人反而不害怕了。那个传说中的生命树正从大地的中心伸展到她家里，她相信这是个真实的传说，就像她相信她的团长一样，她的团长在她身上也栽下这么一棵生命树，多么了不

122

起的男人的生命，往她身下一插，就把世界创造出来了，房子、孩子、庄稼，还有牛羊，还有大地上的一切……孩子兴奋得乱叫，以为来了许多小朋友，既是伙伴又是玩具。用木棍把树根架起来，在墙壁上打个洞，让树根钻进去，跟电线一样，树根带着大地的电流向前延伸。房子像加了钢筋，一下子被拉紧了。树根形成许多圆环，衣服、毛巾搭在上边。刚开始发芽长叶子，时间长了磨出一层痂。手抓住不放，就能感觉到树液在突突地跳，雄浑有力而沉稳，这是一种远距离的射击。

这种力量终于进入女人的生命。

那是夜深人静的时候，大漠深处有什么人呢？所谓人就是孩子，孩子在对面的小床上睡熟了。他们的夫妻生活进入美妙的时刻，女人一下想到穿透力极强的树根。团长的根正在穿越女人的生命，在女人的幻觉里，墙壁裂开一个洞，丈夫的根就钻进去了，全都进去了，发出嗖嗖的声音，多么丰沛的树液，还有柔韧而有力的大蟒蛇，咀嚼吞咽，一起一伏，所有的感觉全都变了。从玛纳斯开始，就有一股洪流在她身体里汹涌着奔腾着带动着大地。辽阔而神奇的大地。这一切最终归于女人的身体。树液和梦吃。阳光和空气。在身体之后是手，女人的手，终于握住丈夫的生命。这是我的，他为我而存在！告诉我，为什么在这里？这里是永恒的处女地！告诉我为什么在地窝子里？这是人类最古老的房子，我们的祖先就从这里开始。我还要问你，我们是我们的祖先吗？我们是我们的祖先，我们是当今世界上最年轻的祖先。女人很满足了，因为她是人类第一个女人。她听见丈夫拔出来的声音，清清楚楚是一只脚从河泥里拔出来的哗啦声。更大的水浪冲过来。这回女人听到的是自己啊的一声，她跟河一样流到平坦的地方，草原也好沙漠也好戈壁也好，那是一条河最散漫最自由的状态。女人嘴角的笑容蔓延到鼻翼，就像泉水从草丛里流到山涧一样，一直流到天亮，月亮沐浴一新变成太阳。锡伯提河有了土腥味，水多起来，山上流下多少雪水，河床里就聚多少雪水。流上一天一夜，河水的寒气就散光了，变成炽热的洪流，就像丰满迷人的少妇。这条河就是你的妻子。团长吓一跳，谁这样给他说话？团长放下坎土曼匍匐在地上。确实有个声音，从天上从地底下同时给他说这样的话。不管你是谁，你只能匍匐在地上。"我有一个好妻子还不够吗？""河流群山大地都是你的妻子。"团长终于明白了，这是大地对他的呼唤。一切都是命中注定的，生命把一个人要使出的力气要吃的粮食都决定了。"再给我一点力气再给我一点粮食。"团长恳求上苍，上苍就满足了他的要求。"不过你得快点，你已经是个奇迹了，玛纳斯在世也比不上你的一半。"团长笑起来，"这可不是老天爷您的话呀，这是玛纳斯奇唱的歌。""谁让玛纳斯奇唱呢？"是呀，除了老天爷谁能让一个人平白无故拥有那么多智慧，一口气能唱几个月，从开天辟地唱到现在，从叶尼塞河唱到玛纳斯河，歌声从你降生伴你到坟墓，如果不是神灵附体，生命跟石头又有什么两样？既然河是我的妻子，就让她永远流淌下去吧。团长是个伟丈夫。真正的伟丈夫会给妻子带来美丽和魅力。

他已经分不清家里的妻子跟野外的妻子有什么区别，他会把给河的话告诉妻子，把给妻子的话告诉河，她们都能接受，却露不出任何破绽。压根儿就没有什么破绽，妻子和河完全是一回事嘛。真正的大河不能光靠雪水，团长对妻子说："我给你弄点水去。""到哪儿去弄？""戈壁滩是找不到水的。""那就到山里去找，兴许能找到泉呢，最好是草丛里的泉水，跟珍珠一样。""我不懂什么珍珠泉，拨开一看有水就行。"

团长带上干粮、军大衣和水，一个人走了。大漠里的女人总是默默地注视着亲人走向远方，看不到身影，她还注视着，她听亲人的脚步声，大漠里很安静，蚂蚁和蜥蜴的一举一动都很清晰，叹一口气都要飘荡很久很久，对一个人的凝视会把另一个人的身体看僵了，跟一根木头一样，一动不动，直到孩子喊饿，孩子抱住她的大腿大哭，把她从远方唤回来。

团长在山里跑了整整一个星期，找到的泉眼全标在地图上，星星点点越来越多。我能找到珍珠泉吗？那些泉眼都在石头底下，或者躲在山洞里。第六天，团长看见一大片长在斜坡上的树林，山坡在村林后边陡立而起，树叶哗哗喧响，闪耀着逼人的绿光。山巅戴着雪帽，泉眼肯定在树林里。团长钻进密林，从早晨钻到黄昏，山坡陡立，人是爬不上去了。泉眼在陡坡下一闪一闪。山巅的雪水渗入地表汇成暗流，又从这里涌出。泉眼有水桶那么粗。这哪儿是珍珠泉啊，女人的见识总是有限的，连做梦都这么节省。这不能怪女人吝啬，是大漠里的水太少啦，水跟珍珠一样一粒一粒数着用。团长又兴奋又紧张，他不知道给这么大的泉眼该起什么名字。它是从石头缝里蹦出来的，就叫石头泉吧。团长就大声叫起来。石头被感动了，就在他脚底下动，最真诚的感动都在脚底下，一晃一晃，团长就像站在水上。他确实是在水上。他刚躲开，脚底下那么大一块石头就被泉水冲开了，水流奔突而出，哗哗翻滚，清香四溢，石头跟鱼一样顺流而下，很快变成鱼群，向下游奔去。石头全被冲走了，再也听不到哗哗的喧嚣声了。泉眼扩展到树林里，树把它紧紧围起来，泉就消失了，水面只留下一个一个漩涡，那是大地的生命之门，静静地流着、闪耀着。"这不是河吗？""也是你的妻子。"河水清洗他脸上的灰尘，冲洗他的嘴，把最清洁的水喂下去。他吃掉最后一块干粮。地图贴着胸口，那上边标着群山里所有的泉，跟天上的星星一样。那些星星在他胸口跳，那是整个群山的星星。走到山口时，他已经沉入梦幻。那么多星星落到一颗星的眼睛里，那颗星大得出奇，差不多跟太阳一样了。这是什么神奇的力量。不用你问，你看塔尔巴哈台山吧，他看见了群山，许多山聚在一起变成一座山，它们的泉水也到了一座山上。一座布满泉水的山，莹光闪闪。

按照团长标出的地图，那些泉被引到河里。河一下子长大了，站起来了。大漠里缓缓行走的一个美丽的女人。这是一个成熟女人的丰姿，高大健壮，光芒四射。妻子被自己膨胀起来的身体吓坏了。

"你给我吃了什么？你没给我吃什么好东西呀。一年四季吃玉米、吃黄金塔，女人真是命贱啊，吃粗粮也长膘啊，我都成了维吾尔老大娘了。""也是草原上的洋缸子，又粗又壮的洋缸子。""都是你干的好事，你还说这种话。""新疆的洋缸子一枝花。"妻子就很满足了。他同样把这句话讲给河，河用水浪回答了他，就像一条白鱼跃出水面又沉到河里。河也是喜欢把它比作花，还有山里的泉水，慢慢流吧，等你们到了山下流成一条河的时候你们也就是花了。

河站起来不是梦想，河成为女人也不是梦想。团长放牧的时候竟然找到两个大磨盘，草滩里的半截残壁引起团长的注意，拨开高草发现残壁上有烟熏的痕迹。这里曾有过人家。在不远处的水沟里找到磨盘。

磨盘被运到河边，一座高大的水磨矗立在河上。河站起来操作磨坊，刚开始磨面，玉米和麦子被磨成粉。豆子也运来了，加工成豆腐和粉丝。粮食散发出浓烈的芳香。

这是妻子最幸福的一天，也是她最悲伤的一天。后来她一直回忆这一天。她并不知道丈夫要走。她更得不到大地的暗示以及命运的某种预兆。她跟垦区所有的人一样，看着水磨在河上运转起来，看着细白的面粉、豆腐和粉丝，一个女人还需要什么呢，要知道这些年她一直用石臼捣麦子和玉米吃。现在好了，一切都正常了。她却忽略了她的丈夫，这个神话般的英雄在大地上创造了奇迹之后，他再要回到正常人的生活有多么困难。几千里的国境线上出现麦浪滚滚绿树成荫的农场带。半沙半土的千年荒原终于变成仙境花园。团长更多地被强调成传奇英雄，与现实拉开了很大的距离。"你要主动找领导谈，最好是找王震，王司令到北京去啦，走之前还问了你的情况，有些人抓住你的婚姻问题不放，王司令发脾气，说你是有大功劳的人。你主动找一下，问题不大。"团长对乌鲁木齐五家渠石河子都不感兴趣了，这些陌生的地方如同天书，他是真不懂，谁都看得出这是对牛弹琴；不但他，他的妻子、孩子都听不懂人家谈什么。这是一个手持农具奔驰于田野的农夫。这个农夫竟然对他们说："我在这里生活得很好，我的妻子我的孩子都很好。"这个大漠之子，统领着树、庄稼和畜群，"我给他们当团长，我愿意跟他们打交道"。

"我更乐意跟你打交道。"

在水磨转动起来的那一天，大白天，孩子跟羊群在河边的草滩上，他和妻子在房子里，他亲口告诉妻子："我就喜欢跟你打交道。""你打吧。"妻子知道他要干什么，妻子也有这个需要，彼此热切地需要，即使在大白天，太阳照耀着，那有什么关系呢？团长就像个小伙子，团长说："我要给你一个惊喜。"果然是一次不同凡响的大欢乐，妻子叫起来："怎么会这样，跟第一次一样。"以前是树根，这回是水磨，两个大磨盘，在河的带动下压碎了玉米。"压碎了玉米。"压碎了麦子。"压碎了麦子。"黄豆也压碎啦。"我看见了粉丝，我看见了豆腐。""你看吧，你好好看吧。"大地上的粮食全都到了河边，期待着大磨盘，两个磨盘，来自两座山，是谁给石头以灵气，石头就转动起来啦。"是河，是塔尔巴哈台山的锡伯提河。""是磨盘，是塔尔巴哈台山上长出来的磨盘。"什么都不是，谁都清楚，是大地的一股神力在女人最幸福的那一天进入她的身体，那种浑圆饱满的力量，洪流滚滚的力量永远留在女人的身体里了。丈夫出去了，妻子沉醉在梦幻里，丈夫的力量跟骨头一样长在她的身体里了。她望着白花花的太阳，多么迷人的梦想，她想到蠕动的树根和爬行的蛇。丈夫的力量不但留在她身体里，而且在不断地生长。"我肯定怀孕了，我正想要一个孩子，你就让我怀上了。"

女人脸上全是喜悦的泪水。

到处都是怀孕的声音，团长走到哪儿哪儿就流出喜悦的泪水。团长根本不敢到庄稼地里去，草地也不敢去，老远就能听到泥土的声音，麦子和牧草激动得发抖，地皮在动，团长可不想看到土地的泪水。团长就到戈壁滩上。在坚硬的石头上他可以静下心来歇一会儿，也只能歇一会儿。大地很快裂开一道口子，扑簌簌涌出一堆堆潮润的黄土，团长轻轻拨开细细的土末子，团长摸到了小旱獭的眼睛，团长粗糙的手一下子被这团热乎乎的肉给化开了。这个高大威猛的大漠之父，抱住小旱獭亲啊摸啊，他的鼻子首先被感动了，鼻腔发酸，鼻子与眼睛相连，眼睛一下子就湿了，胸骨下边那颗心一下子燃起大火。团长被自己浩大的心感动了。旱獭刨啊刨啊，终于刨到了他的秘密：我的团长你累了，你该休息了。小旱獭跟小狗一样汪汪地叫，不停地叫，反反复复就是一个词：汪汪——汪，汪汪——汪。团长并不知道聪明的小旱獭在暗示什么，团长一只手擦脸上的泪水一只手不停地拍打咆哮的小旱獭，团长的手被自己的泪水烫了一下，"噢哟——！"另一只手跟疲倦的鸟儿一样落在草窠子里再也飞不起来了。

我的手抬不起来了

我像乌鸦般的头发变成天鹅一样

我一度挺直如箭的身躯

如今变得弯曲如弓

欢乐已消失，心头之火已熄灭

我光着身子而来，还要光着身子入土

我放走了行云般的青春

我结束了疾风般的生活

团长高大的身躯猛地一晃，发出长长的叹息，小旱獭唤醒了他身上巨大的疲累，他一下子被击垮了，他一下子衰老了，身上的肉一下子松下来，跟干细的黄土一样嗖嗖嗖往下滑。

那只旱獭紧跟着他，旱獭恋他的怀抱，他走哪儿旱獭跟到哪儿。他碰到哈萨克牧人，他请求主人给他一匹马，主人就给他一匹栗色马，他爬上马背，他的手一下子被缰绳拉起来了。他的力气还在，他纵马疾驰。他的眼睛出奇地好，他能看见地上的旱獭洞，隐藏在草丛里的旱獭窝也逃不过他的眼睛，在战场上他也没有这么好的眼力呀，他仰头看天，他看见一颗颗星星跟信号弹一样升起，白昼被射穿了；他又低头看马蹄下的大地，他就很容易穿透地层看见大地深处那只雄壮的旱獭，它在向地心挺进，地心长着一棵枝叶繁茂的生命树。草原上的人都知道这棵生命树。现在，团长亲眼看到这棵树了。团长就离开马背，走向小旱獭。

团长更像一个孩子，团长整天抱着小旱獭，睡觉也带着它，到地里干活也带着，旱獭根本就不让他再干活，无论是芟镰还是坎土曼，小旱獭跟皮球一样总是滚落到农具的刃上，团长吓得直跳，团长再也不干活了。团长彻底地闲下来了，旱獭就喜欢他闲散的样子。热乎乎的旱獭跟一张皮一样贴在团长身上，团长走哪儿都可以躺下睡觉，无论是庄稼地还是旷野、戈壁，热乎乎的小旱獭抱在怀里跟一个小火炉一样足以抵挡中亚大漠的寒气。

你累了，你累了，你快休息，你快休息。

连妻子都看出来了，这是大地在召唤团长。这个大漠之子不到天寿之年就早早地用完了他的力气。

我还有力气。

团长把一头壮牛摔倒了。

谁都相信团长的牛力，比牛更壮，可那是走向死亡的力气。千百年来，草原上的男人在衰老的时候总是悄悄地离开亲人，消失在茫茫荒野。

妻子暗地里流了多少泪！她不能当着丈夫和孩子的面流露出一丝一毫的悲伤。她远远地看着她的团长和那只可爱的小旱獭，她的心里渐渐好受起来。小旱獭会陪着她的团长。我的小旱獭呀，她的乳房猛地动一下，好像小旱獭在她身上。小旱獭确实在她身上，好多年前就钻进去了，因为她身上有一个很深很深的洞，大地也有一个很深很深的洞。她早就知道这个秘密她还那么惊讶！她惊讶什么呢？她眼睁睁看着小旱獭领着丈夫走向远方。天就这么黑了，孩子问她爸爸为什么还不回来？孩子看见爸爸整天跟旱獭待在一起，孩子要到旱獭窝里找爸爸，孩子能找到旱獭窝，飞禽走兽是逃不过孩子的眼睛的。母亲必须对孩子说实话。孩子叫起来，孩子从墙上取下猎枪取下锋利的蒙古刀。

"我去杀死旱獭给爸爸报仇。"

"旱獭是来救你爸爸的。"

"你骗人，爸爸好好的，爸爸怎么能离开我们呢？"

"它怕爸爸耗尽了力气，人不能把力气用光了。"

"爸爸还有力气，爸爸不会死了。"孩子平静下来了。

母亲给孩子讲那棵生命树，孩子第一次听这棵神奇的树。大漠的母亲总是在孩子懂事的时候讲这棵神奇的树。母亲还讲到了那些古代的大漠英雄，中亚大地的男子汉都是三四岁显示英雄气概的，英雄玛纳斯就是母亲在密林里祈祷上苍感化树精而怀孕的，玛纳斯在母腹里就有了树的神力和气势。"那就是生命树，孩子。"母亲肚子里还有一个小孩，小孩动一下，母亲赶紧跑到外面，大地之上苍穹之下，孩子你放开手脚生长吧。

团长碰到的最后一个人是玛纳斯奇，这个老人已经活到一百岁，他还要活下去，他带着他的小孙子，他对团长说："像我这样的老人有好几百，我们是第二次做父亲，等孩子长大娶了媳妇，我就可以走了。""我才活到你一半岁数，我是不是走得太急了点。"玛纳斯奇用歌声回答了他。

英雄的生命是无法用年龄来计算

你已超过了英雄玛纳斯

玛纳斯死于敌人的暗算

泡了毒液的战斧在玛纳斯睡着的时候劈进了他的头颅

玛纳斯带着致命的伤痛大战三天三夜

我的团长呀，你来自战争却归于大地

你是劳累而终

上苍给人以神圣的生命

没有比荒漠里的花园更美更好

玛纳斯一生追求和平安宁

最大的愿望是种地放牧

玛纳斯如果再世

能不能比你做得更好只有上苍知道

　　群山越来越开阔，麦浪一浪高过一浪，这回听到的不是玛纳斯奇的歌声，是麦浪里的歌声，麦浪比河流更热烈更大胆："听见了吗，我是你的妻子。""我有河我有房子。"在大漠里房子就是妻子的另一种叫法。麦子知道这些，麦子就显得更执着，"我就做你房子里的妻子。"团长就满足了麦子的要求，一个快要进入坟墓的人，是不会拒绝任何人的要求的。"我吃了一辈子粗茶淡饭，我吃麦子不过分吧。"这是他自己的问题，根本不需要上天或者大地来回答，他的肚子非常诚恳地回答了他的问题。这是很不错的一天，谁也不会骗他。在麦田的那一边，牧草越来越多。这就是新疆，任何地方，只要有水，种地的汉人和放牧的哈萨克人蒙古族人总是混在一起。团长是所有草木庄稼的团长，是统领大地的团长，团长也不知道他是个牧人还是个农夫。大草滩在他眼前展开的时候，他就意识到这里有他的另一位妻子。

　　在不朽的史诗《玛纳斯》的第二部，玛纳斯的儿子赛麦台依也有这样一位神奇的妻子阿依曲莱克。阿依曲莱克历尽千辛万苦，为了向赛麦台依表示她纯贞的爱慕之情，她忽而变成展翅高飞的白天鹅，忽而变成闪着彩色光芒的白纱，忽

创世记：老兵的故事

而变成光芒有七种颜色的黄金，闪光的黄金又变成一条金鱼，鱼鳞闪射着耀眼的银光，赛麦台依看一次变一个样，看两次变三个样，大地上最美的东西全被展示出来了，玛纳斯的传人一代一代把大地作为美丽的妻子。

那个十九岁的女兵，从河变成麦子变成房子变成金黄的大草滩。

"她会变成玫瑰花。"

在中亚各民族的那些故事里，玫瑰总是开在情人的墓地。

团长去的地方可不是墓地，而是一个干爽的高地。在群山尽头大地缓缓升起，塔尔巴哈台终于从小旱獭长成一只猛兽，雄浑有力高大壮美。风低沉地吼着，阳光迅猛异常，许多石头被晒裂。"跟它们一样我用完了我的力气。"可土地被开出来了，塔尔巴哈台长满了麦子土豆和啤酒花，那个年轻的女兵也被开出来了，成为一个丰满壮美的妻子，多么肥沃的妻子！团长心里充满了巨大的爱慕之情……团长坐在地上，风就把他吹开了，然后是太阳，被太阳晒裂的滋味真不错，那么长一声呼噜直入大地的腑脏。我睡着了，大地也睡着了。那只雄壮的旱獭终于把洞打到了地心，那棵生命树就长在那里，旱獭用完了它所有的力气，现在它可以美美地睡一觉了。它就睡在生命树的根部，那些苍劲有力的根须很快就裹住它，它太累了，它被树根分解开来它都不知道，它沉迷于漫长的睡眠。所有的旱獭都在春天在鼠疫所带来的死亡阴影里求爱求欢，在秋天膘肥体胖时惨遭猛禽野兽的屠戮，只有冬天是安全的。严冬封住了大地，棕熊也无能为力，为了漫长幸福而安逸的冬天，旱獭吃得胖胖的，把地洞清扫干净，把自己也清扫干净，把洞口堵上，连空气都不要，它们靠地气可以维持呼吸，然后一个顶着另一个的屁股，进入大地深处，进入漫长的睡眠。这只雄壮的旱獭完成了代代相传的巨大工程，终于把洞打到了生命树底下，现在它可以长眠不醒了。它太累了，大地可以让它长眠，大地绝不会再让它担惊受怕，生命树从它身上拔地而起，它在梦中开始上升，沿着苍劲的根沿着枝杈和叶子，一代又一代的旱獭重新获得灵魂，生命树上结满了美好的灵魂，生命是无法结束的！

大地活着，太阳也活着。

爸爸干什么去了？

他去种地。

我知道他在什么地方。

孩子抓紧马缰。那匹儿马已经长大了，长成一匹骏马，孩子死死地抓住它，它拼命刨地。母亲很吃惊，五岁的孩子，他神奇的力量来自大地，那棵生命树已经长出地面了，生命树上的灵魂开始在孩子身上显灵。孩子翻身上马，跟他老爹一样。死亡的阴影开始消失。孩子骑马冲出院子，向大地深处奔去。孩子在追逐死亡，大地上有一块阴影，那是死亡，是云的投影。云朵跟受惊的鸟群一样拼命逃啊。孩子的腿跟圆钢一样，已经变成骏马的翅膀。马蹄子疯狂地捣着大地，加上孩子的喊声，谁也不相信世界上有什么死亡。躲是没有用的。孩子的神力来自父亲。群山草原庄稼地很轻松地落在孩子后边。孩子一直奔在群山的尽头，当那干爽的高地出现时，孩子哟嗬嗬叫起来：原来是一只小旱獭，你跑吧，我不追你了。那只旱獭慌慌张张钻进地洞。孩子和马回来了，孩子告诉母亲："死亡被我赶走了，爸爸没事了。"

孩子就是在那一天长大的，在五岁那一天，父亲在干爽的高地被风吹开被阳光晒裂的那一刻，孩子翻身上马，一个跟马融为一体的人就是一个饱满的生命。在伟大的史诗《玛纳斯》里，同样记载着雄狮玛纳斯从童年跃入成人的故事。

> 玛纳斯飞快地成长
>
> 当他长到四岁时
>
> 他胸脯宽阔体魄健壮
>
> 长到五岁时他到处跑动
>
> 六岁时长成男子汉模样
>
> 他要早日离开家门
>
> 到远处去谋生
>
> 他穿过戈壁和高山
>
> 他开垦荒芜的土地
>
> 他挖出了长长的水渠
>
> 撒下密密的种子

打麦场上麦垛高耸入云

　　孩子一直在附近放马放羊，现在孩子可以纵马驰骋，远方吸引着他。

　　母亲的心一天比一天紧张，她听过牧人的歌曲，茫茫大草原，路途多遥远，有个小骑手，将死在草原……母亲渴望孩子早早跨上骏马，那是一个男子汉的必由之路。有一天，孩子会不会从马上摔下来，永远闭上眼睛，像一颗星星在深夜里熄灭。母亲的心都碎了。大风吹进母亲的胸膛，哀婉悲怆的鹰笛从四面而起。从那以后，每当孩子翻身上马，母亲就开始接受鹰笛的折磨。母亲猛然惊醒向外跑去，她跑了很久很久，她在山岗上瞭望，马越来越近，马背上空荡荡的，而大地上竟然没有鹰笛声，大地你聋了吗？一个栽下马背的孩子换不来你的叹息吗？母亲大放悲声牧草嗖嗖抖起来，母亲快要哭晕过去了，马奔到她跟前，她的孩子被马缰拖着成了血人，这个血人刚喘过气就站起来，把马绊倒在地上，死死地掐住马脖子，马蹄乱蹬，母亲都看呆了。马蹄越蹬越慢，孩子松开手一抖缰绳，马站了起来，马浑身哆嗦着。"它再也不会调皮了，"孩子蹿上马背，"妈妈，你上来。"烈马终于被孩子驯服了，马背稳得跟床一样。

　　孩子胆子越来越大，跑得越来越远，常常是两三天，有时一星期不回来。孩子还不满足，"妈妈，你看见没有，我跑的是一条直线，我喜欢直线，从大地上直直奔过去，一直奔过去，跟我爸一样变得无边无际，谁也休想赶上他，他太了不起了。我真想变成一支箭，被大地射出去，把地平线射穿"。

母亲想把真相告诉孩子，你的父亲已经死了。这个念头吓她一跳，连她自己也不相信丈夫的死亡。丈夫离开她的那一天中午，太阳多么明亮，丈夫很清晰地把自己的力量留在她身上。那种实实在在的力量从未消失过。她肚子里的小生命一天一天大起来，这个小家伙一落地，丈夫的力量就会消失掉。那一天真的到来我该怎么办？她无法承受丈夫的消失。只要丈夫的力量留在她身上，她就有勇气活下去。

她开始平静地看待孩子的远行。这个叫建新的孩子不是孤儿，他有母亲也有父亲。他还有一匹自己的马。他是个幸福的孩子。他从远方归来时，母亲总能感应到那幸福的时刻，母亲不是在房子前边，母亲赶好几公里路，在大漠的小路上迎接她的孩子。骏马和孩子。身边高大的新疆杨和麦田，还有羊群。"妈妈，你累坏了吧？""我不累，我可以照看这些羊群。"她正值壮年，浑身有使不完的劲。跟所有大漠的母亲一样，她希望她的孩子走遍整个大地成为一个真正的男子汉。大漠里的男子汉可不是谁都能当的。

第二个孩子没有哥哥那么幸运，没有冰雪和风暴的洗礼，出生在温暖的春天。大漠母亲刚生下孩子就骑上马，把孩子揣在怀里，进入群山腹地。在雪线附近有刺骨的雪水，母亲用雪和冰水洗掉孩子身上的胎液。一定要有雪，最滋润最干净的山巅上的雪，一个健壮的生命来自清洁的地方。"这是你的弟弟，"那个叫建新的孩子，理所当然成了哥哥。

这个了不起的女人把院子扩大了一倍，盖起了砖房。地窝子成了菜窖和仓库。红砖大房子跟她一样健壮跟她一样红彤彤的。丈夫的力量并没有随着孩子的出生而减弱，她的身腰屁股和大腿猛地大了一圈，跟大车轮子一样，跟圆木磙子一样。一个真正的寡妇不可能这么健壮，这么红润。她强健，丈夫更强健。她快要喘不过气来了。

"你活着你就回来吧。"

她毫不犹豫地相信丈夫活着，在远方某个地方不停地垦荒种地，拓荒时代的英雄，拓荒都拓疯了。

弟弟刚学会走路，哥哥就把他抱到马背上："我们去看爸爸，我们的爸爸可了不起啦。"兄弟俩骑着一匹马，直到第二天傍晚才回来。弟弟给母亲描述他们雄狮般的父亲："爸爸那么高，跟一座山一样，兵团的人说他刚种上麦子，牧场的人说他驯马去了，草原上的歌手把爸爸唱到了古代，哈哈，我们的爸爸有八百岁，他们都把他当狮子，一头雄狮子。"

弟弟两岁的时候，终于有了自己的马，他一个人骑上马驰骋于大地之上。

兄弟俩到了上学的年龄，母亲是上过学的，刚开始母亲教他们识字，母亲完全可以教到中学的课程。兄弟俩向往正规学校。学校在几十公里以外。狼群成灾。常常有上学的孩子被狼吃掉。狼群有时冲进学校围攻这些孩子。

这个叫建新的孩子把弟弟交给母亲，他跟他那个雄狮一般的父亲一样，他连马都不骑，马遭到袭击会把人颠到沟里摔死。哥哥背上书包，拿一根棍子。袭击他的是两只狼。他用棍子跟狼搏斗的时候，另一只狼噙住他的脖子，幸亏第一只狼被打断了腰，幸亏他的脖子上扎着围脖，上路时母亲扎上的。狼咬住围脖拖上他就跑，他跟所有被狼咬住脖子的人一样抱住狼脖子，人到这份儿上差不多也就软了，骨头发酥，连发抖的劲都没了。这个叫建新的孩子从恐惧中镇静下来，腾出一只手解开围脖把围脖全塞进狼嘴里，这回不是狼咬他，是他咬狼脖子，狼就停下来，跟孩子搏斗，互相搂着在地上滚，滚着滚着就不动了，孩子还能动。孩子把狼喉咙给咬断了，纯正的西伯利亚狼，血里冒着气泡，气很快就跑光了，狼眼睛突然一亮，那光芒如同阳光下的钻石，烁亮之后就暗下去了，变成了硬石头。狼的血腥味弥漫群山向高空飘散。半个月后，狼又跟上来，从孩子的背后蹿上来，这是一只老狼，贴近人的身体时，狼就站起来了，前爪轻轻地拍一下人的肩傍，人以为是熟人叫他很自然地回头去看，狼嘴巴正好咬住喉咙。孩子胆儿壮。孩子去上厕所。这是寄宿学校，都是几十公里甚至是上百公里以外的学生。老狼报仇雪恨来了。孩子从厕所出来就感到一只软绵绵的手搭在他肩上，天冷，都戴手套呢，肯定是同学逗他呢，他回头的同时手也伸过去了，那只狼舌头激起孩子的本能，孩子的手抓住狼爪，两只手一起抓，狼的前爪落到孩子手里，孩子的脑袋顶住狼下巴。孩子背着狼，孩子不敢往宿舍走，会把同学吓软的，孩子就朝老师房子走，走得特别慢，从校园这边走到那边，走了半小时。老师正开会呢，有人踢门，不用手敲竟然踢，老师很生气地拉开门，孩子就把狼背进来了，接着就是狼倒在地上，孩子大口喘气，狼没气了。静了好几分钟，校长和老师都叫起来。

狼群开始返回西伯利亚故乡。土著狼还待在这里。老远看着上学的孩子，一动不动地看着。

第二年弟弟也上学了。弟弟很想跟哥哥一样打死一只狼。弟弟没打到狼，反而在草丛里捡到一只狼崽，被猎人的兽夹子夹断了腿，弟弟恳求猎人叔叔不要伤狼孩子："他是一个孩子，送给我做弟弟吧。""狼怎么能给你做弟弟呢。""我给人家做弟弟，我没有弟弟，我太吃亏了。""巴郎子不服气呀，那就送给你吧。"弟弟抱着狼崽睡。给狼崽吃最好吃的。半年以后，狼崽已经成为家中一员，很忠诚地守着家门，牧羊犬就落伍了。老狼寻到这里时，小狼已经不认识狼爸爸了，任凭狼爸爸百般解释，小狼毫不退让，老狼长长叹一声，一步三回头走了。

那些发誓要活到给孙子娶媳妇的老人，不一定要活到那一天，塔尔巴哈台的孩子们是大地上最硬气的孩子，长到十一二岁，就是标准的男子汉了，就不再需要人管了。老人们明白这一点时，也明白了死亡的好处，全都放心地离开人间。当然也有顽强活着的老人。他们都是出色的玛纳斯奇，他们活着不是为了孙子，而是为了延续伟大的歌声，为了史诗和传说。

有一天，女人听到玛纳斯奇的歌声，唱的是古老而伟大的爱情，大漠女人为了向情人表达爱慕之情把自己变成雪白的天鹅，变成洁白的轻纱，变成闪光的黄金，变成矫健的金鱼。河流和麦浪又回到女人身上，丈夫的力量从未离开过她的生命，而且在一天一天壮大。

有一天，两个孩子给妈妈送一匹大白马："你应该去看看爸爸，那么威风的爸爸，你不去你会后悔的。"女人就离开自己的孩子，越过群山草原和庄稼地，大白马变成栗色马又变成枣红马。马大汗淋漓马毫不疲累。丈夫留在她身上的是大地的神力，她比马更精神。马流完汗之后流出宝石一样的血，血光闪闪。据说女人在荒漠里成为玫瑰的时候，石头也会爱上她的。她爱上一个男人，是个种地的兵团农工。又一个家出现在大地上。大地上的男人和女人，跟河流一样滚滚向前奔腾着无比壮阔的生命。

锡伯提河岸的两兄弟，弟弟念书是一把好手，一直念到乌鲁木齐，最后落脚奎屯。哥哥守着家园种麦子种啤酒花。

几年后，弟弟踏上了故乡的土地，不由自主地走向马群，从牧人手里买一匹马。大地开始延伸，向前延伸，越来越快。他急于见妈妈，他的心比马更快，马都快要愤怒了，上下颠着跑，有意折腾它的新主人。他才不管这些呢。他拼命抽打马臀。他终于看到一栋房子，房子前边站着一个被太阳烤焦了的老妈妈，老妈妈叫孩子，他就扑通栽下马鞍，扑上去，老妈妈摸他的背，孩子我的孩子我的眼睛都快瞎了，你怎么才回来呀？奶茶，馕，手抓肉，长长地睡一宿……又是一栋房子，又是一个老妈妈。几十公里甚至几百公里总要碰到这样的房子和老妈妈，有时是毡房，是蒙古族是哈萨克族是汉人……等见到自己的亲生母亲时，他已经给许多母亲做过儿子了，被她们抚慰，长睡一宿，又匆匆离开。我怎么能离开塔尔巴哈台呢？我们这些地窝子里长大的孩子，跟旱獭一样来自大地的心脏。悲怆的泪水带着酸楚尽情地流淌吧……

河流说我要做你的妻子
麦子说我要做你的妻子
牧草和树木都这么说
戈壁上石头也放开了喉咙
那就让玛纳斯回来吧
他在干爽的高地上已经睡够了

卷三

古 尔 图

坎土曼

父亲到林带里烤太阳去了，太阳是他的电疗器，他身上的零件全被岁月摧毁了。最辉煌的日子里父亲每天开荒四亩半，班长把他当王牌军，四亩半的记录是老英雄郝世才在南泥湾创下的。那时父亲以为坎土曼是金子铸的。父亲的父亲给他讲过穷人们津津乐道的民间故事：泥土里有金子。古尔图荒原的金子跟别处的不一样，有史以来这里只长草不长庄稼，坎土曼像父亲的胳膊深深掘进荒原深处，庄稼长出来的时候，班长提为排长，排长提为连长。最早开垦出的地方成为垦区中心。首长问父亲，"愿意不愿意待在团部？"父亲说："咱愿意开荒，哪儿有荒地咱去哪儿。"首长说："这同志是老实人，干革命就要老实人。"首长说："回去跟家里商量商量。"父亲说："没啥商量的，媳妇听我的。"那时，姐姐王慧正在妈妈肚子里潜伏着，随时有爆炸的可能。妈妈说："团部这地方是咱开出来的，咱就住这儿。"父亲说："首长没这么问咱。"妈妈说："自己的事自己说啊。"父亲说："连里开会，大家争着当先进。"母亲说："过日子跟打仗攻山头不一样。""哟嗬，我打了八年仗不知道攻山头？"父亲对母亲来了一通女人头发长见识短之类的传统性训谕，准备打点行装搬家到古尔图最偏远的连队一显身手。

七连是新组建的连队，连长、指导员、排长、班长等人选是团部反复开会研究决定的。父亲带着他美丽的老婆来到荒原的尽头，第一个到达此地。十多天后，来了河南人老李，王排长和他老婆苏惠。这是七连最早的三户人家。河南人老李跳下毛驴车破口大骂，大叫上当。报名来七连的五十户人家，只来了他们三家。西安人苏惠埋怨排长："给你说你不信，这个先进当不成，落后分子全留好地方好单位了。"

后来父亲不止一次地对我说，他当时心里发毛了，毛得厉害。我问他有什么感觉，父亲说："就像中了敌人的埋伏。"父亲从此再也没突围出来。河南人老李、西安姑娘苏惠都没有突围成功。父亲说："那么多年仗白打了，打胡宗南，打马步芳，打美国鬼子，打李承晚，打到古尔图给败了。"父亲一败涂地。新连长上任，父亲打头炮提意见，连长点根烟，很大度地让父亲发邪火。发邪火的结果，连首长也怀疑他过去开荒四亩半的成绩是否真实。首长在七连干部会上不点名地批评了他。苏惠的丈夫王排长把这消息透露给父亲，父亲高兴坏了："我成落后分子了。"苏惠阿姨说："乡党甭高兴，你落后得不是时候。"苏惠阿姨说："你以为你这么一落后就能过上好日子。"父亲说："思想好技术硬的都往艰苦地方打发，咱这回思想不好了，技术不硬了，咱当一回毛驴子，咱不当高头大马了，他硬叫咱驾大辕？"苏惠说："人家不会让你离开七连。"王排长说："七连是最边远的连队。"父亲只高兴了五分钟，母亲叫他回家吃饭，苏惠对母亲说："你老头跌个狗啃屎还以为赚了大便宜。"母亲说："他想日鬼叫鬼把他日上了。"父亲气得满脸乌青，母亲打他一下："真叫鬼捏住了，捏成茄子啦。"

父亲的脸再没有红起来。指导员找他谈话，"老王同志你是咱团的英雄，四亩半是你创的记录，古尔图快成南泥湾了。"父亲说："在团部那边开四亩半，在七连还想叫我开四亩半？"指导员慢条斯理："工作你得干么。"父亲说："谁说我不干工作了？我歇两天病假就叫不干工作了？"指导员说："就是么，别人瞎说我就不信，老王同志再落后也落后不到这种程度。"那天，父亲上工很晚，父亲把坎土曼扎地上卷莫合烟抽，连长很着急："指导员你咋做的思想工作，你看他那样子？"指导员说："能把他牵到地里就很不错了。"连长说："记录一旦打破就要保持下去，大家都盯着他。"指导员说："我在团部看过他的材料，他在边疆两年保持这个记录，古尔图的第一块地就是他开的。他已经习惯了，干不够这个数他自己会难受，我们不用逼他，把他牵到干活的地方就行了。"

父亲知道连长、指导员在讨论自己，谈些什么他不知道。他吐掉烟蒂，抡起坎土曼，脚下的地吭吭响起来，像老头打咳嗽，土块冒着白烟，白烟消散，落在父亲身上却成了黄色，那是土地的原色。不时有石头跳出来，父亲总要踢石块一脚，父亲说："坎土曼就像我的腿脚，从团部到七连，我坏了十多条腿脚。"父亲挖地时格外小心，总是绕过石块，石块埋在土层里，总有碰上的时候，坎土曼碰上石块，他总要难受好半天。其实他不用这么难受，十多条坎土曼都用坏了，他的手脚好不到哪里去。父亲蠕蠕而行，宽阔的田野在他身后展开。连长、指导员手搭额头，父亲到了视野的尽头，黑黑的一块，那块黑影是土地和戈壁的界桩。荒原从这里开始进入戈壁，泥土消失，岩石泛滥，坎土曼伤痕累累。他对自己说："我再也不换家伙了，好歹就是它了，老伙计，跟我在一起吧。"坎土曼伤痕累累，躺在旷野里，一边是石头一边是泥土，父亲并没有感觉到自己的伤痕。十多条坎土曼用坏了，他本人好不了多少。好多年以后，父亲上了年纪，皮肉松弛，早年的伤痕纷纷扬扬弥漫父亲狭小而苍老的躯体。

父亲当时一点也没有感觉到自己的伤痕。父亲替他的坎土曼难过。他干吗要把地开到田野的尽头呢？应该在戈壁和田野之间留出些空地，这样戈壁滩的石头就伤不着泥土了。明明知道石头堆里不长东西，自己偏去碰石头，而且是全世界最大的石头，据读过书的儿子说，那块石头有十五万平方公里，父亲说："比北塬大？"儿子说："北塬算老几？还没新疆一个公社大！"父亲知道他碰到的石头非常大，大得厉害。老王不是鸡蛋。谁说碰石头的都是鸡蛋？放屁么。老王不信这话，至死不信，尽管他破碎得七零八落，超过任何一颗鸡蛋。

那年秋天，父亲老王在地头看他的坎土曼，足足看了两小时，老婆唤他吃饭，他才站起来，他对老婆说："轧轧钢还能用，小看我老王么，四亩半算个屁。"老婆说："咱家都要住这儿了，别让人家说闲话，你又不是真心落后。要真落后在团部总场时都落后了。"老婆到地边看丈夫开出的地，那一大片灰黄的土块是丈夫硬从荒原里挖出来的，闲置一个冬天，开春就可以种粮食。老婆说："别人比不上你，你挖得又多又好。"丈夫说："十多把坎土曼用坏了，这里的地像老鳖，它们能咬下铁块。"丈夫说："我不想再换家伙了，好歹就是它，它能把我陪到底。"

接着天就黑了，往回走的路上，什么也看不见，尘土在脚下噗儿噗儿响，土末子埋住脚踝，有时深达小腿。老婆说："这里的土能把人埋了。"丈夫说："土都能埋人，不管你走到哪儿，你以为土里长庄稼。"丈夫说："土馋着哩，它们吃了我十几条坎土曼。弄不好连我都会吃掉。""别说了。"老婆叫起来，很快就不叫了。他们闭上嘴，尘土又深又烫，他们走了很久，回到家里，灯光一照吓一跳，他们就像从墓坑里跑出来的一样。

丈夫说："那天首长批评我，我心里没鬼，可脸上眼睛里全是鬼。我搞不清，鬼是打哪儿来的。"老婆："你显出来了，没法抵赖。"丈夫说："我心里实腾腾的。"老婆说："那就要在脸上眼睛上下功夫，不管你心里的鬼有多大，脸上没有眼睛里没有，别人就相信你。"丈夫说："我今天开这么大一片，四亩地不止。"老婆说："问题就在这里，以前你不知道你能开多少地，你一下就创了纪录，那是你自己情愿下力气，后来情况变了，总场那边成了热闹的市镇，心眼活络的人想方设法待好地方，没人到偏远地方，咱们来到七连，咱们以前开出的好地方让心眼多的人住了。说多少好话都没用，你现在不是心甘情愿开荒挖地。你心里想的跟以前不一样了。"丈夫老王说："你念过书这些话让你一说就清楚了。"丈夫老王说："我用坏了那么多坎土曼。"老婆说："以前你从不提它们。"丈夫说："它们一口一口把生土嚼成熟土，熟土才能种粮食。地开出来了，它们缺胳膊少腿成了残废。"老婆说："你比它们伤得更厉害。"丈夫说："谁也伤不了我，我打了八年仗，跟我一起当兵的全死了，我不但活着，子弹连碰都没碰我。"

"这可是古尔图荒原。"

"古尔图咋啦？"

"自盘古开天辟地古尔图一直是荒原，十条坎土曼能把它怎么样？"

"团部那边早成良田了，七连明年就能种粮食。"

"可咱们的日子反而不好过了。"

丈夫老王变哑巴了，推开门到外边看茫茫黑夜。古尔图荒原躺在黑夜里，夜色仿佛荒原的呼吸，在悄悄地起伏着。

丈夫老王又回到房子时，老婆的一双眼睛亮光闪动，亮光下边是白净的脸盘，丈夫老王站在光圈边上，老婆说："嫌黑就点灯么。"丈夫老王看老婆脸上的银盘和银盘上两只亮闪闪的眼睛，丈夫老王说："点灯做什么，这房里很亮。"丈夫老王坐下："外边黑乎乎啥也看不见，白天开的地方连种子都没有。"老婆说："明年春天才能长庄稼，心急没有用。"丈夫老王说："总场那边苇子高得跟树一样，那边的确是好地方，能长苇子的地方肯定能长粮食。"老婆说："这里也能长出好田禾。"丈夫老王点根烟抽。老婆说："古尔图变成了良田，咱们的日子反而不好过了。"丈夫老王说："你念过书，你给咱说说，荒原不荒了，日子为啥不好过了。"老婆说："刚开始这里没有人烟，跟原始社会一样，大家齐心协力征服荒原，征服荒原以后，就要安家过日子，各人替各人打算，打算好的人留在好地方好单位，没打算好的人去偏远地方。"丈夫说："咱压根儿就没打算么。"老婆说："所以咱就到七连来了。"老婆说："上学时老师说过私有制的产生，课本上的东西没印象。"丈夫老王说："继续开荒么。"老婆说："没这么简单。"丈夫说："不就是比心眼多的人多干一年吗？我不信一点亏能把人吃死。"老婆说："亏能把人吃死。"丈夫老王把烟丢在地上用脚尖踩。老婆说："我不是跟你抬杠，有些亏吃再多没事，有些亏一点也不敢吃。那天你脸都气青了，死人脸才是青的。"丈夫老王说："后来我不是好了么。大家都说我只青了一刻钟就红起来了。"老婆说："别人只看你脸上那层皮，我是你老婆我能看到你里边的肉，你里边是青的。"老婆把蜡烛和镜子拿过来，老王扶着老婆的肩膀瞧那块手掌大的小圆镜，他的脸在镜面上果然露出青色，像河底的淤泥，沉在微红的皮肉底下，丈夫老王吸口冷气："跟淤血一样，这么厉害。"老婆说："你光想着用坏的坎土曼，坎土曼用坏了可以轧钢，你坏了咋办？"

第二天，丈夫老王在田间地头捡了好多用坏的坎土曼，把它们堆在自己家门口。他还到总场去了一次，那里用上了拖拉机，几百亩大的方格良田框在林带里，看不出拓荒时代的零散景象，连他开的地他也认不出来了，丢掉的坏坎土曼根本找不到。回来的路上，他对别人说："那是我老王的骨头。"别人说："早化在土里了，找它干吗？"丈夫老王两手空空回到家里。刚刮一场大风，他捡的破坎土曼埋在尘土里。丈夫老王点根烟，抽几口，突然一下就失去了清理灰尘的念头，他蹲在地上，脚边的尘土底下埋着用坏的坎土曼。老婆从屋里出来问他总场的情况，他支支吾吾，像做了亏心事，老婆说："你咋啦？"他指着那堆破玩意说："它们啃了那么多土，用坏它们是应该的。"老婆说："你有心思心疼它们？"他说："我只用过它们，它们又不是我身上长出来的，心疼它们干啥？我才不心疼它们哩，它们挖了那么多地，它们不知道古尔图的土坷垃个个是老鳖，能吃铁块。"丈夫老王洗脸漱口，端上老婆递来的热面条，那时老婆已身怀六甲，丈夫老王边吃面条边给老婆讲河里的老鳖，娃娃们在河里玩水，上岸时老鳖会咬他们的小鸡鸡，娃娃到了野地要当心。丈夫老王总以为老婆肚子里怀的是儿子娃，很担心娃娃的小鸡鸡。老婆说："古尔图的土坷垃又没咬你鸡巴，你怕啥。"丈夫老王说："古尔图咋啦，子弹都咬不了我，古尔图能咬个屁毛。"

地里的石块在老王眼里成了可恨的老鳖，他用坎土曼狠劲地砸老鳖，老鳖不缩头，咣一声射出细密的火星，一闪即逝，坎土曼锩刃，他换新的，换多了，保管员不高兴，他拍拍保管员的后脑勺："不要不高兴，坎土曼啃石头费牙齿。"保管员蒙头蒙脑。老王说："地里不能有石块。"保管员说："那当然，地要长粮食。"老王说："还要打墓，风水好的墓地没石头，全是软酥酥的湿土。"保管员说："不是湿土是干土，墓道干爽棺材存放时间长。"保管员说："你这毛驴子，我咋跟你谈这种混账问题，你犯神经病是不是？"

父亲老王就这样随随便便说出了他自己的结局，好多年以后，他躺在自己开出的地里，那块地低洼潮湿，墓地很快长满苇子，我们不断加高墓堆，苇叶总是死死地堵住光线。父亲老王临死留下遗言，他的墓不能叫荒草遮了。墓堆是亡人的头颅，遮在荒草丛里像什么话？我们用石块垒起墓堆，荒草和苇子再也遮不住父亲的头颅了，我们可以在很远的地方看见父亲墓堆上的石头。

当年，父亲很随便地把石头当作老鳖，绝没有想到它那么凶，三天两头咬坏他的坎土曼。保管员把这情况报告给连长，连长火了，"坎土曼是挖土的不是挖石头的，这不是破坏公物吗？"连长赶到地边，看见指导员端着照相机给老王拍相片，连长说："收拾这毛驴子还用拍片子？"指导员问他想干啥，连长挽袖挥拳，指导员说："支边青年明天就到，这镜头有用哩。"

迁徙

内地的支边青年源源不断，七连人也多了枪也多了，连长、指导员派头十足召开誓师动员大会，主席台上放着一堆用坏的坎土曼，那是父亲老王开拓荒原的见证。小伙子们脸红了，脖子粗了，热血哗哗响。

队伍开到荒漠边缘，父亲老王打头阵，那股疯劲看得小青年们咂舌吸气。他们在课本上学过英雄郝世才每天开荒南泥湾四亩三分半的事迹，事迹在他们眼前展开，一直展到荒原尽头，他们目睹了大地的能手。父亲老王在他们心目中当了两礼拜英雄。那些日子，他们天天围着父亲老王，他们把父亲老王当作神话里追赶太阳的夸父，他们当中有才能的人绘声绘色地说："我们看见太阳从你的背上滚向地平线，大地就出现了。"

那些日子，父亲老王享受了许多赞誉，甚至香烟和饼干。连长、排长们眼馋吞口水。父亲老王仅仅风光了俩礼拜。第三个礼拜，上帝厌倦了，小青年们被分到各排各班，扛上坎土曼开进荒原，荒原开始袒露它的真实面目，他们在短时间里经历了原始先民数千年的艰辛和劳累。父亲老王再次出现时，他们远远躲开，他们说他们看见荒原从父亲老王身上展开，伸向无边无际的远方。连长给他们的指标是荒原的边缘。两礼拜前，他们是荒原的观赏者，他们用肚子里干巴巴的几滴墨水拼命地构筑荒原的原始美感，诸如粗犷之美、阳刚之美、狞厉之美，一旦他们走进荒原，什么感觉都没有了。父亲老王走近他们时，他们一哄而散，散入荒原的角角落落。十多年后，他们才钻出来，搭车去乌鲁木齐，乘火车离开新疆，后来据他们讲，车过河西走廊他们才摆脱父亲老王的追赶。

我大声说："我爸十年前就死了，我爸活着也不会追你们到河西走廊。"

他们说："古尔图荒原太大了，好像全世界的土地都在那里，都是你爸开出来的，我们总是把古尔图跟你爸混在一起。"

他们当中不乏具有艺术细胞的人，他们指着坡坡坎坎上的白石头说："那就是你爸！"

"你们竟敢搬我的祖坟？"

"你别误会，这是我们离开古尔图时在路边随便捡的。"

157

我们凑过去看那块石头，石头裂了好多缝，缝隙里沾满尘土，那些人说："我们就是这些尘土，我们最美好的时光是在古尔图度过的。"支边青年及后来的下乡知青，都难以忘怀与泥土融为一体的日子。那种感觉近于童真，后来他们返回故里，荒原成为记忆。他们说："所有的记忆都是尘土。"他们当中很少有平庸之辈，他们当中有画家，有诗人，有作家。

画家给我看他的组画《荒原景象》，第一幅画上画着两棵纤弱的树，彼此离得远远的，矗立在灰茫茫的原野上，背景是绚丽多彩的夕照。画家说："一棵是我，一棵是我女朋友，那落日是我们的梦。"他又让我看第二幅画，画面上有一棵干瘦的牧草，灰尘弥漫了空间，一片灰黄。画家说："女友沦丧，我不再是树，我变成一棵草，让泥土融化我，没有水分我融不进大地，我想让篝火烧毁，可地层的岩浆与我无缘。""天上有雷电啊。""电火只能击燃树，我早就不是树了。"画家拿出最后一幅画，画家指着画面上干裂的土地说："那是我的嘴唇，它们一直龟裂到我的心底。""你没有喝过天山的雪水？""喝过，喝了十年，这种干渴是雪水浇出来的。古尔图的苇湖和牧草全都喝天山的雪水，可古尔图是荒原，古尔图的嘴唇是干裂的。"画家收起画册，画册上有一层灰尘，画家说："我早就不是画家了，大家叫我画家就因为我不再干这营生。"

"你现在干什么？"

"去澳大利亚。"

"去发财？"

"不，是回家。"

"回家？"

"那年，我们离开上海去支援大西北，车子把我们拉到古尔图，我们到古尔图那天，正是加加林登上月球的日子，我们看到的古尔图就是月球。"

画家的声调比月球更荒凉，他的喉咙里全是石头和沙子。

"那天，我们忽然想家，我们把又圆又光的石头抛到空中，以为那就是月亮，月亮落在地上，我们的心就凉了，后来，我们见到那个开荒四亩半的老头，对不起，那时我们不知道他是你父亲。"

画家闭上嘴，我说："你接着说，我父亲怎么样？"画家不愿意说我父亲，画家说："我们知道这不是家，家不会在古尔图荒原。"

"你们好多人不结婚，就盼着回老家。后来你们都回去了。"

说这话时我的舌头很大。我母亲十六岁那年离开老家，来到古尔图荒原，多少年来她含辛茹苦，为的就是让她的孩子离开荒原。我和姐姐王慧考上大学，离开新疆。姐姐王慧在美国麻省理工学院攻读航天动力学，成为宇航员进入太空。我大学毕业任职于北京一家报社，到大江南北去采访各行各业的明星，他们都是出类拔萃的人物，眼前这位画家就是近年来的画坛怪杰。

画家说："我们并没有真正地离开荒原，我们回到上海才明白，这里早就不是家了，真正的家十多年前就消失了，古尔图一直在我们身后，从我们的背后展开，一直铺展到上海，有些人去日本，去澳大利亚，古尔图的大地就一直铺到那里，古尔图已经成为我们生命的空间。"

画家说："其实你想从我嘴里打听摆脱古尔图荒原的路径。"

我大吃一惊，这种想法好多年以后才能从我的脑仁里发芽，我对画家这种揠苗助长的做法非常生气。他也意识到了这一点。他说："你有点小难受，这是难免的，艺术家的思维总是超越时代几十年或者几百年，你写小说就应该习惯这些。"我很快就习惯了，并且承认我确实有这种想法，画家说："这种想法很危险，根本就没有摆脱古尔图的路径。"我大声问他："那你干吗回上海？干吗去澳大利亚？"画家说："那只是拉开距离，空间大一点，不至于窒息。"画家给我一本书：《我的财富在澳洲》。"我朋友写的，艺术品只是藏身之处不是途径。你又吃惊了，你以为你姐姐王慧当宇航员飞上太空就算离开古尔图了？那是做梦，那只能扩大古尔图的面积。"

画家打开箱子，取出那块石头，画家说："这是我的肖像，你刚才看到的树和草是我的过去，你瞧这块石头多么荒凉。"

"跟我父亲墓地的石头一模一样。"

"我们第一次看到你父亲开荒，还以为大地从他脚下诞生呢，原来是荒原在诞生。"

1954 年秋天，父亲老王带着美丽的妻子来到古尔图荒原，于是荒原变成了丰饶的沃野，那里长出大片的玉米，大片的麦子，大片的棉花和向日葵，生土变成熟土，他们跟庄稼一样长出一群娃娃。这就是故事的全部。

我要讲的是故事以外的事情。我对画家说："你们看到的坎土曼是我父亲故意弄坏的，他想离开那地方，或者干技术性的工作。"

画家眼白很大，屋里所有的人眼白都很大。

我说："他亲口对我说他中了埋伏。"

大家哟一声乱了套："我们也中埋伏了。"

画家打开画册，给大家看智利画家何塞·万徒勒里的木刻画《迁徙》，画面是一片褐红色的大海，鸟群穿过浓云飞向新大陆。画家说："我一直以为鸟群迁徙的是生命，没想到它们是在突围。"

海面和天空都是赤褐色，深重的色块把鸟群挤出空间。

十多年前，父亲老王在古尔图荒原碰到转场的哈萨克牧民，那宏大的场面把父亲震撼了。牧民们告诉老王，他们从额尔齐斯河那边转到天山里去。父亲老王从滚滚烟尘中得到某种启示，回家告诉老婆，老婆非常激动。"你说他们像鸟群往山里去。"老婆双手绞在一起，在屋里来回地走，并且推开了窗户，"当年咱们就是这样离开北塬到古尔图来的。"

那时，少女王慧已经出生，趴在母亲怀里吧唧吧唧吸奶水，这种响声包含了某种生命的东西，他们两口子唯一能迁徙的就是这小东西。他们很羡慕那些逐水草而居的哈萨克牧民。老婆说："我们挪几步都不行。"丈夫老王翻箱倒柜找值钱的东西，找半天才知道自己家三代贫农，箱底压的全是军功章，这东西不好送人。老婆从自己的小包袱里找出一副玉镯，丈夫老王小心包好，连夜赶到总场。老王不少战友在总场大小是个头目，人家客气一番，收下东西，答应帮忙。于是有了希望，老王和老婆眼睛光亮光亮，看见马群穿越林带，他们停下手中活遥望总场，直到马群散入芦苇丛。老婆说："去不了总场，离开七连也行。"好几个月过去了，老王屁股发烫，坐不住，搭顺风车去总场。老战友说："你在连里咋没人啊，我这边说话，下边也得有人说话么。"老战友压低嗓子如此这般地开导一番，老王嘴巴也张开了，眼睛也张开了，脑壳上的洞洞都张开了。老战友吓一跳，老王离开后，老战友对老婆说："这家伙，脑壳里全是石头。"老婆说："他那吃惊的样子像是开窍了。"老王再次带东西来时，老战友说："关键是七连的头儿，咱是自己人，不兴这样。"老王很激动。老战友说："老王啊，你是我的老部下，我得给你说私房话，屯垦戍边不单单是扛起坎土曼挖地，我发现你有些方面很荒凉，生活的内容很辽阔很丰富。"老王啊啊应着，眼也不眨，老王心想老战友说的那种辽阔那种丰富总不会超过古尔图。老战友说："把你那些荒地开出来，不要叫它荒了。"

1954 年秋天，父亲老王带着美丽的妻子来到古尔图荒原，荒原很快成为沃野，他一直开到七连，那里距总场一百公里，父亲发现时已经来不及了。

老王把老战友的话对老婆说一遍，老婆说："人家是好心，关心咱才这么说。"老王说："我真像他说的那样？"老婆说："好人都这样。"老王说："你跟我还有啥过头，你干吗待在荒地里？"老王扯头发敲脑壳，手像啄木鸟，老婆吓得直掉眼泪，老王说："地开出来了，咱自己反而荒着。"老婆翻柜倒箱，取出一枚金戒指，那是他们最后的财富。

丈夫老王小心翼翼揣在胸口，趁夜深人静穿越好几家房子，摸到连长家，那情景很像当年穿越敌人封锁线。老王四下瞧瞧，闪出林带，一推门，门开着，窗户上打出一个女人的影子，那影子的声音明明是张班长他媳妇的。老王蹲在墙根儿打算等张班长媳妇离开再敲门，等半天，那女人没有离开的意思。后来灯灭了，屋里响声大作，老王听得心惊肉跳，赶忙捂起耳朵，我的天神，咱老王是结过婚的人，要是个毛头小伙子今儿非决堤不可。屋里响动了很久。弄一个女人咋这么长时间，老王等不耐烦了。连长吁出一口气。"你这二亩地还得我来犁，老张干公鸡干不动你。"女人说："你这

163

牲口，讨了便宜就这么作践人，你想在老娘身上开荒种地。""说好的么要给我养个儿子。""你当老娘是瞎子，昨儿下午你睡了张月娥，又睡了张淑英。你种子金贵，老娘的薄地撒不起。""咱就要你这二亩地。"女人扯连长耳朵，连长发誓，今后再不乱撒种子了，专犁你这二亩地。女人满意地笑了："就是么，人家老王一天四亩半是开荒整地，你是压迫妇女么。"后来，屋里传出梦话和鼾声。老王不敢等到天亮悄悄溜回家里。

　　第二天，老王一直跟在连长的身边，地里人多眼杂，不好开口。休息时，连长离开人群往苇丛深处走。老王悄悄跟上。连长七绕八绕进灰柳树林里解裤子撒尿，老王打算等连长尿完再到跟前去。连长刚尿完，柳丛里走出张月娥，连长嬉笑一声，抓住了张月娥，两个人开始狼吃娃。父亲老王把金戒指攥在手里，沮丧得无以复加。其实父亲完全可以随随便便把金戒指给连长，比如借抽烟点火的机会。父亲的心理负担太重，他把举手之劳的小事看得比当年开荒挖地还要重要。父亲亲口对我说过："你懂个屁，坎土曼是铁的，戒指可是金的。"那天，父亲老王在柳树林里亲眼看见了连长的鸡巴，在未婚青年张月娥的身上开出丰饶的原野，父亲老王无地自容，他好歹还是个开荒能手呢。后来红卫兵大批连长的生活作风，父亲在群众大会上为连长说了几句公道话，都是人家找他，他没强迫，我碰见过两回，一回在他屋里，一回在柳树林里，连长会后对父亲老王说："你就不会躲远一点，你真的从头看到尾啊。"父亲老王点点头，连长捶胸顿足，老王说："这比坐牢可怕吗？"连长说："比下地狱还厉害。"连长有苦难言，连长正值壮年再也不能过性生活了，张月娥成了性冷淡，她丈夫百般爱怜，也无济于事。这是后话。当时父亲老王确实想用金戒指来贿赂连长，从连长身上下手，打开美好生活的局面。那天，父亲老王发现自己很窝囊，甚至不如一个女人，女人虽然下贱，但那二亩宝地年年丰收，他老王一片荒漠。后来连长骂他时，他很幽默："你的锤子就像我的坎土曼，开出的地比戈壁滩还要荒凉。"连长睡过无数的女人，那些女人都没有做他老婆，连长是光棍。那天，父亲老王离开柳树林时恶狠狠骂道："狗日的连长，鸡巴迟早要折在女人二亩地里。"连长四十岁那年鸡巴自行萎缩。

老婆问他："连长收了没有？"老王说："连长开荒哩，忙着哩。"老婆说："再忙说话的时间总有么。"老王着急了："连长在娘儿们肚皮上抢斧头哩，一天日两个，四亩水浇地，旱涝保丰收。"老婆吓得吐舌头："真的？"丈夫老王端起碗闷头吃面条，白条子扯面甩来甩去。老婆小声说："不要脸的东西，咱不求人了，咱就待七连。"丈夫老王放下碗，抱起女儿王慧，把金戒指戴在娃娃手上。

"你爸没翅膀飞不起，我娃飞，我娃飞远远的。"

后来少女王慧留学美国麻省理工学院，专攻航天动力学，研究人如何离开地球。少女王慧进入太空后，回头凝望遥远的地球，灰黄的沙漠里她无法找到古尔图，父亲老王早把那里开成良田，少女王慧的记忆里，古尔图是一片荒原，好多年以后，她手指上依然保留着父亲老王套金戒指的神圣感觉。

那天父亲老王很难受，骑着大马一个人去荒原深处想心事。他开了那么多地，那些地早已长满玉米麦子棉花和向日葵，到七连这鬼地方他反而荒凉了，荒凉得像戈壁上的石头。上海来的小青年返城时就照他老王的模样找石头，带回去留作纪念。父亲老王在马背上摇晃了一天一夜，来到艾比湖畔，那里水草丰美，骏马嘶鸣，牛羊专心吃草。父亲老王跟放牧的哈萨克一起待了三天，哈萨克赶着牲口到果子沟去了，父亲一个人待在艾比湖边，荒凉之感油然而生，那是他在荒漠里待久的缘故。一场大风毁了父亲，鸟群飞越艾比湖时遭到了狂风的袭击，野地里落满折翅的鸟儿，父亲目睹了这惨烈的场面。回到家里，老婆和女儿等着他，他说："我亲眼看到了，有翅膀也不行，大风一吹翅膀就断了。"老婆说："这么说咱插翅难逃啊。"老王默然不语。那天晚上，月亮很亮，两口子很难入睡。那天晚上他们有了儿子，儿子一年后出生，三十年后写这篇小说。儿子成了作家。作家儿子听父母讲那些折翅的鸟群时，脸上冒冷汗。知子莫如母，母亲知道儿子心里很荒凉，尽管儿子极力掩饰说他的小说如何成功，可儿子说那些成功时眼神是冰冷的。母亲想起三十年前的晚上，丈夫从艾比湖畔带回那个惨烈的故事，窗外的月亮又圆又大，他们两口子被月亮感动了，丈夫说："艾比湖就像

166

这个月亮。"妻子说:"鸟儿都没飞过去,咱算了。"丈夫说:"都怪风,没风鸟儿肯定飞过去了。"那天晚上没有风,月亮又圆又大,很像艾比湖,那天晚上他们有了儿子。三十年后,儿子从北京读大学回来成了作家。儿子的眼神跟三十年前的月亮一样无比荒凉,老两口慌了手脚,三十年过去了,他们竟然没有飞过去。

耍猴

那天,去艾比湖的还有河南人老李,老李在湖边忙了一天一夜,将折翅的鸟儿宰杀干净,沿途叫卖发了一笔小财。七连的头儿们都吃了鸽子肉。父亲老王对老李说他也碰到鸟群了,老李说你咋不整几个小钱,至少也该带几只尝尝鲜,鸟肉好吃。老王说:"那么多鸟你咋给连长吃鸽子肉?"老李嘿嘿笑:"过几天你就知道了。"连长排长们吃了一礼拜鸽子肉,全家都成了小公鸡,神情亢奋,女人们被折磨得卧床不起,大家才知道鸽子肉壮阳,比春药厉害。娘儿们要扯烂老李裤裆,连长不答应,娘儿们拿他无可奈何。老李成了七连第一个拖拉机手。上千亩的地很快被翻一遍。当然,拖拉机只能在开好的地里驰骋,开垦处女地还得坎土曼。

七连不需要再开荒地了。上千亩开垦地还有大片的林带挡阻风沙，有网格状的干支渠输送雪水。七连有了康拜因，有了拖拉机，大家都想开机器，河南人老李捷足先登，成为七连第一个钢铁骑手。老李很高兴，摆上自制腊肉和老家的红薯干烧酒跟邻居老王碰杯，庆贺。老李说："哈萨克把艾比湖叫圣湖，鸟儿飞不过去，俺老李飞过去了。"老王说："圣湖是赛里木湖不是艾比湖。"

　　"你他娘的真不给面子，艾比湖是圣湖。"

　　"是圣湖是圣湖。"

　　"中，有你这句话俺跟你是朋友，来，干了，干了。胡大保佑哈萨克，也保佑咱汉人，咱飞过圣湖了咱有翅膀了么。老弟，哈萨克的翅膀是什么？"

　　"是骏马。"

　　"咱老李的骏马是拖拉机。"

　　两个人舌头发硬说不了话，老王挣扎回家，老李满足得直哼哼。

　　第二天，父亲老王对老李说："昨晚喝多了，胡说八道你别当真。""老弟你昨晚够意思，艾比湖就是圣湖，鸟儿有翅膀都飞不过去，俺老李一抬腿就飞过去了。""你没飞过去，你还在七连。"老李很不高兴。"你白喝我的酒了。""咱都是有家有室的人了，干吗哄自己，你还在七连么。哈萨克转场就要越过沙漠找到草场，老李你还原地没动么。"老李差点把拖拉机开进苇湖。

快入冬的时候，好几家河南老乡纷纷调往总场。老王对老李说："你们老乡从圣湖上飞过去了。""他们没去过圣湖，我去过，我捡了三麻袋鸟儿还发了财，他们离开七连就算过圣湖了？""在总场落户就跟牧人找到草场一样，算是飞过圣湖了。"河南人老李的脸成了青茄子，回家跟老婆一合计，老婆说："有这好事，老王咋不调总场。""陕西人都是木头疙瘩，哪比得上咱河南人，咱河南人可是玩猴玩把戏混场子的。"

过"三八"节时，老李去总场串老乡，老乡以城里人自居，老李眼窝子发热，老乡们笑他成了猴子眼。"咱河南老乡耍猴不做猴。"

老李连夜赶回七连，老婆吓一跳，"眼睛这么红啊，你成猴子眼了。""我是急成这样，我要耍猴，我不做猴。"老婆抖开一张红布，铺在小方桌上，两口子开始准备酒菜，宴请连长排长们。耍猴的红布，一尺大小就行了，他们耍的是大猴，而且是一群，用的红布起码得桌面那么大。收拾停当，由老李挨家去唤人，不到半小时来了六个刚好一桌。大家对红桌布很稀奇，老李眼神狡黠，大家谁也没往耍猴上想，大家喝得很痛快，女主人热情，男主人妙语连珠，连长们想起春天吃过老李的鸽子肉，印象很深。"我就喜欢在河南人家做客，热情周到，敢想别人不敢想，敢做别人不敢做。"指导员说："给河南人当领导你才能体会到领导的威信。"老李夹菜，老婆斟酒，老李对老婆说："这是首长对咱们的鞭策，咱们要把这项工作做得更好更深入。"老李的大舌头像电熨斗，把首长们熨得心花怒放，老李从首长们满意的笑脸上看到了自己美好的未来。好多年后，他儿子李钟鸣从王宁那里借来一本《被开垦的处女地》，他告诉儿子世界上最大的处女地在首长身上。把首长伺候高兴了，你就拥有最辽阔最肥沃的土地。那时李钟鸣一门心思要拥有老王的女儿王慧，对首长身上的田野不感兴趣，甚至怀疑父亲的伟大发现，"爸爸你疯了，首长有什么田野，世界最大的平原在南美亚马孙河流域，首长站在那里就像一只蚂蚁"。老李扬手抽了儿子两个嘴巴，儿子的嘴巴和鼻子喷出血水，血水从嘴角淌到脖子淌到胸口，跟大地上所有的河流一样越流越宽阔。受伤的李钟鸣摔门而出，在渠边冲洗干净，到营部大街上解闷，很快弄恼了几个小青年，李钟鸣一对三，把父亲给他的皮肉之苦加倍地倾泻在这三个混蛋身上，成果辉煌，李钟鸣威震三营十八连。好多年以后，李钟鸣回忆他第一次在世人面前抖威风的情景，他挨了父亲的揍又去揍别人，揍得很顺手，他左眼挨了一刀，刀疤呈星月形，令人望而生畏。当时他夺了一把刀子，把他们一个个击倒，在他们每人的屁股上划了一道口子，血口子跟娃娃嘴一样咕咕冒血泡。他以为事情扯平了，他压根儿没去想，他所遭受的伤害。好多年以后他追求王慧失败，他回到千里沃野翻看《被开垦的处女地》，他一下子感觉到他的伤口就是世界上最辽阔最厚实的原野，多少年来他一直在开拓这块土地。所有的平原都是河流冲积而成，父亲老李两巴掌就犁开他心灵的荒原。

那天，河南人老李把连长排长灌得东倒西歪，大家都嘟囔着说老李是好人够意思，心目中有领导，大家走时都拍老李的肩膀。老李把首长们送上路，进屋两眼贼亮，把剩酒一扫而光，并且叮咛老婆，这块红桌布专门招待首长，一般客人铺塑料布就行了。老婆要买的确良的，老李说："招待外国总统，地上要铺红地毯，咱铺红布是国家元首级。"老婆说："咱老家耍猴用红布挑逗，你可不要日弄人，咱是讨好人家呷。"老李说："心里知道，嘴上不说，知道吗？"老婆说："我怕碰上猴王，人弄不过猴王。""七连这鬼地方能有孙猴子？孙猴子在花果山。"

耍猴其实很简单，连长和指导员的菜园子里就能耍。七连街上有一个公共厕所，老李从那里掏来大粪，几天工夫把菜园子整得井井有条，菜畦平整，就长出红红绿绿的蔬菜。连长指导员两家菜园合起来不到四分大，经老李一弄，菜多得吃不完，连长老婆提菜送排长吃，大家都说老李有能耐，破园子整成了花果山。自老李在菜园里耍起猴子，公共厕所的大粪全归他使用。有几家人不服气，有尿有屎偏不上厕所，往大田里跑。老李知道他们妒忌，他们也想掏大粪，他们掏了大粪是往自己菜地里送，再把菜送到连长家里落人情，这手段哪里比得上他老李，他直奔连长指导员的菜园，把菜园弄成花果山，猴儿耍得天衣无缝。邻居老王对他说："你这才叫开荒哩，老哥想当年一天四亩半是胡日鬼。"老李

171

很谦虚，"咱比不上你，咱只能弄这三分地，老哥你是模范，赶上了气死牛的郝世才。""狗日的糟蹋你，小心老哥敲破你的西洋镜。"老王压低嗓门，"你这不是种菜，你是耍猴哩。"老李出一头冷汗，直愣愣看老王，老王说："老哥心灰意懒了，要在前两年老哥跟你一起耍猴儿。"

老李回家对老婆说："人家都知道了。"

"谁？"

"老王。"

"老王瞎折腾，知道个屁。"

老婆去领导家探虚实，一连几天，老婆把全连摸了一遍，大家都知道他们耍猴的目的是想离开七连。老李两口子的绝望是空前的，老李抽空去了一次总场，向那些成功的河南老乡求救。人家根本不当回事，谁不想巴结连长，谁不想离开七连，有贼心没贼胆罢了，老李茅塞顿开。"噢，都想巴结，就是不会巴结。"老乡笑了："关键是咋巴结，他们知道顶个屁，不如你老李么，弄你的花果山没错。"老李侍弄花果山之志愈坚。公共厕所几乎被他独霸，七连只看连长的菜园子葱葱郁郁，别人的菜园子日见荒凉，一家人的屎尿总是有限。存心捣蛋的人自己在屋后搭厕所，那只能框住大人，笼不住娃娃，到底还是街上的公厕方便。自从老李开始耍猴，公厕的粪池鲜有积货，茅坑干干净净撒有白灰。李钟鸣就是在这时候惹翻老李的。那时，李钟鸣已经大了，老爹低三下四，儿子看不惯，儿子偏不上公厕，房前屋后或别人家小厕所，方便完毕还要告诉老子一声，以示抗议。老李这回可不仅仅是抽嘴巴子，老李用绳子把儿子抽个四脚朝天，用皮绳抽打。老李第一次收拾儿子时儿子竟然说，最辽阔最肥沃的土地在南美亚马孙河流域而不是在首长身上，他让儿子的嘴巴和鼻子流出血，血水跟河流一样能冲积出大片的土地。人活着就是开拓这片天地，而不是邻居老王的四亩半。老李这个人很有能耐，教育自己的儿子难道比驯化猴子还难么？老家人驯化猴子可是一桩劳心费神的事，没一年半载甭想磨掉它身上的野气。那野物长年深居山林，跟古尔图荒原一样，要人一步一步开发驯化。老李每次去总场，总感觉到这地方像那野物，大家之所以喜欢往总场调，就因为那地方开发早，最早褪掉了荒原的野性。它完全驯服了，居住在服服帖帖的土地上人才能体会到自己的尊严。就像领导都喜欢俺河南老乡一样，河南老乡越多越能体现出首长的权威。七连这鬼地方靠近戈壁沙漠，跟儿子一样欠打。老李的皮绳抽不出声音，儿子咬牙切齿喉咙里吭吭响没有讨饶的迹象，他希望儿子杀猪似的嚎几声，儿子不服软，老李挺难堪。儿子目光狡黠神情诡秘。我是你儿子你想打死我呀！没门！儿子一副无赖相。邻居老王推门进来。"钟鸣给你爸认个错。好汉不吃眼前亏，等你翅膀硬了再收拾这老东西。"李钟鸣歪歪嘴巴，里边流出一泡血水。老李说："古尔图这么荒凉，老子都把它治服帖了，你这小杂种算老几。"一提开荒种地老王不开玩笑了，转眼间严肃起来，老王说："你说得有道理，娃娃也是一片荒地啊。"

老王技痒难忍，满街寻找儿子王宁，王宁刚从苇湖耍水回来，老王大声呵斥，儿子百般抵赖，老王用指甲在他胳膊上划一下，划出一道白印。儿子想跑，忘了老爸是战火里熏陶出来的，腿刚抬起来就被老子生擒活捉，压在地上，屁股蛋很快落满了结实的鞋子印。老王边打边骂，骂声里包含着深刻而粗暴的道理。古尔图的野皮就是这样剥掉的。老子打儿子，感染力极强，老头们都受过战火熏陶，捉儿子很顺手。

那天，七连热闹非凡，跟过年似的，家家院落有杀猪般的嚎叫。连长指导员们正在连部开会，研究春耕生产的大事，听到吼叫，即派文书查看，文书领来老李，老李滔滔不绝，一番话说得连长们频频点头，都说以前小看你了老李，有人说你在领导的菜园子里修花果山耍猴子，我就不信么。排长们都说不信那屁话，大家都说老李的举动意义重大，开发古尔图不光光是种庄稼，庄稼地以外还有更辽阔的天地，老李同志就是这块天地的开拓者，其意义远远超过了老王当年的四亩半记录。连长们在会上这么一讲，大家的眼睛哗一下雪亮雪亮。

这些天，七连的热门话题全是河南老李。邻居老王当晚请老李喝酒，喝到夜深人静，老王拍老李一巴掌："老弟你有门了。""你毛驴子少说屁话。"老李一脸正经，老王糊涂。"老李啥时候修炼成了佛爷卵子。"老李说："原先咱老李确实存心不良，狼走千里吃肉，狗走千里吃屎，老先人给咱的禀性一时半刻改不了。总想把人当猴耍。连长说得好，人在改造客观世界的同时也改造自己的主观世界，连长说人是猴子变的，我本想在菜园子里耍猴儿，没想到菜园子把我给进化了。"老王说："咱服你了，你一家伙就把连长三分大的菜园子弄成皇上的十万里江山。"老李哈哈大笑，蚕豆花生豆嚼得嘣嘣响。老王说："咱老王只知道开拓古尔图，没想到还有比古尔图更大的天地。"老李说："谁说你不知道，你战友给你点过一窍么。"老王说："心里没有，把脑袋戳破也没用。"老李说："古尔图再大再荒蛮，人也能把它开完治服，可人的心思比古尔图大比古尔图野。"老王说："说来说去还是把人当猴儿耍么，耍当官的咱没屁意见。"老王老李开始喝酒，老王心事重重，老李酒醒一惊，后悔说话太多。

王宁那时上小学，不知道自己身上有辽阔的荒地需要开拓，后来他上了大学，哲学老师讲苏格拉底的名言，"认识你自己"，外国文学老师讲雨果的名言，"世界上最广阔的是海洋，比海洋更广阔的是天空，比天空更广阔的是人的心灵。"大学生王宁噢了一声，脸上没有其他同学那种哥伦布似的惊讶，大家说他是木头，他说：雨果和苏格拉底没什么了不起，古尔图人比他俩深刻上千倍，他俩没去过古尔图。王宁把大家弄成一群呆鸟，自己扬长而去。

那天夜里，老王蹲地上抽烟，老婆说："你耍不了猴儿就别耍，人家吃屎你就打尿颤，咋是这货呀？"老王被老婆三言两语说成了龟孙子，想想老李的得意劲儿，老王有些于心不忍："人家耍上一年半载就能调到总场。"老婆说："总场是好地方，去好地方的路太难走了。老李走这条路，只怕老李人没到总场自己成猴子了。"两口子面临的是去好地方当牲口还是留在荒蛮之地做人的大问题。

第二天，老王跑一趟总场，回来对老婆说："以前没发现，现在去遛一圈，那里的人全是毛驴子。咱还是死心吧。"

到了冬天，老李离开了菜园子，准备让猴子过冬。老李在连长的屋后砌起猪圈，从总场老乡那里弄来三头乌克兰猪仔，猪仔长势良好，谁见了谁心疼。正月来临，连长们几乎能闻到猪肉的香味了。三头大肥猪让连长们过了一个又肥又壮的好年，来古尔图这么多年，大家还没吃过这么多的肉。大家好高兴，都说有老李在总场都比不上咱这里。老李惊喜之下差点流出泪，大家再说一遍，老李清楚了，老李说："咱这里比上总场。"大家说："这都是你的功劳。"老李说："这里比上总场了，跑总场去干什么？"大家齐声附和："就是，就是，有老李在，我们跑总场干什么！"老李说："真没想到这么快就到总场了。"大家说："这都是你的功劳。"老李说："我没想要功劳。我只想待总场。"大家说："你没想要功劳反而立了大功劳，你没去总场，反而过上了比总场更好的日子。"大家给老李夹猪耳朵。老李喝多了。大家把酒瓶藏起来，给他杯子里倒醋。两杯下去，老李抱着肚子冲出去，他七拐八拐来到猪圈，朝里边倾泻污物，喜从天降，猪婆们从酣睡中惊醒，蜂拥而去，大嚼特嚼，嘴巴甩得震天响。

春节过后，老李挨着猪圈开始养鸡，春天是产蛋的好时光，大家都说老李成了猴王，美猴王七十二变，也变不过老李。"五一"节前夕，连长升任营长，调来的新连长住前任连长的房子，老连长交接工作时把老李介绍给新连长："有老李在，你的日子不会比总场那边差。"新连长很高兴，当天就去看老李。老李知道这全是老连长的功劳，要不新连长上任伊始就来看咱一个小兵？

老李连夜打报告，全家人一高兴瞌睡没了，一直闹到天明。儿子李钟鸣说："到了总场别给人家挑粪种菜喂猪养鸡了。"父亲老李说："那当然，猴儿哪个能一路上耍，孙悟空有七十二变，你爸还没他一半。"

老李给连长递报告时很随意，哈哈一笑就行了，没注意连长脸上的表情。老李从连部给总场老乡打电话，说报告交给连长了，老乡问连长签字没有。老李捂住电话问文书连长人呢，文书说连长签字了，指导员也签了。老李情不自禁对老乡说："连长真是好人呐，把指导员都说动了。"老乡说："你老弟的能耐大，哈哈哈。"搁下电话，老李兴致很高给文书一根红雪莲，文书说："你老乡嗓门真大，哈哈哈跟锣一样。"正好连长进来，问文书："你笑啥，那么响？"文书说："我没笑，是老李的老乡笑，哈哈哈，跟锣一样。"连长有点吃惊："有这么笑的？"文书说："还是在电话里呢！真要站这儿大笑一通，咱们得跳起来，跟猴子一样跳起来。"老李忍不住朝文书吼起来："放你妈的屁，人怎么是猴子，你说，人怎么是猴子？"连长说："锣响猴子就挺高兴。"文书说："猴子跟你们河南人是好朋友，有缘分。"连长说："四川猴儿河南人耍，可惜我不是四川人，我真想做四川人。"连长是江苏人，尖嘴猴腮，站在人高马大的老李跟前像个小娃娃，老李竟然有点怕这小娃娃，小娃娃说："老李他奶奶的，人高马大。"文书说："不对不对，老李是驴，我是马。"文书是山东人，跟老李不相上下，但老李很圆，有几分驴相。连长说："呵呵，我是猴子，文书是马，老李是驴，咱都成牲口了。"

老李松一口气，知道这全是玩笑，回到家里又觉得不大对劲，问老婆："连长为什么说我是驴？"老婆说："你犟，人家骂你哩。说你是毛驴子，你还听不出来？""不是新疆的小毛驴，新疆驴跟狗一样。""你该是口里的大叫驴。"老婆掩口大笑，边笑边上下瞧老李，"跟你几十年了，我花眼了，不细看还真看不出来，你还真有几分驴相。"老李颤抖："真的？""你发什么抖，又不是小毛驴，大叫驴名气不好，可模样排场，姑娘丫头喜欢这副驴劲。""我真是大叫驴啊。"老李真的发抖了。"蠢驴蠢驴，驴子蠢啊。马，还好一点，马能吃能干，我是驴子。"老婆说："是驴子不错，可你不蠢。"老李说："我真有点怵那家伙。"

"谁？"

"猴子呀。"

"怯它干啥，再精的猴儿还不由人耍，这些天，你东奔西跑累了，人虚生疑心，好好歇上几天。"

老婆立马宰一只老母鸡，老李歇了两天，果然油光闪亮。老婆打他一下，"俺喜欢这大叫驴。"老婆记得二十年前在集市上，有人指着一个大个儿青年说那是她未婚夫，她直勾勾盯在地上，大个子的脖颈和身子浑圆浑圆跟圆木一样，那时她十六七岁，压根儿不会把大叫驴跟自己男人联系在一起。

老李赶到饲养室。畜栏里有一头大黑驴，是部队送的，干活很卖力。饲养员以为他要借牲口，跳上木槽要解缰绳，老李忙拦住，"这牲畜好看。"饲养员说："优良品种哩，昭苏军马场配的。"老李忙说怪不得呢，毛色这么好。饲养员说："再丑的驴子比马身架好，驴子模样儿好，说到底还是品种好。""这倒没听过。""驴日马下，骡子就是驴养的，骡子的力气是马的，模样是驴的。"饲养员的赞美话听得老李心旷神怡，老李终于说出了心中的秘密，"这牲畜挺聪明。"说完就盯着饲养员，饲养员说："要说聪明，还是马聪明。马通人性，骑手打仗，凭的就是马。动物里头马和猴子最聪明。"饲养员滔滔不绝，把老李说得心灰意冷。老李扭过脖子，默默地看着畜栏里的驴子，他发现驴子是世界上最忧郁最令人沮丧的动物，而它身旁的大白马显得那么潇洒自信。饲养员把豆子分给牲口们吃，豆子破裂散发豆香，饲养员说："你咋啦？"老李说："它咋是这种模样？"饲养员说："所以晚上不能梦见驴子。"老李瞪眼睛，饲养员说："驴子晦气，梦见它一辈子不走运。"

老李对老婆说："这回咱恐怕成不了。"老婆说："把连长盯紧。"老李找连长问调动的事情，连长说："七连不好吗？"老李说："总场那边愿意要我。"连长说："七连确实条件差，可七连也有好地方。七连的好地方不比总场差啊。"老李的头一下子变大了，连长说："你就在七连的好地方待着么。"连长尖嘴猴腮眼皮发红。

老李连夜赶到总场，向老乡求救，老乡带他去找团长。团长为人仗义，摇电话给七连连长，通了一会话，团长说："老李啊，你是七连的骨干，你走了七连就垮了。"老李急了："七连的骨干是老王。"团长问哪个老王，老李说："开荒四亩半的那个。"团长说："知道知道，气死牛老王，垦区就剩下七连这块死角，那里是边缘地带，需要你和老王这些骨干坚守阵地。你们连长很器重你，说有你在他们才能过上好日子，你不能辜负领导的期望哟。"老李张张嘴说不出话。团长说："你在七连弄的花果山的影响不错么，猴子是智慧的象征，开发大西北需要这样的智慧。"团长是东北人，连说带比画，劲头很足，"老李同志，好好干，有你这样的兵，谁当领导谁高兴。"

离开团部，老乡说："事情咋搞成这样，以前都是这样搞的。"老李说："你没记错吧？"老乡说："总场的河南老乡都是这样出来的，这次咋就不灵了呢？"老乡忽然说："这回是不是碰到猴王了？"老李摇头否认："我们连长是江苏人，又干又瘦的不可能称王称霸。"老乡说："肯定是他，他刚当连长就识破了你的手段，他把团长都说动了，不是他是谁？"老李脸发白，老乡说："团长是炮筒子。两句好话就弄得转。俺哄他不是一次两次了，你哄过你们连长没有？""他刚来七连。""老连长在时你就应该调动，你错过机会了。""那时我刚刚下套啊。""你动作太慢了，你肯定没关过猴。""没有。""怪不得，没关过猴只能耍猴儿子，关不了老猴，碰上猴王就更没治了。""有没有制服猴王的师傅，请他出山收拾这个鸡巴连长。""恐怕很难，我活这么多年，还没听到有谁能耍了猴王。""真这么难吗？""猴王啊，我的老弟，当年孙猴子大闹天宫，没有如来佛出面，谁能收住他？""还有唐僧呢。""唐僧跟孙猴子是一伙的，刚才你见过团长了么，还说这话？""我真小看连长了，没想到他会是猴王。他会把我怎样？""他会耍你。""猴耍人？""猴耍人。""它会把我咋样？""跟耍猴一样耍你。"老乡捂住嘴咳嗽，那声音果然像耍猴人敲的铜锣，老李浑身发毛。

连长老远招呼他，老李眼睛睁大大的，连长说："咋啦，去一趟团部不认识我啦？"连长打他一下给他烟抽，他跟连长对火，连长的下巴和嘴光光的，他没理由怕这个小娃娃，他有少林功夫，真动起手来，他可以把连长像折玉米秸一样折成两截。他没理由怕这个小娃娃。连长忽然说："花果山一星期没动了，快成荒草滩了。"老李眼睛发直，看着连长两片薄薄的嘴唇发出重重的锣声，老李跳起来，大家笑他像猴子，听到猴子这两个字，老李的裤子哗一下湿了，幸亏他站在连长的菜园子里，豆角架和粪土遮丑，大家闻不到他裤裆里的尿臊味儿。

老婆问他："事情办得咋样？"老李说："我想通了，首长这样器重咱，咱不走了。"老婆跳起来："放你妈的屁，人家把你当猴儿耍了。""没有，没有的事，团长说了我跟老王是七连的骨干，七连全靠我撑着。""他们把你跟老王比？""老王开荒四亩半威震古尔图，谁能跟他比？就我老李跟他比。我弄的花果山比他的四亩半先进多了。""先进个屁，你俩二球货，老王趴在自己开的荒地里，一辈子也爬不出来，你待在你的花果山上一辈子当猴子。""团长说了，猴子象征智慧，猴子聪明伶俐。""你真想当猴子？""当猴子没啥不好么。""猴子是原始社会的东西，你想当猴子想从你老娘的肚子里爬回去，回到原始社会？"老李脸发白。老婆说："你真有这念头，不单单是你老娘倒霉，你李家的先人可就全倒血霉了。"老李望老婆一眼，又望墙角，老李的目光仿佛蛛网落在那角落里，老婆说："你李家的先人得从墓坑里爬出来给你腾地方。"老婆说："你听，你李家先人在墓地里跳舞哩，那个长尾巴的老东西是你李家第一代先人，瞧他跳得多欢实，你跟着跳么。"老婆捅他一下，老李缩，老婆说："看清亮，你老先人长尾巴的，育下你这后人也想长尾巴哩。""你敢作践我先人。"老李哇一声跳起来，"你敢作践我先人。"老李把老婆推到墙角，转过身给李家先人磕头，老李泣不成声说不出话。外边刮风，乌云埋了月亮，老婆说："你先人叫风刮走了，回老家了。"

那年冬天，老李回了一趟老家，那豫南山区的一个小村庄。他进村的时候，他娘刚刚升天，族人正要拍电报叫他，他就回来了。他说俺回来了。老乡们扬脖子朝大路上看，大路上覆盖着积雪一样的灰尘，老乡说："就回来你一个？"老李说："工作紧张，老婆娃娃没回来。"老乡们说不是这个意思，老乡们说张家老二也在新疆工作，去年回家探亲，满满拉一卡车东西，你咋空手两吊回来了，你娘走之前，还说我娃干大事了，没想到你空手两吊回来，你娘要见了保管上不了天。老李给大家让烟，红雪莲烟。怕俺娘念叨俺，俺没给准备急吼吼赶回来，老乡们噢一声：没做准备，急吼吼赶回来的？怪不得空手两吊，下回可不能空手两吊。好多年后，老李成了古尔图首富，衣锦还乡，身后紧跟着两辆大卡车，老乡们喜气洋洋，放鞭炮欢迎他。

老李回到古尔图的七连，再也不提调离的事情了。连长很高兴，菜园的西红柿又肥又大。

老李没动静，老王以及那些想调走的人很着急，他们找老李问是咋回事，老李说你们没长眼睛没看见。大家说："我们把你当先锋，只等你打开缺口，我们大家好冲出重围，没想到你他妈大逃亡啊。"老李默不作声。过两天，二排发生了一桩人命案，大家才恍然大悟。二排有位上海女知青，为了调动让排长尝了鲜，排长尝到甜头不停了，吃下去要没完没了地吃下去，知青只好把自己挂起来，挂在高高的沙枣树上，小小的身体像只鸟，离地很高。大家都奇怪。"上吊就上吊，一板凳高足够了，吊那么高干吗呀？"一直不作声的老李忽然冒出一句："吊高一点就能离开这地方。"老李一句话把大家震得翻白眼了。

沐浴

老李心安理得地在七连待着，软塌塌的。儿子李钟鸣问他，"爸干吗软塌塌的？"老李说爸有了钱带你回老家看看。李钟鸣受了委屈似的丢下饭碗走了，他说他咽不下这口气。李钟鸣根本不相信老爸是软塌塌的。他自己跑回河南老家，在陇海线上神出鬼没，拦汽车，扒火车，成了铁道游击队的头儿，最厉害的一次是他组织一班人马，摸进飞机场，把一架进口民航客机拉当废铁卖了，他被抓获归案，吃了枪子。他的邻居，作家王宁去监狱看望他，暗示他可能要判死刑，要吃枪子，他说："这世界他娘的全都软塌塌的，吃枪子是我的造化。"王宁吃了一惊，李钟鸣笑："枪子好吃，跟屎一样，是硬的。"作家王宁流下泪，作家王宁没告诉他，他卸的那架飞机是少女王慧从美国弄来搞研究用的。少女王慧在美国麻省理工学院研究航天动力学，准备驾航天飞机进入太空，少女王慧不但离开了李钟鸣，离开了古尔图离开了中国而且离开了地球和太阳系。被李钟鸣大卸八块的那架飞机是她与中国同行共进技艺的。少女王慧看到的飞机完美无缺，她丝毫没起疑心，她和中国同事合作得很愉快。两个月后，李钟鸣吃枪子，作家王宁告诉了她所发生的一切，少女王慧再也忍耐不住了。作家王宁说："现在这架飞机是重新组装的。"少女王慧喃喃自语："我也是重新组装的。"那时，作家王宁已经有了好多次爱情体验，他知道姐姐这句话的含义。经过初恋的少女就像拆散的机器都要经过重新组装。少女王慧怀疑自己能否完成进入太空的使命，她会是历史上第一个进入太空的中国女人。她离开李钟鸣的时候，李钟鸣就知道这个少女不属于他也不属于大地。李钟鸣送她到奎屯，李钟鸣说："车站你看见了，你离开这里，这地方没尿意思。"他没去车站，他看见那些大客车就害怕，他没敢进车站，拱拱手离开了，身后的白杨树在风中响起来，响声萧萧如雨，少女王慧哭了，她一个人在汽车站的空地上很孤独地哭着，哭了好长时间。

1954年秋天，父亲老王带着美丽的妻子来到古尔图荒原，荒原很快变成一片沃野，第二年秋天，他们生下王慧。邻居老李的儿子李钟鸣从小喜欢王慧，喜欢到十八岁王慧考上清华大学，李钟鸣不能喜欢她了，再喜欢下去就没意思了。

李钟鸣回到古尔图，回到七连，他老远看见父亲老李从厕所里挑粪，他掂起一根棒子，他要把这糟老头揍进粪池。毕竟是自己的父亲，棒子偏离脑袋敲在肩膀上，老头噗地掉进粪池，粪池稠厚绵软，老头几乎没砸出什么响声。李钟鸣非常悲哀，他到苇湖边，爬上老柳树，他听见自己砸出的水浪声，惊天动地的，比父亲的响声大多了，父亲干吗不到湖里来响一下，长年累月给连长种菜养猪喂鸡，把自己泡在粪池里，他那样喜欢粪池，掉里边是应该的。

李钟鸣游了几圈，开始仰泳，仰泳基本是一种休息。李钟鸣把什么都忘了，他离开了古尔图。古尔图是地球上最令人厌恶的地方，王慧说她学的专业是地球物理学，他不知道地球物理学是干什么的。王慧说如果学得好就可以离开地球到太空里去了。古尔图没尿意思，地球也没尿意思。李钟鸣有自知之明，知道自己没有离开地球的能耐，能离开古尔图就不错了。李钟鸣替父亲难受，他老人家并不想离开古尔图，只想离开七连到总场去，总场再好还是古尔图么，父亲挑大粪巴结连长已有好多年历史了，李钟鸣不愿意让这样的历史延续下去，李钟鸣甚至不愿意让古尔图的历史延续下去，让这些地方拥有历史，这历史他娘的也是父亲挑大粪的历史。李钟鸣有自知之明，他能终止父亲挑大粪的历史就很不错了，就已经是一种壮举了。李钟鸣看见父亲消失在粪池里，知道自己替老头做了一件好事，老头不但离开了七连而且离开了古尔图。李钟鸣一身轻松爬上老柳树，这棵老柳树据说是当年左宗棠左大人的部下栽的，李钟鸣想到这段传说，跳下去的时候心里就格外悲壮。

但这绝不是自杀，因为他看见有个黑乎乎的东西攀上老柳树，那物件渐渐清晰了，斑斓绚丽的色彩，李钟鸣绝没想到粪便的颜色如此辉煌，如果它继续下去会不会成为阳光？李钟鸣悟性大开。无论什么物件，上升到一定高度就会显出辉煌的色彩。李钟鸣惊呆了，父亲从未如此辉煌过，父亲像走出沙漠的骆驼，昂首天外奇臭无比纵身一跃，跳进湖里，惊天动地的水浪声一圈一圈沉淀在李钟鸣的心底。父亲在湖心画圆，速度很快，湖水变成淡黄色，开始觉得很臭，后来闻不到臭味了，鱼儿纷纷离开苇丛，李钟鸣的悲哀无以复加，他下决心绝不让王慧遭受这种伤害。后来，王慧来信约他去北京玩，他没去；王慧出国前求他送一程，他也没去。他知道要使王慧顺利地离开地球进入太空，自己必须离开古尔图。他返回河南老家，成为黑道的著名人物。黑道自古不见容于阳世。他不知道自己要拆的飞机是王慧的，他挨枪子时面无惧色，枪子再大一些再大一些就可以把他送上天，而不是阴曹地府，那不仅仅是个高度问题，他已经认识到粪便在高空所呈现的神秘色彩完全是高度造成的。

父亲老李在树顶待过，李钟鸣不再恨父亲老李，父亲老李回来时谁也没发现他有什么异常，粪池一幕只有父子两人知道。其实在父亲的心里只有他自己知道，他把那一棒子当成幻觉,父亲老李就这样大难不死地回到家里。父亲老李说:"俺老李要出头了。"家里没人理他,他到街上去喊,大家都当他说疯话,被他的疯话打动的只有苏惠。苏惠下班,街上只有老李一个人说疯话,声音很小,苏惠听半天才听个大概,苏惠要老李说清楚一点,老李说:"大难不死必有后福。"苏惠来到湖边,粪便开始沉淀,夕阳依然光彩夺目。美人苏惠在湖水中沐浴一番,感觉不一样。

灰烬

好多年前,美人苏惠被三营长看中了。三营长来七连检查工作,检查到卫生所不检查了,三营长待在卫生所不走,跟美人苏惠拉家常。西安姑娘苏惠仪态万方,三营长的眼睛开始冒萤烛。苏惠说:"我不是姑娘,我早结婚了。"三营长知道她丈夫是王排长,让三营长承认这个现实太困难了。三营长发现跟美人苏惠说话也很困难。是啊,是得想想办法,这么僵下去对谁都没好处。三营长拍屁股离开卫生所,到连部去想办法。

其实不用想办法,三营长跟连长聊天的时候,发现连长办公室里有张大床,像农民家的大炕。连长说这是专门为连部做的，上边来了人，可以睡个好觉。这么一说，他们聊天的话题就不再显得枯燥了。吃过饭，三营长说他喝多酒了，想去睡它几宿，连长坚持要在他家里睡，营长是客人，哪有打发客人睡公房的道理，连长坚持一会儿，发现三营长这人挺难弄，有点不太对劲，就不再坚持了。三营长躺在大床上，那张大床像农民家的大炕，营长小时候睡过，参加革命后再没睡过这么大的床。如此辽阔的领域在三营长的身下向四面八方拓展，古尔图真是好地方，七连真是好地方，全古尔图都说七连这地方荒凉，三营长发现这里很有风光。营长开始丈量大床的尺寸，他用目光丈量，目光落在铺了军毯的床板上，卫生员苏惠进来问首长哪儿不舒服，三营长说所有的地方都不舒服。美人苏惠面对如此宽大的床板实在想不出逾越它的办法，她只想到中间的开阔地去完成任务。她生长在西安古城的大学教授家里，没见过如此大的床。后来她知道北方农村全是这么大的土炕，全家人睡上面。很显然眼前这张大床不会只睡一个人。美人苏惠脱鞋上床，听诊器银光闪亮，在营长胸腹间游动，就像一只小动物，营长一激动两只手就变成了小动物，开始咬苏惠的脚后跟。那是个艳阳天，太阳一下子瘫倒在绿军毯上。那天，三营长胸腹上的黑毛格外茂密，苏惠叫起来："熊，熊，大狗熊。"弄得三营长很不高兴。三营长的毛都长在身上，相貌是很俊俏的，自古少有的美男子。美人苏惠一声大狗熊弄得三营长心灰意冷，浑身发毛。当天夜里，营长夫人兀自说道："你像苏联人。"

"苏联人是北极熊，我怎么像苏联人？"三营长面带凶相，夫人打起哆嗦："谁这么缺德，把你气成这样，你还要升团长升师长呢，就得心平气和。""我真的那么可怕吗？"三营长抱起镜子左顾右盼，夫人在旁边说："你脸上本来没有毛，现在你瞧，你身上的黑毛数出来了。"三营长丢下镜子，三营长有点害怕，支支吾吾给夫人说了在七连的遭遇。丈夫的风流韵事又不是一次两次，三营长看中的女人起码要交往十天半月或者半年，起码要给女方一点好处，比方调动照顾子女，他力所能及的事情。夫人说："你真的喜欢她，就把她调到身边工作。""她说我是熊，她要不说我是熊，我能成这样吗？"三营长把镜子摔碎了。夫人说："女人的话你也当真，说你是什么你就是什么？"三营长出气很粗，熊就这样出气，跟拉风箱一样。夫人说："你不要嚣张。""谁嚣张了，我是平静的。""你张口就出粗气，吓死人啦。""我又不是熊，我干吗出粗气。"夫人不敢再吭声，屋里一静，三营长听出来这急促的呼吸出自自己的喉咙。"牲口才这么出气，我怎么能这样。"夫人说："是不是肺上有病？""你看我是有病的人吗？"睡别的女人一点劲儿都不费，轻轻松松。七连这个女人真邪门了。

第二天，三营长去七连看苏惠，美人苏惠冷冰冰的，不正眼瞧他。想到这个女人对他的命运至关重要，他委曲求全，首先向她道歉，请她原谅，并且说那天酒喝多了，完全是酒后失态。苏惠瞅他一眼，"别讨人厌，赶快走开"。三营长赶快走开，三营长下决心要让这女人满意。这是一个艰苦而漫长的过程。不久三营长晋升为115团团长。团长出门不再骑自行车了，坐团部的北京吉普，飞驰于各个连队的大道上。车过七连，一定要在卫生所前响几下喇叭，苏惠依然年轻美丽，第一吹听到喇叭声，她以为是检查团巡查，便跑出来，吉普车里的人也出来朝她张望，望一会儿钻进车子，车子呼一声飞进林带，渺如一场梦，美人苏惠要愣好半天。从此卫生所门前的空地里有了小车和它的喇叭声。喇叭一响，苏惠就愣在那里，有些书上把这种现象叫触电。可苏惠不相信她能触电，她少女时代已经和王排长触过电了，电光之后他们成为夫妻。后来有了苏静。想到爱女苏静，苏惠有些慌乱。苏静是那个男人的。那仅有的一次不但使她成为另一种女人，而且延续了她的生命。延续她生命的应该是丈夫，而丈夫在她身上竟没有留下任何痕迹，于是丈夫成为没有经历没有历史的一片荒原。三营长突如其来，丈夫便消失了。自女儿降生之后，苏惠对孤苦无援的丈夫一点忙都帮不上，眼睁睁看着丈夫荒凉下去，荒凉到远古的荒原，甚至比古尔图更遥远，遥远到白垩纪。丈夫的脑袋已经成了石块。他们努力过，但是丈夫攻不进她的身体，丈夫的生命凝滞在回忆中，渐渐封满了尘灰。

苏惠依然年轻依然美丽。那噩梦并不妨碍女儿的成长，好多年以后，她回到团长身边，她看到了团长的两个儿子和女儿。她马上意识到那三个孩子是团长的幻影，是团长混沌之初所为，团长真正的影子在女儿苏静身上。

在女儿苏静自由成长的岁月里，吉普车和它的喇叭声在七连的小街上飞驰鸣叫着，苏惠不再发怔，她听惯了看惯了。有一次，她听见喜鹊喳喳叫，她刚出门，吉普车就开到她跟前，她看到了玻璃后面团长绿莹莹的眼睛。这回她没有尖声叫，她一直看下去，那绿色的瞳光不再寒冷，有一种男人特有的温情，那天早晨美人苏惠看见遥远的地方有一条蓝色的河流，那个男人坐在吉普车里一直到那蓝色河流的岸边。那个男人坐在河边抽烟，烟团青青直上，难道是他的眼瞳着火了？后来，他告诉美人苏惠，他的眼睛早就着火了。苏惠说我怕你那种目光，狼的眼睛才是绿的。他笑了，我以前确实是头动物，吃了你以后我变成了人。于是苏惠又回到这天早晨，她看见远方蓝色的河流和绿眼睛的男人。这个男人跟她一起创造过生命，这个生命美妙无比延续未来，将是他们两个人的，是两条河流的交汇。不久，女儿苏静被那个叔叔哄上车，带到新城奎屯。女儿玩得很开心，女儿说叔叔对她很好。于是苏惠给女儿讲好汉苏比特的故事。苏比特的母亲年轻时被狗熊掠走，生活在山洞里，后来母亲生下了苏比特，苏比特是狗熊的儿子，力大无穷，母亲死后，苏比特去寻找外婆，途中空手劈死老虎，骑着虎王去外婆家，吓跑了村人。为了帮外婆谋生，苏比特砍柴卖钱，苏比特是熊的儿子，力大无穷，打柴火不用砍刀，用手可以折断一棵云杉。女儿完全陶醉在这个充满阳刚之气的民间故事里，这影响了苏静的一生。少女苏静的心灵中没有白雪公主，没有灰姑娘，没有海的女儿，少女苏静的心中只有熊的儿子苏比特，只有野性的力量和狂放不羁的梦想。她的男朋友作家王宁始终成不了她的丈夫，当他们感觉到他们的爱情已经快结束时，少女苏静想到了以前母亲讲给她的民间故事，她顿悟自己生命的秘密：她的一半是野兽一半是人。创造她生命的那个男人是强行打进母亲身体的。从那天起她完全明白作家王宁不能成为她丈夫，他们在不断的约会中倾诉衷情，那时作家王宁沉醉于哲学，他把这种只开花不结果的感情游戏称为唯心主义，少女苏静目瞪口呆，我们家就是开花不结果啊。作家王宁说，你就是你爸你妈的果子么。苏静那时已经知道谁是她的生身父亲了，少女苏静觉得自己就像一张被猜出谜底的纸牌，一点意思都没有，从那时起，她就懒不唧唧的，弄得王宁疑神疑鬼。有一次王宁喝醉酒竟把她当作失身少女，向她下保证：自己不是老封建，失身没关系。她很激动，当时就把一切献出去了。作家王宁看到了少女鲜艳无比的赤红，作家王宁很满足，就这样告别荒凉的少年时代走进了新大陆，他们的故事告一段落。

美人苏惠回到团长旁边后，很快控制了团长家中的大权，团长的几个孩子都听苏阿姨的，他们讨厌自己的母亲，他们早就盼望着一位梦想中的母亲。苏惠并不是他们的后娘，苏惠介入而不取代，她公开身份是团长的保健医生。孩子们喜欢她，孩子们说他们很早就喜欢苏阿姨，苏惠非常吃惊，团长说："自从我认识你，我就不再喝酒不再收拾他们了，他们知道远方有个很厉害的角色治服了我。""可我们没有来往过啊。""我们只有一次，那一次把我一生给改变了。"团长一眼就认出了苏惠身边的少女是他女儿。少女苏静十五岁，她跟妈妈来团部看一位叔叔，她走进叔叔家，叔叔的儿女们就成了脏不拉叽的小瘪三，他们连抬头的勇气都没有。谁能有勇气直视这团火焰呢，这团火焰连她的男朋友王宁都不敢直视。好多年以后，王宁成了作家，在夜深人静的时候写这本书，写到激动处总要用凉水冲脑袋，因为那火焰快要把他烧成灰烬了，以至于他在小说中写下这样一句话，一个救火队员的自述。那火就是少女苏静。

苍凉的春天

苏惠一家搬到团部去了。苏大夫没有忘记老朋友，托关系把王慧和王宁转到团中学上学，团中学的教师大多是上海支边青年，教学水平高。在团中学的日子里，王慧姐弟俩跟苏静待在一起，那时，苏静是古尔图最漂亮的姑娘。少女苏静那时十五岁，她每天都要收到许多纸条子，男娃娃把自己标价出售，他们提心吊胆，暗中观察少女苏静的表情，最紧张的时候，睾丸会缩进肚子里半天不出来。小家伙们吓黄了脸，躲葵花地里惶惶如丧家之犬。王宁那时候已经开始显示他的文学才华，当然这种才华非常有限，当别人勉强写便条时，少年王宁开始读普希金和海涅。诗集是从知青那里借来的，王宁把它们抄在本子上，定期献给苏静。被普希金和海涅打扮起来的王宁很快在众男生中鹤立鸡群。苏静十六岁那年让王宁吻了嘴唇，十九岁那年给王宁献出了青春，但她没有成为王宁的老婆，王宁为此悔恨终生。我们先说他们的开始吧。那时团部渐渐有了风声，人们沉浸在团长与苏大夫的美妙故事里不能自拔，团部是古尔图荒原的重镇之一，白杨林和葵花地无边无际，美丽的苏大夫在这里被渲染被神化，苏大夫就像宣纸上的浓墨被龙飞凤舞地抒写着。终于有一天，故事突破了想象和激情，作为一种现实降落在古尔图大地。

那时王宁还是一个瘦弱的少年，在这样的故事里，他不自主地颤抖起来，他回到七连问妈妈，妈妈说："苏阿姨早就下过火海了。"妈妈说："你喜欢苏静，无论苏静做什么事你喜欢她就行了。"那时妈妈就知道苏静不会做他媳妇。妈妈说完这些话，开始愣神儿，妈妈一愣就是好几个小时，儿子从团部带来的消息引起她的回忆。妈妈回忆1954年在老家北塬，从庄稼地里跳出一个男人，她开始叫，尖声在空旷的土塬上显得极其微弱，那天，妈妈被男人的性骚扰吓掉了魂儿，尽管什么事也没有发生，但对一个十六岁的少女来说那是无比沉重的。那天秋天，父亲老王的部队屯垦戍边，回家娶媳妇，带走了妈妈。妈妈说："苏阿姨要不走可就惨了。""王叔叔是排长，他们敢吗？"妈妈什么都不说，少年王宁一下子意识到自己有多么单薄，他保护不了任何人，他很羡慕李钟鸣，李钟鸣自小混在牧业排的牲口群里，在马背上练就一副好身体。少女王慧上中学时，男娃娃都知道她是李钟鸣看中的丫头，不敢越雷池一步，所以王慧根本就收不到男娃娃的纸条。

妈妈发觉儿子不对劲，整个假期都跟李钟鸣在一起，有一天妈妈跟踪儿子来到苇湖边，儿子正跟李钟鸣练刀子，儿子已经耍得相当熟练了。妈妈抓住儿子，李钟鸣溜进苇丛不见了，妈妈把刀子丢进湖里，把儿子训斥一顿，几天后又发现儿子和李钟鸣在沙滩上练摔跤练拳击。儿子练得遍体鳞伤，儿子身上开始有了腱子肉。那是王宁少年时代最值得回忆的一个暑假，四十天时间把他练成一个儿子娃娃。

开学第一天，他约苏静到林带里，苏静吓一跳，他们以前从不敢去林带，怕受其他男生的骚扰。那天少女苏静一身盛装，到白杨林子去见王宁，他们相会不到一个时辰，就碰到了一群气势汹汹的男娃娃。王宁记住李钟鸣的吩咐，瞅住领头的往死里打，别人攻他背侧，他不管，他只打一个，很快打断对手的鼻梁，血水喷出来，对手倒下去不动了，别的男娃吓白了脸。王宁的动作是连续性的，对手倒地后，他开始上脚，猛踢对手的头和胸，男娃娃抢过他们的首领落荒而逃。王宁的脑袋上全是青疙瘩，王宁成了苏静的英雄。那年苏静十六岁，苏静主动亲王宁一下，小嘴巴就被王宁的舌头噙住了，小嘴巴鸟翅一般开始在少年王宁的心中盘旋。王宁一辈子就当了那么一回儿子娃娃，就把少女苏静给征服了。那天，王宁真正体会到英雄与美人的滋味。苏静娇喘之余说："我终于跟王慧一样了。""你和她都是古尔图最漂亮的丫头。""她有李钟鸣呀，李钟鸣是古尔图真正的儿子娃娃。"苏静说："今天你也成了儿子娃娃。"王宁激动得直发抖，尽管他只是李钟鸣的徒弟。

王宁相信，如果这样发展下去，他肯定会超越李钟鸣，成为古尔图人人皆知的儿子娃娃。在大西北，不是每个长鸡巴的男人都能做儿子娃娃，儿子娃娃是所有男人青春岁月的王冠。就在少年王宁向这顶耀眼的王冠迈出成功的一步之际，妈妈遏制了他的愿望。那年冬天，妈妈把下放七连的老右派"教授"请到家里，敬为座上客，酒过三巡，父亲老王咳嗽几声说："娃娃来见你师傅。"王宁拜了师傅，师傅开始给他传授英法德三门外语。两年后，一部小说改变了他的一生。当儿子娃娃的愿望不是一下子就能消失的，他一边跟教授学外语，一边跟李钟鸣去征服古尔图。他们打出去，远征乌苏精河，最远打到奎屯，最辉煌的时候打断过石油鬼子的几条筋骨，李钟鸣用脚踩住石油鬼子，石油鬼子不服输，李钟鸣戴上手盔朝他肋下猛击数拳，大家都听到了树枝折断的咔嚓声，鬼子们亮出刀子铁棒，哗啦围上来，李钟鸣眼都不眨一下，伸手一掏，抓出一截亮铮铮的筋骨，塞嘴里大嚼特嚼。那伙人的刀子和铁棒全掉在地上，是他们自己掉的，没人喊他们，那是老三，李钟鸣在北疆被人称为恶狼，好多年后李钟鸣离开古尔图回到故乡河南，自称为西北狼，中原人对他又恨又怕。也就是在那天，教授告诉王宁，他已经达到本科生的水平，教授把自己珍藏的法文小说《红与黑》交给他，教授离开北京时只带两本书，一本外文辞典，一本法文版《红与黑》。教授告诉他语法是死的，作品才是活的，教授要求他把《红与黑》背诵下来。教授没有想到王宁一下子被于连·索黑尔的爱情故事吸引住了。王宁崇拜于连的一切唯独不喜欢于连的政治野心。王宁就成了作家，投身于文学。喧嚣不安的古尔图终于沉静下来，王宁开始向苏静描述自己的美梦，苏静就是在这个时候被他攻破防线的。那年，他们十九岁，王宁把苏静变成了女人。尽管三年前，苏静亲他时就明白他是儿子娃娃，他很想跟随李钟鸣一展男人的雄风，他又不能半途而废。他决心沿教授开创的道路走下去。他就成了作家。无论他的故事多么动人，古尔图总是灰茫茫，在灰茫茫的大地上，有他剽悍的伙伴，有他美丽的姐姐和女友，有父亲老王和美丽的母亲。把他们曝晒在文字上，他总有一种内疚感。写这部书时，只有姐姐王慧活着，远在美国，有时还需要离开地球到太空去玩，李钟鸣被枪毙了，苏静被一个性变态老头掐死在浴缸里。这些死者被他的神来之笔赋以生命，震撼了千百万读者的心灵，他的蓝色冲击波消

创世记：老兵的故事

失了，那些人物形象从天空摔下来碎为粉末；狂风在大地上吹着，岁月的灰尘无影无踪，他再也回忆不起李钟鸣和苏静了，记忆跟生命一样是一次性的。把他们写进书里是文化对生命的谋杀。王宁再也不写古尔图了。一旦他放弃写作，李钟鸣与苏静就会复活，他们愿意出现在他的心灵中而不愿意出现在他的作品里。王慧说他的小说是狗屎，"如果你飞上太空，看一眼黑暗中的地球，地球就跟煤一样，总有一天会化为灰烬，你的小说将存何处，像古人一样存之名山吗？"王宁反驳她："卫星可以带到太空呀。"王慧说："那不过是人类的黑匣子，地球就像一架失事的飞机。""姐姐你为何如此悲观？""到过太空的人都这样，那种巨大的孤独是地球上的同类无法体会的。""我想你的同事要比你好一些。""他们是比我好一些。""为什么呢？""我不知道。""你真不知道？""你这样逼我，我实话实说，我来自古尔图荒原。""你应该摆脱古尔图，否则你难以真正进入太空。""我把你这话当作一种安慰吧。作家弟弟。"

地球上没人跟王宁讨论古尔图。古尔图总是灰茫茫的，那灰茫茫的大地上，一切都显得百无聊赖。苏静二十四岁那年被她的顶头上司掐死在浴缸里，她压根儿没打算洗澡，她放满清水脱得一丝不挂，泡在水里。由清变浑这个秘密没人告诉她，苏惠也没有告诉女儿，但女儿自古就是父母生命的延续，女儿的一切将遵从这个秘密法则，女儿十九岁那年献身于作家王宁，女儿发现她比往前更清纯更晶莹，她发现自己是透明的根本没有秘密，她问母亲苏惠，女人都有秘密，我为啥没有秘密？母亲苏惠并不回答，而是抓住女儿的双肩仔细打量，母亲看见了女儿的身体里红红的炭火，母亲突然说你赶快跟王宁结婚。母亲拿出存折开始准备嫁妆。女儿突然一点结婚的兴趣都没有了，女儿闷闷不乐。

女儿的闷闷不乐非常及时地被下来检查工作的副处长发现了，副处长四十多岁魁梧高大，最爱关怀下属，尤其是年轻漂亮的女下属。副处长约她来宾馆了解单位情况，接下来了解她本人的情况，后来给她从冰箱端可乐。她喝一口，副处长的手就搭在她肩头，于是有了一种旋律，那是一支漂亮女人的古典音乐，在这种青春与生命的悲怆交响乐中，少女苏静呛出清纯的泪水，少女苏静一下子感受到汹涌浑浊的湖水。少女的清纯有个极限，过了那个极限就会浑浊，王宁你真不是东西，你真是儿子娃娃就该把湖水搅浑。那天，副处长猴急，连人带衣将苏静抱到席梦思床上，连裤衩没脱就开始搅动了，副处长发誓要把清水搅浑。副处长说："我女儿跟你一样大，跟你一样漂亮，我喜欢小丫头，但从不动她们。""今天不是动了吗？""我女儿快结婚了。""你没后顾之忧了，噢，我明白了，你怕乐昏了头乐到女儿身上。"副处长果然在女儿出嫁的前一礼拜爬到女儿床上轰轰烈烈大干一番，而且还叫着苏静的名字，抱怨席梦思床不如木板床，木板床吱嘎吱嘎有音乐，好多女人在音乐声中背叛了丈夫变成铁杆汉奸。昏了头的副处长很快提为正处长，现在处长清醒了，冷静了，同时也被激怒了。少女苏静的报复远远超过原子弹。处长的报复就显得那么小气，那么猥琐，趁苏静洗澡的时候来一个闪击战。

少女时代就这样结束了，古尔图的春天荒凉而遥远。

苏阿姨把女儿的日记交给王宁，王宁这才知道他是怎样成为作家的。那时他在报社工作不久，他的诗和小说为他在自治区文坛赢得了一席之地，大家称他为青年作家或诗人。大家期待他继续发展，保持这一神圣的称号。当是时也，报告文学风行全国，作家王宁也发现了这块风水宝地，可乌鲁木齐那边的大小企业被文人分割完了，更重要的是报告文学不像写小说，在各方面有门路才行。乌鲁木齐不认他的账，他溜回古尔图，躲在苏静的小房子里。那时，苏静刚从兵团转到新城奎屯，古尔图人对乌鲁木齐的青年作家另相眼看，当人们知道他和苏静是一对恋人时，赞叹声响彻大地，少女苏静非常满意。但她察觉到王宁的苦恼，王宁经常一个人发呆愣神儿，苏静不相信，报告文学这么难弄比小说和诗还难弄。苏静问他，报告文学对你很重要吗？王宁很艰难地笑笑，也没什么，我只想弄弄图个新鲜。王宁知道，作家的笔跟男人的鸡巴一样会会阳痿早泄，他知道自己赶这个时髦大概属于早泄。他心里的想法能逃出苏静的眼睛吗？苏静只说了一句："好好干。"不久他接到一位处长的电话，大意是久闻王作家的大名，他所管辖的不少企业经济效益很好，但宣传不够，古尔图又很难找到文章高手，是不是委屈王作家一下。这哪是委屈，简直是受宠若惊呐。副处长亲自接待他，安排他住新城宾馆派专车伺候，采访工作非常顺利。王宁发现当官的并不坏，后来他为处长写了一篇名震全国的小说《县长的头发》，被誉为新写实主义的典范之作，不少基层干部纷纷来信，感谢作家王宁对他们的理解。文学界反响更热烈了，出现了一大批类似的作品。他之所以写副处长的头发，只因为副处长是个半秃子，这种发型在大学里是知识的象征，而在基层则是只拉车不抬头的老黄牛的象征。作家的想象力是丰富的，王宁为自己的联想而窃喜。他读苏静的日记才知道副处长的头没毛不是拉车不抬头的老黄牛，是爬女人肚子累的，而且爬了苏静，爬了他自己的女儿，还升为处长，因为作家王宁把他分管的企业写进了大型报告文学《我们的春天》，洋洋三万余字发在《工人周报》上，副处长升一级，理所当然。好运就是这样开头的，一发不可收拾，找他的全是副处长，那时他就感觉到他跟处长有缘分，但他没往苏静身上想。他文章的标题都别致，仿佛隐含着某种机缘，如《花儿是这样开的》《秋天的秘密》。他描写古尔图企业的报告文学连连在自治区内外发表，文艺界对他刮目相看，把他推荐给一家有名的出版社，企业愿意出钱，出版社同意编他的集子，他把五篇报告文学收在一起也只有六七万字，太单薄了，他不能放过这个机会，苦干一礼拜，赶三四万字，凑齐十万字，取名《边塞风流曲》，附有他本人的一幅小照和数百字的自传。自传中他自称为"天山狂士"，声称此书将存之名山，传之后世。那是他一生最得意的时候。第一本当然送给了苏静。

他从乌鲁木齐赶回古尔图时，苏静突然与别人结婚了，去口里旅游未归。他几乎疯了，苏阿姨也不知道原因。他带上《边塞风流曲》去北京，苏静以前说过，他们结婚第一站是北京。他赶到北京，在故宫碰到苏静和她丈夫。小伙子不认识王宁，王宁毫不顾忌跑过去，他利用小伙子买烟的机会抓住苏静要当众亲她，苏静压低声说："他是警察，你小心点。"警察丈夫过来了，王宁脸色发白，躲到一边，苏静给他的纸条上写着在杭州西湖等我。王宁跟着他们，并住在苏静下榻的宾馆。第二天，小两口吵起来，一直吵到楼梯上，王宁这才相信苏静爱他是真的。苏静说："我把他赶跑了，还有五千块够咱们乐了。"王宁说："我一分钱都没了，只带了这本书。""《边塞风流曲》，怎么起这么个书名，古尔图风流吗？"王宁结结巴巴解释半天，苏静捂嘴大笑，"那些狗屁处长是风流人物，他们是风流鬼，石榴裙下风流鬼。"后来苏静被风流鬼掐死在浴缸里。苏静在日记中写得明明白白："风流人物是英雄，风流鬼不是，他们是恶棍。"

他们游遍江南名胜，回到古尔图，苏静马上与丈夫离婚。那是她仅有的一次婚姻。

王宁终于看到了日记的结尾：妈妈，我死以后把日记全烧了，不要让王宁知道，他要是读了这些，就写不出东西了。日记的最后一页是遗嘱，是给她妈妈看的。王宁很后悔，不该看的秘密不能看，自己要倒霉的。苏阿姨说："我故意让你看的。""阿姨你这不是要我命吗？""苏静喜欢你，你也喜欢她，你们一个命，无所谓谁生谁死。""可我明明活着。""活着是幸运的，好好活吧。"

青春岁月就这样结束了，古尔图的春天荒凉而遥远。

王慧第一次太空飞行就是在这年春天开始的，王慧离开地球时身边带着弟弟的作品集，弟弟是中国大陆最走运的青年作家。地球使者王慧小姐在远离地球的太空里打开这本书，好多星体从窗外飞过，它们像冥灯，王慧把扉页上的作者照看了几分钟，翻到目录，上篇是《边塞风流曲》，下篇是《县长的头发》，王慧看了目录就知道弟弟是咋回事了。那是一次失败的太空考察，她的美国同事说："王小姐应该带本《圣经》，这里只有上帝，没有人类。"弟弟的书里没有人类，全是地上的灰尘。王慧非常孤独。上帝太抽象，对她没有任何帮助，她想她母亲。

王慧回到古尔图，她没想到五十岁的妈妈是那样苍老，仿佛活过了好几个世纪。女儿从美国带来最新的电视机和激光音响，父亲老王说："她连电影都不看，看你那电视？"母亲只看她女儿，她对整个世界没有任何兴趣。后来母亲睡着了。后来母亲死了，埋在戈壁滩的石头坑里，好多人都埋在那里。别人烧完麻纸走了，王慧把弟弟的小说揉成一团点燃。弟弟很不高兴。王慧说："古尔图够荒凉了，你的小说比它更荒凉。"

王宁张张嘴没吭声，他已经有啤酒肚了，他不断获奖不断赴宴会，这么年轻有这么大的肚子意味着什么？这篇小说里他很少写母亲，他弄不清是谁的错，他无法成为母亲所希望的人，母亲更无法理解这个世界。笔变成石头才有重量。他用石头写，写出一片苍茫无垠的沉默的世界。巨大的痛楚都这样，没有任何感觉，软绵绵地坍塌下去，王宁疼痛难忍，写这篇小说来救自己。

那年春天，老李在188团开了第一家个体饭馆，赚了很多钱。后来他的地盘扩张到师部所在的小城，老李对连长说："我再也不回七连了，你能把我怎么样？"连长不吭声。老李说："你最好别吭声。"老李到团部跟团长喝了一晚上酒，坐团长的小汽车把古尔图逛一圈，出高价买下这部车子。车子很旧，老李高兴，他不要外国车。他坐这车子回到七连，车子停在连部门口，老李按喇叭，卫生所出来一个小丫头，很漂亮的一个小丫头，满脸惊喜的样子，喊老李为首长。老李咳嗽一声，小丫头缩进屋里不知所措。

有一天，警察从他饭馆里抓到几个卖淫的丫头，老李很不以为然。她们愿意，没人逼她们。警察要罚款，老李说，"我又没有哄抬物价，罚我干吗？"后来警察就不罚了，老李生意做大了，古尔图全是他的生意。他有问题，局长们才找他。老李很牛皮。

老李最牛皮的时候，大儿子李钟鸣回河南老家了，老李还有两个儿子，老李说我有的是儿子，这小子从小就不是好东西。

李钟鸣惹老子生气。那年王慧在奎屯复习高考，李钟鸣每月去一次奎屯。

那年老李不想给连长种菜了，鸡也不想喂了，猪也不想养了，老李心烦意乱，几次差点掉进粪池，掉下去就没命了。他年龄不轻了，五十岁是瞻前顾后的年龄。他只能自己烦自己，见了连长马上得换上笑脸，弄得自己很紧张，跟做贼似的。老婆说他这些日子喝了蛇油。这些年来他一直这样子，人家之所以觉得他怪，是因为他年纪不轻了，活到这把年纪脑袋不该低到裤裆里。老婆说："没成色的货，乌龟还晒太阳呢，还伸脑袋呢，没成色的货。"他在花果山待了十几年，人变猴子容易，猴子变人就难了。儿子李钟鸣说："起码要几万年。"听这话老李就翻白眼，李钟鸣说给你当儿子丢人现眼。李钟鸣就不给他当儿子了。

李钟鸣回老家之前，让老子治了一家伙。老李不是存心跟儿子过不去，老李是没办法。老李的要求不高，只是想把脑袋从裤裆里抬起来，可老李害怕连长，别说连长，七连任何一个长鸡巴的人都不把他当回事。这世界上除了三个儿子，他老李对谁也牛皮不起来。那年李钟鸣陪王慧去奎屯参加高考，王慧考得很满意，他们在奎屯玩了一礼拜回到七连，连长在街上碰到他们，连长说："王慧考状元了。"王慧说："考得不好。"李钟鸣："她考清华大学，她在古尔图最多待一个月。"连长说："王慧上清华，你李钟鸣牛皮啥？你还在古尔图么，你还在七连么。"连长喊老李过来，老李从猪圈跑出来，连长说："老李呀，光管猪娃子不行啊，要把儿子管住呢。"一句话把老李给提醒了，这些天他一直在收拾老二老三，老李朝大儿子吼一声，大儿子不理他。连长笑了："钟鸣啊，不听我的话可以，不听你老子的话，可要闹笑话。"连长干笑两声走了。李钟鸣说："爸，你叫我干什么，现在你说吧。""刚才为啥不吭声？""连长在这儿，我不想给他服软。""你说啥？你不服连长，老子服了一辈子。""你服他是你的事，你是我爸，我才听你的，你要不是我爸，就是天王老子我也不听。"王慧说："李叔叔，他是儿子他很尊重你，你别生气了。""小慧子，你懂什么啊，我服了一辈子的事情，他一点都不服，他还想混社会，非得教训他。"李钟鸣笑笑，王慧也笑笑，谁也没当一回事。

谁也没当一回事。那天李钟鸣在父亲的逼迫下把全连五十多头猪全劁了。刚开始他笨手笨脚，帮父亲干，劁两三头猪以后，父亲把刀交给儿子。李钟鸣一口气挑了二十头公猪，地上扔一大堆卵蛋，猪们愣了片刻，认出了地上的东西，狂叫着奔过来一抢而空。李钟鸣也失去了理智，用砖块砸，猪们毫不畏惧，迎着李钟鸣的刀子，奋力争夺最后一颗卵蛋，李钟鸣用手扳住猪嘴巴，嘿嘿哈哈对抗两小时，小拇指断在里边，猪胜利了。猪连他的手指一起咽进肚里，恶狠狠地盯着他，盯得他有点发怵。李钟鸣没怕过谁，他没想到能败在猪手里。后来作家王宁对他说，人跟动物相争，胜者往往是动物。你爸败给猴，你败给猪，我爸败给锹头，在古尔图，谁也赢不了。王宁说："你应该活得潇洒一点，跟猪争什么？"李钟鸣说："我把我劁了，我还以为我劁猪呢。"

李钟鸣很惨。那年他二十岁，少女王慧一直把他当作古尔图真正的儿子娃娃，王慧离开古尔图之前奋不顾身要完成少女时代最辉煌的时刻，就是在那个时候，李钟鸣发现蛋没了，他握住王慧的手僵在那里，连吻她的勇气和激情都没有了，他眼睁睁看着少女的青春在荒凉的夜幕下自燃自灭，而无能为力。王慧无比凄惨地说："等下回吧，你等着我。"第二天，王慧离开古尔图，去清华大学报到，她学的专业是地球物理学。她给李钟鸣寄来一枚核桃大的蓝色的地球仪，李钟鸣心里一震，这不是他的蛋吗？李钟鸣去找古尔图最风骚的女人，那女人乐不可支，三下五除二把李钟鸣变成了男人。李钟鸣的蛋回来了，鸡巴挺挺的很健壮，他的一切都很好。那女人乐不可支，说李钟鸣是她做女人以来碰到的最棒的男人，那女人说"最棒"一词时，学着电影里的动作，打个响榧，鼻腔里笑着，淫荡至极，李钟鸣把她扔到床上继续操练。这回他很清醒，他知道自己的蛋确实没了，他劁猪时连自己一起劁了，那些公猪吞吃自己的蛋，他老子就是跟那些公猪一样，让人挑后，再把蛋吃掉。他确实没了，现在跟这女人玩的是另一种型号的蛋。

那段时间李钟鸣软溜溜的，神出鬼没，躲在戈壁滩上晒太阳。那段时间里老李的事业有声有色，顾客盈门，日进斗金，连长眼都红了。

"你这老不死的跟我平起平坐了。"

"你才说了一句人话。"

老李的头终于从裤裆里抬起来，那家伙龟缩了十多年，突然伸出来很不习惯，颤巍巍的，老李硬撑着。钻出裤裆的脑袋又圆又大，额头三道横纹，活脱脱一个猪脑袋。大家说他出头太快，快得不成比例。老李说："成比例能发吗？笑话，老子发大财发的就是不成比例。"大家说那不是凭能耐。老李说："我不凭能耐凭什么？"大家说："你的脑袋在裤裆里钻了十多年，裤裆可不是什么好地方，那里边不是屎就是尿，肥水充足，要慢慢消解，你老李性子急，出头太快。"老李想起几年前掉粪池的情景。大家说："老李你不信啊？"大家指着厕所边的椿树给他看，那棵高大的椿树离粪近。大家拨一下他的鸡巴说："这玩意儿能叫鸣因为它离肛门近。"大家摸他的老二他不生气，大家说的是实话，老李肚量再小也小不到这地步。他终于明白了，他的大起大落，完全是由于一种生命的神秘力量。

老李谦虚多了，见了连长让烟点火，不再张狂。连长很张狂，连长逢人就说他是火眼金睛猴王再世，他早就看出来老李头要晃大脑壳，在他晃大脑壳之前我就把他劁了，没蛋的公猪弄不出崽。大家说："连长你放屁么，要崽干什么，钱才是真的。"连长说："钱是滋补品，捞再多也顶不了一个蛋。"老李能容人家摸脑袋摸鸡巴，可不能容人捏他的蛋。老李冒了一身虚汗，当天晚上就把店里五个丫头加工成女人，那些丫头把他当老虎，都说他很厉害是天上的鹰。老李一下子雄壮起来，花钱到关键部门走一走，就像武林高手点穴道把连长钉死在七连，不升不迁直到退休。连长最后死在七连，那是古尔图最荒凉的地方。连长是唯一埋在七连的连长，别的连长干三年五年都升了，不升也会平调到条件好的连队去享清福。老李让连长提高一下认识，钱可以顶蛋用，老李毫不客气地捍卫了钱的尊严。

这时候，李钟鸣从戈壁滩上回来了，太阳公公剥去他三层皮，把他晒成了棕色。那天，他走进父亲的饭店要了一碗牛肉面。父亲说："你从非洲回来了。"李钟鸣闷头吃面不理父亲，父亲叼一根粗大的棕色雪茄，父亲学外国大亨已经学得很像了。李钟鸣说："好多年前你掉进粪池里知道是怎么掉下去的？你的脑袋钻在裤裆里一钻就是十多年，你不急我急，我想用棒子把你的脑壳敲出来，你至死不肯出来。""儿子，爸现在出来了。""出来的是你的鸡巴，你的脑袋没出来。""畜生你胡说什么？""厕所里栽跟斗离屎近，可你并没死里逃生。"老李自言自语："大家都以为我出头了，连长也以为我出头了，报纸上还登了我的照片，头版头条大家都说我像香港大亨李嘉诚，我怎么成了鸡巴？""连长早把你变成猴子了。猴子就是动物，动物就是牲口。"

李钟鸣留下饭钱，回河南老家去了。

他在郑州亚细亚大商场碰到王宁，作家王宁来郑州参加笔会，采访亚细亚商场总经理，准备写大型报告文学。王宁很激动，"这是一颗原子弹，将在文坛刮起蓝色冲击波"。李钟鸣说："你是拔人家的尿毛给自己栽胡子。"王宁没想到老朋友这么深刻。王宁说："想起跟你在一起的日子真叫人难忘啊，青春岁月就这样过去了。"李钟鸣说："不是青春岁月过去了，是脑袋钻裤裆里头了。"李钟鸣就开始扒火车，抢汽车，拆飞机。李钟鸣入狱后，王宁看望他。

"你拆的那架飞机是王慧的，她三次太空飞行都没有成功，她每次进入太空总是情不自禁飞向月球，保健医生说她对月球有某种情结。你们之间到底发生过什么？"

李钟鸣想起那年秋天，少女王慧接到入学通知书，而他正在劁猪，那天他把蛋弄丢了。王宁说："不是蛋是箭，嫦娥登月时，后羿没箭了。那时，天上有九颗太阳，后羿把箭全射到天上，一支也没留，老婆登月时，后羿一点办法都没有。"李钟鸣说："我喜欢过她，并没有阻拦她。"

第二天李钟鸣被枪毙了。

王慧对王宁说："他确实没拦我，反而劝我离开这鬼地方。他说古尔图没尿意思，地球也没尿意思。"

李钟鸣死了，王慧不再是少女，她成了真正的地球使者，内心一片荒凉进入太空。

卷四

白　碱　滩

据说蝴蝶扇一下翅膀，在地球的另一端都要引起一场风暴；从天山腹地起飞的一大群白天鹅穿越准噶尔盆地，飞往遥远的西伯利亚，理所当然要发生一些故事。

真有这么一个老头在白碱滩等候着天鹅。

准噶尔盆地的底部，大戈壁环绕的一块绿洲，土壤大部分为戈壁沙土，土层薄，有机质少，地下水常常渗出地面，淤倒房屋，更严重的是泛起白花花的盐碱。人们想尽一切办法治理盐碱地。白花花的碱滩退到盆地的底部，大地在这里才真正地辽阔起来。人类的痕迹仅仅是一些留在盆地边缘的城市比如石河子、奎屯，还有车排子、下野地、大拐、小拐这些长满庄稼的好地方。一代人就这样老了，老得一塌糊涂，脸黑得像涂了一层沥青。他们常常遥想麦浪滚滚的年代。如今土地还滚动着金色的麦浪，可还有更多的荒地。那些荒地离城市已经很远了，离车排子、下野地这些肥沃地带也有一百多公里。老头运气不怎么好，白花花的盐碱地跟爬犁一样把他拖到大漠深处……老头年轻的时候在营部当通信员，营长娶了一位内地大城市来的漂亮女人，后来听说这女人当过舞女，营长就受不了啦，三天两头打女人，往死里打，劝都劝不住。通信员是个愣头青，忍无可忍，冲上去把营长暴打一顿，拉起那女人说："她是个人又不是牲口，你不要我要。"带上女人到最偏远的白碱滩去开荒。女人死的时候荒地已经变成良田，跟整个绿洲连成一片。血气方刚的通信员也变成了一把老骨头，可他还是无法摆脱白花花的盐碱地。人家总是把最差的地分给他们家。白花花的碱滩跟狗一样很忠实地守在他们家门口。他们家的房子跟古代的烽火台一样，从准噶尔盆地边上一溜儿排下去，地势越来越开阔，老头的骨头跟干柴火一样嘎嘎嘎裂开了。

有一天他看见蓝天上出现一群白天鹅，他就想入非非，想让白天鹅落到地上给儿子做媳妇。凭老头的能力很难给儿子娶到媳妇，越是困难这个想法就越强烈。老头每天都要到村口的大道上去看一看，那里没什么遮掩，视野辽远。白天鹅一年只来一回，老头不管这些，老头很专注地看着。村口的大道上真的出现娶亲的车队。新娘子是连长从奎屯娶来的。老头高兴死了，好像自己家里办喜事。老头凑了一百块钱的礼金，争取到一个挺不错的席位，喝到新娘子敬的酒。喝了喜酒，老头就摇摇晃晃到村口去了。

村口有许多树和孩子，孩子们问老爷爷你找什么？老头嘿嘿笑，到树跟前摸一摸，是老榆树，比老头还要老的老榆树。老头靠着老榆树抽烟呢，他连莫合烟都抽不起，他卷在纸筒里的是葵花叶子沙枣叶子和红柳叶子，抽一口就要咳嗽好半天，咳着咳着他就坐地上了，他全身都在冒烟，老榆树也在冒烟，灰白的沙石大道伸向远方，忽然一下就消失了，跟惊飞的大鸟一样，老头也受惊了，呼一下站起来。

老头跟哨兵一样守在村口，冬天到了，纷飞的雪花就像真正的天鹅。老头待在屋子里给儿子们讲草原上的故事，在那个故事里，有个贫穷的牧羊人，娶不到媳妇，他就到海子边祈求上苍，上苍就把飞翔在海子上空的天鹅变成女人，嫁给这个憨厚的牧羊人。儿子们就难受了，"爸爸，你是穷疯了，我们不要媳妇"。

老头有两个高大结实的儿子，老头完全可以过上好日子。可老头的日子很糟糕，总是种那些荒地，这种地是赚不到钱的，而且还赔得厉害。种棉花种打瓜子的好机会总是轮不到他们家。老头的两个结实高大的儿子，老大性子暴烈，你千万不要以为暴烈的小伙子只会打架斗狠，他要种地，种好地，那片绿洲上有多少肥沃的土地呀。他的愿望强烈得不得了。他去找管事的连长提出这个要求，遭到断然拒绝。种好地要给干部一定好处，老大除了一身好力气还有一副好脑瓜子，老大赌咒发誓，等秋天丰收的时候一定报答连长，可连长不相信空话，不相信任何承诺。连长脸色已经很难看了，老大还在喋喋不休，连长就烦了；连长同志也应该看看老大的脸色，高大结实的老大嘴唇哆嗦，脸色发青发黑，肩膀抖得跟地震似的，强挣着严重变形的笑脸。老大已经不知道自己在说什么了，老大听见连长在冷笑，老大还听见连长在骂人，骂的这个人就是他，骂的还不是一般的话，是很难入耳的脏话，其中有一句直接引发了一系列事件，原话是这样说的："尿本事莫有还想种好地，到你娘肚子上种去！"这就很伤一个农工的自尊心，这个农工一下子就愤怒了，挥着拳头大吼："我就有这尿本事，我就有这尿本事。"

老大气狠狠走出连长家的大院子，穿过林带，迎面碰上连长的漂亮老婆。老大那副模样把这个漂亮女人吓坏了，她结结巴巴只会说："你要干啥？"一下子把老大给提醒了。"啥都不干就干你！"女人啊一声就喊不出来了，嘴一张一张光出气不出声。老大狠下心要试一下他的尿本事，老大跟豹子一样扑上去，裹挟着漂亮女人穿过林带，进入茂密的沙枣林。老大啥都不顾了，老大把帽子往后一掀，狗子撅得高高的，跟一门大炮一样，往后一缩又往前一伸，嘴里还嘿嘿乱叫。"甜菜！"女人就成了一个甜菜坑。"草木樨！"女人的身体就散发出草木樨的气息。"棉花！"老大的目标就是棉花，种地的人都喜欢种棉花，白花花的长绒棉才能让一家家农户的日子兴旺起来。谁也不想种甜菜种草木樨，那是垦区最臭的地，是盐碱地，挖渠排水，种甜菜，种草木樨，把土壤改良过来才能种麦子种玉米种棉花。老大就用整治盐碱地的法子整治连长的老婆，他感觉到身子下边的女人不再反抗软绵绵跟一

218

堆白棉花一样时，他的气也消了，他系上裤子就出去了。沙枣林撇到身后，他根本不知道他做了什么。他回到家时，脸红润润的，一身汗气，弟弟以为他帮谁家干活累成这样子。

过了几天，那个漂亮女人重新出现时，老大才想起了自己干过的事，这下老大可就软了，矮了大半截。那个漂亮女人这回变成了豹子，扯住老大的耳朵，跟牵一头羊一样把可怜的老大牵到红柳丛里。老大后来对弟弟回忆说，被这娘儿们强暴了一回。弟弟，也就是他们老二，一个忠厚老实的小伙子，听不明白女人对男人的强暴是怎么一回事。

"男在下女在上。"

"男在下，男在下什么意思？"

"等你有了女人你就懂了，你这傻瓜。"

"那么凶干吗？你也没有女人呀，那是人家连长的女人。"

连长的女人三天两头来找老大。那些茂密的红柳丛沙枣林成了他们的安乐窝，尤其是那些红柳，跟熊熊大火一样把大漠全都照亮了。

老头亲眼看见老大和那个骚女人钻进红柳丛，老头跟一块石头一样一动不动。老头足足吸了十根莫合烟，红柳丛里的战斗才结束。女人从那头走了，老大差点踩在父亲身上。蹲在戈壁滩上的父亲活像一块石头，落满尘土的石头动一下又动一下慢慢变成他的父亲，父亲指着他的裤裆说："掂掂你那驴锤子，那女人你能日吗？你这么一日，咱只能在盐碱滩

219

上去过日子。"老大的头就垂下来了。父亲啥时走的他都不知道。

老头再也不到村口去了，老头从村庄另一头出去，到白茫茫的碱滩上，防风林带隔开了沙丘，沙丘那边是大戈壁。村庄里的人打柴火才到这里来。这块荒地是打不下粮食的。老头的军垦生涯是从奎屯开始的，奎屯都成一座城市了，他却沦落到奎屯河消失的地方，在一大片碱滩上过日子。也只能在碱滩上过日子了。

老头就要了那片荒地。连长满口答应，连长不知道自己老婆的故事。连长问老头有啥困难莫有。老头说莫有莫有。老头倒退着往外走，差点碰倒花盆，连长家的院子里摆着许多名贵的花卉。连长的老婆埋怨丈夫："你心就这么狠，上年纪的人能种盐碱地吗？""他自己愿意，我又没逼他，他有两个儿子，壮得跟牛一样。"

跟好多年前一样，老头又回到了荒原。他不可能再有美丽的女人了，可他有两个儿子。儿子们站在白花花的碱滩上发呆。这不怪他们，他们没有经历过拓荒时代。传说中的故事马上就要发生在他们身上了。老大知道这都是自己惹的祸，老大挥起铁锹铲厚厚的白碱，一锹下去没有铲透，连泥土的影子都没有，老大老二的鼻子酸酸的。他们的父亲哈哈大笑："娃娃，碱是铲不净的。"他们的父亲抢起十字镐挖掘坑道，挖开坚硬的碱壳，很快露出土地的面孔，阴冷死板的土地，老大老二还没见过这么丑陋的土地。他们的父亲，那个七十多岁的老头干得多欢实！老头的双脚很快就泡在水里了。

　　垦区的孩子从小就知道父辈们开天辟地的光荣历史，展览馆里全是这些东西，坎土曼、二牛抬杠、磨损的铁锹和十字镐。老大老二紧跟着他们的父亲开始重演几十年前的历史。他们很快就进入三四米深的壕沟，把地下水排出去。土壤被洗了一遍又一遍。老二是个本分老实的小伙子，老二计着数总共洗了二十三次，粗糙的土壤开始细腻起来。老大不由自主地喊起来："跟女人的肉一样。"老二还没尝过女人的滋味，老二迷迷瞪瞪，老头也迷迷瞪瞪，好多年前妻子就去世了，老头已经记不起女人的肉了。老头那双手跟干硬的梭梭柴一样，不要说触摸泥土，就是摸一下石头，石头也会发抖。老头把手伸进水里泡一泡，在衣服上擦干，伸到阳光里烤，那干硬的手开始变热，老头闻一闻，儿子们也闻一闻，儿子们闻到了阳光的香味。老头跟孩子一样笑眯眯的，"咋样？像不像干草？"秋天草原上金黄的牧草就是这种气息。老头可以放心地触摸泥土了，他捧着清洗出来的泥土，就像捧着刚出世的婴儿，他咧开嘴笑，嘴巴里只剩一颗牙齿，被烟熏得黑乎乎的，老头迟早会用那颗了不起的牙齿品尝泥土。现在还不行，现在用手就可以了。老头捧着泥土，跟梦中人一样自言自语："它是有翅膀的，老天爷呀，你都看见了，只要它愿意，它就能变成甜菜变成麦子变成棉花。"一只雄鹰滑过天空，天空渐渐开阔起来。老头小声说："土是很娇嫩的，不能太粗暴。"

老大下手太重，简直是在抓一头猛兽，老头就责备儿子："轻一点，轻一点，土地太单薄，男人的手跟铿刀一样，男人嘛应该这样子，心要温和手就变得跟棉花一样，我们迟早会种上棉花的。"

老大猫着腰搓那些新鲜的泥土，像在练一种高深的功夫。太阳在大地的四周燃起大火，大地中间那片地方暗下来，林带消失了。老大手里还攥着软泥，土地跟一条鱼一样，老大松开手，土地就回去了。

老大回到父亲和弟弟身边。他吃饭很少，老二说大哥你不舒服，明天你就睡觉。老头把老大叫到外边，老头说："挖渠排水，天天泡在水里，还要找女人泄火，你不要命啦。"老头在老大头上摁一下，老头再也摁不动老大的大脑壳了，老大跟一头黑熊一样，胸膛里燃烧着一团大火，老头不能碰那厚实的胸膛，老头就在老大的肩膀上拍一下，"睡觉去吧儿子"。

老大胸中的大火越烧越旺，老大紧紧攥着刚刚清洗出来的泥土，他就捏着那么一小撮，在手指间捻啊捻啊，泥土就细腻起来，跟一条鱼一样，冰凉而矫健，土地全部回到他手上。那是多么大的一条鱼呀，一下子就把他从床上拽起来了。老大在黑暗里坐着，外边是蓝汪汪的夜空，他在这里出生、长大，他头一次发现大漠的夜色是一片辽阔的纯蓝，在这样的蓝色之夜，人就很容易变成一条大鱼。老大很吃惊地看着大鱼从他的双腿间挺起来，老大就像年画上骑鱼跳龙门的孩子，老大骑着他自己的大鱼出去了。

老大是去干一件男人的事情。外边冷风一吹，老大就清醒了。老大给马蹄子裹上布，其实是他的破夹克衫，老大把它撕开，变成骏马的鞋子。老大牵着马，轻手轻脚离开父亲和弟弟，就像去偷袭敌营，走出好几里地，老大才敢纵马疾驰。

老大和他的马穿过荒漠和林带，穿过庄稼地。骏马知道主人要去干什么，骏马就激动起来了，骏马的龙骨挺起来，骏马的屁股跟车轮子一样圆滚滚的，驮着主人往前蹿，蓝色的大漠之夜被骏马划出一条通天大道。

老大把大黑马拴在榆树上，老大认识这些高大的榆树，一排排榆树把房子围起来。房子全黑着灯。已经是后半夜了，昼夜温差大，老大冻得直哆嗦。他退到大黑马身边，马热乎乎的，他靠在马身上取暖，他就想起那女人的种种好处。他又走进林带，一直到最后一排榆树跟前，他想叫那女人的时候才想起来，女人从来没有告诉过他自己叫什么。他胸膛里的大火开始弱下去。他连一点热气都没有了。他已经趴地上了。房子还黑着灯，可门开了，一个人影奔出来。那是他的女人。女人在夜色里有很清晰的香味，还有被窝里的燥热。女人被厚实的大黑熊擒住了。老大下边那剽悍的大鱼

223

已经满足不了一个男人的力量了，老大想让自己的力量锋利一些，双腿间的大鱼就成了一把锋利的刀，捅到女人的身上，女人就硬了，绷得直直的，很吃惊地瞪着老大。老大双手扳住女人的肩膀，老大很认真地用双腿间的刀子捅啊捅啊，老大就用这把刀子顶着女人，一直把女人顶到一棵雄壮高大的榆树上。女人叫起来，"你攥的是什么？"

"是清洗出来的泥。"

"有这么细的泥？"

"我们忙了一个月，刚刚洗出来的。"

"没有这么细的泥，还带着香味呢！"

"我爸尝过了，是香的。"

排水渠越来越深，更多的泥土被洗出来。老头对儿子们说我们要开始受罪了。老头出去一次，带回一头肥羊。老头在这里生活了一辈子，搞一头羊不是什么难事。淫羊藿和羊腰子全让老大吃了，老头逼着老大吃下去的。老头跟老大进行一次很严肃的谈话。不知老头给老大说了什么，老大牵上马，跟老二打个招呼就走了。

老二说："他去哪儿？"

老头说："他去干一件很累的活。"

"有挖渠累吗？"

"比挖渠累。"

老二经不起折腾，腿脚流出血，把积水都染红了。老二是个老实本分的小伙子，老二对老大有怨气，可老二不说出来。世界上还有比挖渠排水更累的活吗？鬼才相信老大下苦呢。老头一口咬定老大在下苦，老二慢慢就相信了。他们兄弟都是吃苦受罪的命。老二的泪都流下来了。碱水泡着血丝，跟在刀子上干活一样。有一天，老二的腿脚跟木头一样失去了感觉，老二就喊起来："不疼啦，哈哈不疼啦。"老二使劲敲打麻木的双脚，"爸，它会不会再疼？"老头给儿子下了保证，不会再疼。老二高兴死了，一双没有疼痛的脚，也不再流血，老二还怕什么呢？老二欢实得像个小牛犊，在泥水里扑通扑通跳。老头的心情也畅快起来，老头太喜欢这个儿子了，老头说："人年轻的时候就要练出一双好脚。"

"我哥还能练吗？"

"他练不成啦。"

"他能干重活吗？"

"他能干重活，可他不能在水里泡。"

"他能洗澡吗？"

"能洗澡，就是不能在泥水里泡得太久。"

老二有一身好力气，老二还有很旺盛的火气，麻木的腿脚不影响血气的流通，他可以随心所欲指挥手脚，他几乎干了老大那份活。

积水被排干了，泥土全被洗出来了。就像淘出来的金子。我们有这么多土，老二问老头种什么，老头说："种甜菜。"

老头告诉儿子："这块地熟起来还得好几年，你闻闻，它还有一股腥味，得让它慢慢熟悉我们的庄稼，跟请神仙一样把麦子、玉米和棉花从土地里请出来。"

"你这不是说梦话吗？庄稼是长出来的，不是请出来的。"老二念过书会算账，老二一笔一笔地算啊，额头上的汗珠都出来了，老二算了满满一大张纸，密密麻麻的数字比他头上的汗还要多，老二的声音有些颤，"爸，咱们永远也发不了家"。

老头不吭声，老头从儿子手里抓过那张纸对着太阳看半天，卷成一根大炮，里边装满葵花叶子红柳叶子和沙枣叶子，老头的嘴里冒出一股青烟，烟团散落地上，地上好像着了火，远远近近的土地，荒凉的盐碱地跟一堆湿柴火一样，没有一点火星，只能冒出一丝丝青烟。老头咳嗽，老二也咳起来，老二从老头手里夺下那半截子烟丢在地上，踩灭，老二跑了。

越过荒地往前就是戈壁滩，戈壁滩的边上涌起一堆堆石冈和沙丘。老二爬到沙丘上，老二往沙槽里一躺，人就成了一道窄缝。老二心里好受一些。

他们家在村子最北边，紧挨着戈壁滩。兄弟俩从小就到戈壁滩上玩，老大喜欢石头，抱起大石头摔到另一块石头上轰隆隆开山放炮一样，两块石头都碎了，碎石头又被老大抓在手里，一声呼啸飞向远方，四面八方都是老大的目标，呼啸的石头会在戈壁深处砸出一团火花，好像天上落下来的陨石，呼啸的石头也砸伤过牲口和孩子们的脑壳，老大就吃苦头了，老头惩罚儿子的手段是很厉害的，老头那根军用皮带呼啸起来可比石头厉害多了。在兄弟两人的成长过程中，那根皮带几乎是老大的专利，老二是分享不到的。老二喜欢爬沙丘，老二最调皮的举动就是顺风扬沙子，起风的时候，只要把沙子稍微扬起一点，沙子就跟凶猛的鹰一样呼啦蹿起来，蹿成一道线，几百米外的芦苇倒下一大片，林带噼里啪啦落下一大片残枝败叶。

老大给好多人制造过麻烦，可大家都赞赏老大，老二从小就崇拜老大。老大竟然从转场的哈萨克人的马群里盗来一匹马。盗马贼是个十二岁的孩子。一大群草原骑手在戈壁深处跑了三天三夜，堵住了骏马和这个孩子。草原汉子不相信盗马贼是个孩子，抓住老大问个不停。那匹烈马已经成了孩子的好伙伴，好伴当，在一旁不停地跳啊叫啊，狂躁不安的样子好像要把世界撕成碎片。孩子奔过去抓住马鬃，大白马一下子就安静了。骏马找到骑手，就是这小巴郎子。老大成了哈萨克人的贵客，成了大白马的主人。后来老大骑着这匹神骏去参加赛马盛会，输给了阿勒泰青河县的蒙古人，蒙古骑手是费好大劲才赢了老大的，按草原的习惯，他们要喝酒的，喝趴下才算数。老大把蒙古朋友放倒了，他也倒了，他们就成了好朋友，任凭大白马嘶叫打滚，喝醉酒的老大抱住大白马，唱了两句：

大白马啊大白马，

不是你没有速度，

是你的背上没有好骑手啊，

跟着好骑手啊，你快如风。

大白马就送给朋友了，成了草原上嗖嗖的风。蒙古人的马群里有的是好马，朋友你挑吧，老大就挑了一匹小黑马，一匹火炭一样黑黢黢的小马驹，刚生下来四十天的小马驹，老大牵着它步行穿越大戈壁回到遥远的村庄。老大的眼力不错，小黑马很快成了一匹骏马，老大骑上黑色的神骏，去过草原去过天山阿尔泰山，连牧人们也胆怯的大戈壁他都进去了，他跟大家吹牛皮说戈壁大漠里有青草地，没人信他，谁听说过戈壁大漠里有青草地。

老大来看老二了。老二老二，我的兄弟呀！老二从沙槽里坐起来，老二的大耳朵跟翅膀一样扇起来。老二老二，快起来，你怎么能躺在沙槽里呀。老二赶快爬出来，老二不知所措。老大都有点生气了。老二还不快跑，你看你躺的是什么地方。老二揉揉眼睛，老二实在看不出沙槽有什么不好。老大只好把话挑明了，兄弟你不要生气，你仔细看，沙槽像不像棺材？老二大叫一声，撒腿就跑，大石头挡住了狂奔的老二。老二站在大石头上就像一只狗，叫了十几声哥。

老二看见远处荒地里的父亲，父亲在白茫茫的碱滩上露出半截身子，父亲就像埋在土里的黑石头桩桩，父亲弯下腰在洗碱土哩。老二不喊叫了，老二过去了。老二在干苇丛里走了好半天才走到父亲跟前，父子两个干活不说话。干出一身汗，话也就出来了。老头说："你难受你就到沙堆堆去躺一会儿。"老二身上的汗珠滚豆豆，老二不接话。老头说："我在沙槽子里躺过，软乎乎的跟热被窝一样。"老二身上的汗越冒越多，从脊梁骨淌到沟渠渠里，裤裆里都湿了，跟尿尿一样，这么多汗。

老二在戈壁滩上碰到了老大，老二刚要喊，从红柳丛里传来女人的声音，老大就钻进去了。老大的宝贝骏马卧在低坑里，悠闲地嚼着豆子。老二在村子里碰到过这个女人，这个女人主动跟他打招呼，还问他爸身体好不好，不要累着。女人大大方方，说完话就走开了，好像跟老大没啥关系一样，好像就是个梦。老大很容易就把这个女人哄到地里，不是庄稼地，也不是生长着芦苇的地方，干硬干硬的戈壁滩，跟月球一样荒凉，女人偏偏爱往那地方跑。

老二往后退，老二一直退到荒地里，老二再也感觉不到荒地有多荒凉了。

"我哥到戈壁滩上去了。"

"他能嘛。"

"戈壁滩那么荒凉跟月球一样。"

"嫦娥上去了嘛。"

老二再就不吭声了。老二一把一把撒种子，甜菜种子埋进土里，老二连脚都不敢往上放，老二倒退着埋种子，种子上的土又细又软。老二终于退到地头上，老二拍拍手，问父亲，那个哈萨克牧羊人的故事是不是真的。老头在儿子后脑勺拍一把，"爸能骗你吗凉娃娃"。老头又把白天鹅的故事讲了一遍，老二听得很认真，老头就讲出了奎屯那地方，天鹅一样的丫头就在奎屯，离白碱滩很近。

"一百多公里呢。"

老二知道白碱滩离奎屯有多么远。老二还知道奎屯的好丫头不会轻易落到白碱滩。

奎屯确实有个好丫头，丫头还没有意识到要做老二的媳妇。丫头连白碱滩这个地方都不知道。谁能知道后来的事情呢？待在奎屯就先说奎屯的事情吧。奎屯是一座挺不错的城市，大街、楼房、商场、火车站广场、音乐喷泉，一座新兴的亚细亚城市，围在宽阔的林带中间，郊外有大片大片的葵花啤酒花葡萄玉米和棉花。植物的气息异常猛烈，春天到了嘛，丫头却感到异常的寒冷。奎屯在蒙古语里就是寒冷的意思，征服了世界的蒙古兵途经奎屯，冻得直跳，跳着跳着就叫起来："奎屯！奎屯！"土著的哈萨克人习惯了北疆的寒冷，他们喜欢茂密的苇子和牧草，草丛和苇子地里咕噜咕噜冒出清澈的泉水，哈萨克人就把这地方叫哈拉苏——泉水的意思。这个汉族丫头在春天里爱上了一个不该爱的男人，一年以后也是春天的时候，她不得不去医院里刮掉肚子里的孩子。蒙古语和哈萨克语同时在她身上起了作用，泉水刚刚流到草地就遭到了寒流的袭击。丫头咬着牙走进医院的大门。

　　医生很冷静地给她介绍这个小手术的弊端：这将影响你的生育。丫头瞪大眼睛，眼瞳里空荡荡的，她从来没有考虑过生育。医生就有必要提醒小丫头："这种事很容易导致怀孕，你应该知道的，你为什么不采取安全措施呢？不想要孩子的女人都这么干。"医生很有耐心，护士已经用嘲讽的眼神看医生了，医生还耐着性子给病人介绍各种避孕工具和药物。

　　"我都用过，全都失败了。"

　　医生不再理这个傻丫头，医生戴上手套，准备进手术室。丫头已经进去了，医生也准备好了，护士可以放开胆子嘲笑医生，护士说："现在的小丫头什么不懂啊，你以为她是学龄前儿童？给人家上生理知识课。"医生说："她的身材太好了，一万个女人里面只能有一个，万分之一呀。"护士声音大起来："又不是良种马，你什么时候都是用这种眼光看女人。"医生每天都用这种眼光看医院里的护士，医生一点也不在乎护士们的情绪，医生自己却动了情绪，医生说："我真不想做这种手术，毁坏一个女人的身体真是造孽。"护士说："是她造孽不是你，你难受什么？"护士进去了，医生也进去了。可以听见那个丫头的叫声，好像有人在杀她。其实她不用这么害怕，手术非常成功。丫头出来的时候还在发抖，好像受了一场侮辱。这回医生没吭声。护士对丫头说："应该让他陪着你，有个人照应你也不会吓成这样子。"丫头的脖子还在抖，丫头努力记下护士的话，护士就告诉她，"最好不要再到这里来了，这里不是什么好地方。"丫头已经镇定下来了，脸色还有点苍白，手扶着腰一瘸一拐。

她很快就到家了，一个很宽敞的大院子。奎屯有许多这样的大院子，种着蔬菜鲜花和葡萄，母亲不太老，五十多岁的样子，在院子里晾雪里蕻。那里有几十个大瓶子，装满了西红柿。炉子上的钢精锅轰隆隆响，母亲从热气腾腾的锅里取出蒸好的西红柿瓶子，女儿帮她扎紧瓶口，再放进几个大瓶子。

母亲问女儿今天咋回来这么早。

女儿说单位没什么事就早早回来了。

女儿跟一头鹿一样，头发那么黑那么密，在脑后一甩一甩，母亲都看呆了，母亲看得那么认真那么细致，女儿都生气了，女儿噘着嘴到自己的小房子里去了。透过窗户，母亲还是能看到床上的女儿，她还是个孩子，就像个布娃娃，长得再高还是个大布娃娃。母亲看着这么乖的女儿，母亲就不再看了，吃饭的时候母亲又犯了老毛病，看着埋头喝汤的女儿都看呆了，女儿一抬头就叫起来。

"你老看我，你看我干什么？"

"这孩子，看看你又少不了你一块肉。"

"我就是少了一块肉！"

女儿推开凳子，跑进她的小房子。

种子又在丫头身上发芽了，被人喜欢又不能嫁过去的丫头特别容易怀孕，这是没办法的事情。她只有一个愿望，希望那个神秘的男人陪她去医院渡过难关。那个男人二话不说就陪她去了，这个勇气男人还是有的。他们坐的是桑塔纳，不是红夏利，坐上去很舒服、很安稳，男人关照司机开慢一点。黑乎乎的桑塔纳跟船一样向前滑行，时间一下子就拉长了。奎屯其实是一个小城，任何车子只要使足劲开，十五分钟就能穿城而过，可要慢下来，就好像置身于大上海。今天的奎屯显得特别大，是个标准的大都市。丫头特别留恋这个地方。种种迹象表明她会在这一天离开人世，到另一个世界去。她跟个孩子一样，瞪着眼睛看街景，她的嘴巴都张开了，后来她把脸贴在车窗上，泪水尽情地流淌，跟雨天似的，车窗玻璃被冲得一道道的。

　　医院就这样出现了。

　　男人开始解释他为什么不能在这里出现，男人娓娓道来，声音又轻又温和，司机近在咫尺也听不清。司机才不管这些呢，司机从镜子里看见丫头摇头，不停地摇头，后来就不摇了，那个精致的小脑袋突然弯下去，像是被挤破似的放出一团湿漉漉的抽泣。男人从容不迫，很有耐心，男人对着这个湿漉漉抽泣的脑袋又很温和地说了长长一段话，司机都被打动了，司机把烟摁在方向盘旁边的铁盆子里，司机很吃惊地回过头看这个男人。这个男人太了不起了，怪不得有漂亮丫头肯为他献身，却不肯告诉任何人，包括自己的亲人。

233

男人曲里拐弯问清楚了，丫头的父母哥哥都不知道这件事，怀孕的事以及他们相爱的事情。男人全都问清楚了，男人松一口气，只是很轻微的一口气，丫头是觉察不到的。丫头的抽泣越来越慢，终于停下来，丫头拉开车门下去了。她的背影很好看，司机都看呆了。司机越发钦佩这位了不起的男人，司机就掏出好牌子烟让男人抽，男人不客气地点了一根，司机说您一定是南方来的大老板。"我就是奎屯人，你当我是天外来客？""没想到，真的没想到咱们奎屯有你这么了不起的人。"这个了不起的人给司机足够的钱。"她喜欢桑塔纳，不喜欢夏利，我答应用桑塔纳送她。"这个了不起的人打另一辆车回去。

丫头躺在手术台上，全是叮叮当当的铁器声，向外边望了望，要是那个男人在外边就好了。她问护士："我还能生育吗？"

"这个不好说。"

"听说有些女人刮四五次都没事。"

"人和人不一样，有人刮一次就废了。"

"废了？你说废了什么意思？"

护士问她做不做，她就闭上了嘴。时间慢下来，时间慢得让人不可思议。其实手术很快，刮宫是很简单的小手术，几下就完了，可回荡在手术室里的尖叫声把时间拉得很长。

院子里的白杨树哗哗响起来，那棵最高的白杨树静静地看着她，那么高的白杨树，树皮都裂开了。爸爸肯定知道他的女儿在医院里受罪，爸爸会叫她离开这里。白杨树是很听话的。大白杨树带着小白杨树，走出医院的大院子，她知道爸爸要把小白杨树带哪里去。

爸爸曾经是个老边防军人，带着十几个士兵守在阿尔泰山最荒凉最偏僻的一个哨所里，那地方不要说白杨树，连一棵草都没有，连一只虫子都没有。士兵们到哨卡半年后就不会说话了，沉默的大山把他们全都征服了，跟石头唯一的不同就是眼睛，眼睛要观察边境线上的动静，要把每一天的情况记录下来：某月某日，刮大风，山石崩裂堵住小路；某月某日，老鹰飞过山谷。最神圣的日子莫过于秋天，从天山深处起飞的天鹅穿越准噶尔盆地飞往遥远的西伯利亚，边防哨卡是白天鹅的必经之地。士兵们全都奔上山顶。值班士兵是最幸运的人了，他站在岗楼上可以用望远镜把九千米高空的白天鹅拉到眼前，他看到的岂止是美丽的天鹅，整个天空全让他看到了，他还要做记录，记录本上写着"我看见了天空""我看见了蓝天"，有的士兵竟然"看见了白天的星星"。没有人写出"白天鹅"三个字，那是公开而又最隐秘的三个字，是羞于说出口或形成文字的，在哨卡上当过兵的人最终明白这样一个道理，男人的羞涩远远超过女人，幻想和梦永远藏在男人的心里。候鸟是有规律的，那几天，士兵们都要洗澡刮胡子，换上礼宾服，等待白天鹅。按规定服役三年可以离开这里，这里太偏僻了，差不多五年以后才能离开。尽管望远镜可以把白天鹅从九千米的高空拉到眼前，士兵们的心灵却让白天鹅带到了九霄之上，他们沉浸在高高的蓝天上。

有一个年轻的士兵在岗楼上用望远镜观察白天鹅，他的脖子长长伸出去，他的腿也在不知不觉中长长地伸出去了。他走下岗楼，顺着山道往上爬，很陡峭的山道，每一道石纹他都很熟悉，他不用看脚下，他端着望远镜，一直走到山顶，万丈悬崖的边上，海拔四千米的灰蓝色的阿尔泰悬崖，辽阔的蓝天万里无云，空气跟水晶一样透明，年轻的士兵再也不需要望远镜了，他把望远镜挂在石头的尖嘴上，大踏步朝白天鹅走过去，一直走进蓝天深处……老连长受到严厉的处分，跟生命比起来处分算什么？必须让士兵们相信大地上的生活，生活不在九千米的高空。大地上有天鹅吗？士兵们不吭声，士兵的眼神里全是这意思。有一朵花，有棵树，有一丛野草也好呀，它们能把人的目光从幻想中解放出来。老连长在阿尔泰山服役快二十年了，阿尔泰山有大地上最美丽的白桦树，有最清澈的河流、湖泊，有丰美的草原，可在阿尔泰山伸向戈壁的地方什么都没了，戈壁上还有骆驼刺有四脚蛇，这里连蚊子都没有，漫长的服役期里，荒山野岭就是整个世界。后来老连长想到了女儿，女儿七岁了，他只见过女儿两次，女儿的照片装在皮夹子里，生活离他很近，离士兵太遥远了。探亲的时候，老连长带着女儿从奎屯来到边防站，女儿一下子成了大家的心肝宝贝，孩子把每个士兵都叫爸爸，大家空荡荡的眼瞳里闪射出神光。那正是一年中最美丽的秋天，白天鹅缓缓地飞过来了，跟天鹅一样的小姑娘站在岗楼上端着望远镜大声叫起来……士兵们回到了大地上，小姑娘到了天上。

她跟爸爸到边防站去过两次，那正是一年中最美丽的秋天，白天鹅缓缓地飞过来了，小姑娘的心让白天鹅带到了高高的蓝天上。爸爸退役回到奎屯妈妈身边。在奎屯是看不到白天鹅的，女儿问爸爸这是为什么，爸爸告诉女儿，人烟稀少的地方天鹅才会出现。

"我查过地图，所有的候鸟都要过奎屯。"

"那就不是九千米的高度了，至少也在一万米以上，肉眼是看不到的。"

"它们为什么要躲开城市？"

"城里人太多，人不珍惜人。"

爸爸很怀恋过去的艰苦生活，十几个士兵跟亲兄弟一样。现在爸爸领着宝贝女儿到荒郊野外去了……

"爸爸，你要带我去哪里？"

"我们去宝木巴圣地。"

这是爸爸在阿尔泰蒙古人那里听到的人间仙境，他给战士们讲过，战士的心全都到了天上，跟白天鹅去了。爸爸受到严厉的处分，再也没有提升过，从正连级上转业到奎屯。丫头已经是个大姑娘了，慢慢也明白过来了，她只是一个普通的姑娘，根本不是什么天鹅。后来她参加工作，连天鹅的存在都产生了怀疑。少女的苦闷期比冬天还要漫长。爸爸问她为什么不开心，她反而问爸爸世界上什么地方最开心，爸爸告诉她宝木巴就是人间仙境。

爸爸还唱了一大段蒙古歌谣，她一句也没记住。她已经走到医院大门口了，林带里的白杨树全都哗哗响起来。孩子你要记住，宝木巴就在咱们新疆，宝木巴是英雄江格尔汗的家园，你到那里去吧，你会找到幸福的……

> 江格尔汗啊
>
> 他的人民长生不老
>
> 永葆二十五岁的青春
>
> 他的家园四季常青
>
> 到处洋溢着欢声笑语
>
> 他的家园没有冬天
>
> 始终散发着春天的气息
>
> 他的家园没有夏天
>
> 始终散发着秋天的气息
>
> 他的家园没有严寒
>
> 他的家园没有酷热
>
> 微风习习地吹拂
>
> 细雨绵绵地降落
>
> 江格尔汗的家园
>
> 犹如仙境一般

那辆黑色桑塔纳还在等她，司机问她去哪儿。

往远处开，越远越好。

那位先生太出色了，你应该去找他呀。

离他越远越好。

你会吃亏的丫头。

他是个王八蛋，你少给我提他。

司机铆足劲儿开，很快就穿城而过，连大片大片的庄稼地都抛到后边，再往前是大戈壁。丫头发疯了，丫头还要往前跑。大戈壁里出现沙丘，跟一群野骆驼一样，丫头总算安静下来了。司机告诉她不能往前跑了，那位先生只给我这么多钱。"我有钱。"丫头身上确实有钱。司机说："留下你自己用吧。你够惨了，你想回去我免费送你，反正也是空车回去。"

丫头一声不吭钻出车子，朝沙丘走去。太阳和沙丘。准噶尔腹地大都是固定的沙丘，到处长满红柳梭梭和骆驼刺。

老大回来倒头就睡。老二去喂那匹大黑马，大黑马也累得够呛，老二把马洗刷一遍，回来对父亲说："我哥跟非洲难民一样。"老头说："鬼把他缠住了，有啥办法呢？"

老大待两天就走了。临走时老头跟以前一样，把老二支开，问老大："和那个骚女人还没断？"

"你不要一口一个骚女人，你再这么说她，小心我跟你不客气。"

"呵呵，狗男女还玩上瘾啦。"

"这本来就是上瘾的事情嘛。"老大跨上马背，有点洋洋得意，"那么漂亮的女人，连长能骑我也能骑。""总有你骑不动的那一天。"老汉差点把马摔倒。老大毫不示弱，"谁也甭想跟我比锤子。"老大一抖缰绳，马就高高扬起前蹄，跟打夯似的落下，大地被捣得咚咚响。"爸，看见莫有，我现在就去搅她，我权当搅酸奶呢，酸奶就是在奶桶里不停地搅啊搅啊搅出来的。"

骏马咴咴一阵狂叫，那个女人就来了。老大说我要搅你。女人说："我又不是拖拉机。"到底是城里女人，只知道拖拉机，老大就给他讲这个搅，把女人听得浑身发痒，女人说："你带我跑吧，我要跟你到草原上去，我要亲眼看看哈萨克人搅酸奶。"老大就跟拎小鸡一样拎起女人往马背上一撇，朝马屁股甩一鞭子，马就跑起来。马跑得又轻又快，女人先是尖叫，后来就稳住了，因为马背又平又稳跟床一样，别说一个大人，就是放一个小孩子上去都能跑。这是老大调教出来的马，马认下这个女人，马就轻轻颠晃着跑，把女人颠得浑身发抖，身上的肉跟绸子一样在风中突噜噜突噜噜，女人都能听见这突噜声。

"找死呀你。"

女人拉紧马缰，还不行，女人揪住马鬃，马鬃跟琴弦一样把马身上撼人的勇力全都传过来了，跟高压电一样，女人啊一声又啊一声。

"你要干啥！你要干啥！"

马知道它要干啥，马的脊椎骨跟弓一样高高弯起来，一下子就把女人绷紧了。女人叫老大的名字。老大躺在草丛里，老大还没歇过劲，他刚搅过女人，搅女人是很费劲的。老大嚼草呢，老大跟马一样爱嚼草，有时嚼草根，草根常常划破嘴巴，血糊淋淋，他就用这张血嘴亲女人，把女人的嘴都亲破了，女人大叫："血，血。"

"我的血又不是你的血。"

"就是我的血。"

女人的血是粉扑扑的红，老大的血发黑。

"你这么狠，你吃人呀。"

"我吃人呀。"

老大歇够了，老大又来了精神，老大跳起来，跟中弹的公鹿一样一跃而起，又跟公狼一样长嗥一声，"我端你个盘——子。"骏马就从荒野深处蹿出来，女人跟泡软的牛皮缰绳一样箍在马脖子上，老大把她解下来，她的牛皮绳子胳膊又箍在老大脖子上，老大又嗥一声，"我端你个盘——子。"女人就被老大端在手上。

"你又是搅又是端，你把我嘴都呷破了，你为啥这么狠。"

老大一声不吭，老大只管端盘子，老大跟一匹马一样，端着盘子上天入地翻江倒海。女人一直问这个问题，这个简

241

单得不能再简单的问题女人就是弄不明白。老大从来不回答这些简单问题。女人也一直没问出个所以然，是女人自己慢慢悟出来的。

女人是连长从奎屯娶来的城里人。连长上任三年后，差不多把家安顿好了，该有的都有了，尽管是垦区最穷的最偏的农场，这并不妨碍连长发家致富，富裕起来后，就得有个好老婆。连长从一百多公里外的奎屯弄来一个细皮嫩肉洋里洋气的城里丫头，这是打建场以来头一遭，凭这一手，连长就把大家给镇住了。当然连长镇住大家的办法很多，娶城里丫头这一条似乎让人比较服气，又不是抢来的。打这个女人嫁过来后，连长平和多了，没有以前那么凶了，连长有了一种心理优势。这些简单的问题，女人稍用一下脑子就明白了。有些问题女人就是弄不明白。村庄的墙壁上出现许多圆圈，用油漆画的，用石灰画的，她问丈夫，丈夫说那是吓狼的。

"我刚来的时候怎么没有呢？"

"你漂亮嘛，漂亮女人招狼哩。狼鼻子尖得很，几十里以外的香东西它都能闻出来。"

女人身上确实有一股淡淡的芳香，村里女人都下地干活，怎么打扮都有一股汗腥味。女人以为这里的人老实忠厚，怕野兽伤了她。后来发生了老大劫持她的事情，连老大自己都忘了，老大咬牙切齿地把连长的心肝宝贝干了一通，还不解气，连裤子都没系，光着屁股拔出蒙古牛角刀，女人吓坏了，他会不会杀人灭口？这个凶巴巴的男人压根儿就不看她，攥着刀子，跪在一块大石头跟前。女人后来一直回忆那块圆滚滚的白石头，那么光滑的圆石头，就像一个女人丰硕的屁股。男人用刀子在石头上边凿出一个圆圈，男人手劲很大，刀锋所至火星四射，男人完成这幅杰作才心满意足地走了。女人走进村子时，看到一长串圆圈，她从狂怒中安静下来。这是大家对她的一种向往，一种巨大的想象。她一下子笑出声来，半小时前她刚被人强暴过，这么一笑一下子引起难以抑制的快感。她睡到床上时，就想那块粗糙坚硬的沙地，被太阳暴晒后的滚烫的沙地跟炒锅一样，她快被烤熟了。还有那块石头上的符号。他就这样把一个女人变成原始的符号刻在野地里。她又去了那里，她摸那块石头，还有图案上的刀纹，足足有一厘米深。"你为啥这么狠？"她一次次追问老大。老大就用粗野的歌子回答她：

> 我端你个盘子，
>
> 我吃你个肉，
>
> 你的肉肉噢，是天鹅的肉。
>
> 我牵上大马，
>
> 我套上犁，
>
> 我犁你那二亩地。

老大唱这些野曲儿时非常陶醉，醉了的老人会吐露真言："实话告诉你，大家都想日你，大家都没日上，就我日上了。我跟你那王八蛋男人扯平了。"

丈夫突然发现大家不怎么怵他了，丈夫弄不清楚世界上发生了什么事情，丈夫忍受不了这种罕见的平等。看着丈夫急吼吼的样子她就想笑。她是这个阴谋的参与者，她又好奇又兴奋。她发现老大成了这里的英雄，大家都叫他拖拉机，也有人叫他军垦二号、康拜因，因为他犁了连长的二亩地，也收割了那二亩地。让她吃惊的是大家对她一下子尊敬起来了，完全出自内心。老人们情不自禁地抚摸她，老太太们把她抱在怀里。连丈夫都感到吃惊。

"你这娘儿们，群众关系这么好，你给他们什么好处啦？"

"我漂亮啊，这么贫穷这么破烂的地方，大家看到一个漂亮女人就等于看到了美好的未来。"

丈夫频频点头。老婆确实越来越漂亮了，而且有一种非常神秘的东西，丈夫对神秘的东西不感兴趣。

有一天，老大从阿尔泰带来猫头鹰的羽毛。汉族女人是很少戴羽毛的，她把羽毛装在衬衫口袋里，贴着胸脯，好像有人不停地在抚摸她。老大让她戴在头上她不干。"我又不是哈萨克族女人。""可你得到的尊重和敬意是草原式的。"女

244

人只好把羽毛插到头上，现在可不是谁在摸她的胸脯，她感到一阵阵眩晕，她的脑袋快要裂开了。

"你带我走吧，你想带我去哪儿，你说你想带我去哪儿？"老大就带她到沙丘上去，沙丘就成了一张大床。

"你带我走吧，我想跟你到任何地方去。"

老大就带她到戈壁滩上，戈壁上的黑石头就成了一张大床。沙枣红柳，芨芨草，骆驼刺都是他们的窝。只要那神奇的羽毛插在头上，她就疯了，她甚至在冬天的夜晚，溜出去跟老大幽会；因为她听见苍穹顶上撼人的大风，这个要命的家伙绝不会安安分分待在房子里的。这个要命的家伙很少回家，一年四季在野地里飘荡。她知道都是猫头鹰的羽毛在作怪，老大从阿尔泰带来这撮羽毛，她就没有安宁过。现在大雪落下来了，大风在天上啸叫，而地面上一片宁静，那撮羽毛开始撩拨她的心。她就轻轻飞起来，她无声无息，比雪还要轻盈。她穿上毛皮大衣，她就像一只兽，她缩在毛茸茸的皮大衣里，她溜出村子，她在雪地里跌跌撞撞，她快成一只狐狸了。她就是一只狐狸，一只骚味十足的狐狸，她突然停下来，她相信老大会闻到她的味道。一只真正的狐狸会把骚味放到几十里以外。那天夜里，老大在雪地里搅了她，端了她的盘子。

"我们快变成野兽了。"

老大就给她一个更神奇的礼物，老大让她解开衣服，老大把一只蜥蜴放在她的乳沟里。她是个非凡的女子，她接受了老大的礼物，老大能把猫头鹰的羽毛插到她头上，在她胸脯上放一条蜥蜴有什么奇怪呢，她一下子就适应了这只小动物。她逗它玩，她发现它的眼睛特别温柔。老大告诉她：自从离开父亲和弟弟，他就以大地为床，老鼠啃过他的脚指头，蛇盘过他的脖子，熊和狼舔过他的脸，发现他没有呼吸，熊和狼就离开了。

"陪我时间最久的就是四脚蛇。"老大说的四脚蛇就是蜥蜴，"它总是钻到我的胸口睡觉，还有点怕羞，我胸口的毛就是它给弄出来的，我的胸口都成草滩了。"老大就这样成了一个野人，他的皮肤上有狼和熊的气息，也有跳鼠、蜥蜴、蟒蛇的气息。女人缩在他的怀里总是说："带我走吧。"他总是带女人到野地里欢乐上一回，再放她回去。女人就问他："你是不是以为我是随便说说？"

"你最好是随便说说。我怎么能把一个美人带到雪地里去当野兽呢。"

"你呢？"

"我是男人。"

"女人也一样。"

"做一个窝里的野兽不好吗？"老大摸她胸口的小蜥蜴，"它温柔的目光就像一个真正的女人，还有这羽毛，都快把你变成疯子了，你不知道你有多了不起，你已经做了一个女人难以想象的事情。"

"我没有做什么呀。"

在猫头鹰与蜥蜴之后，老大带来了草原古歌。在那首古歌里，公主爱上了贫苦的牧马人，国王绝不允许一个黑骨头男人娶白骨头的女人。公主就跟着穷小子逃到阿尔泰密林。"他们有一匹马，他们钻进深山老林，谁也找不到他们。"

"你也有一匹好马，让马带咱们走。"

"你男人又不是国王，我不怕他。"

"那我就告诉他，让他收拾你。"

"你想逼我，你这烂女人，我不稀罕你。"老大伸手去拔女人头上那羽毛，女人闪开了，女人把羽毛藏在衬衣下边，把蜥蜴捂紧。老大就笑："吓唬你哩，你别怕。"

"我能不怕吗？我跟个贼一样，我跟个特务一样。睡觉都睁着眼睛，紧张死了。"

"你知道女人最怕什么？"老大捏女人的屁股蛋，捏女人的奶头捏女人的腮帮子，老大告诉她，"女人最怕身上的肉松下来，那样女人还不如死了。"老大松开手，拍一拍，就吼了一腔。

牵上骆驼走戈壁

走到东来走到西

唉呀呀

就是日不上你的×

"你就为这？"

247

"大家都觉得你好看，你确实好看，可你是松的，我第一次见你就知道你那狗熊男人把你莫上紧，好歹是白碱滩的男人，人家城里丫头到白碱滩可不是逛风景，人家总得图个什么吧？"

"你说我就图个这？"女人扇老大一巴掌。老大不生气。老大正儿八经，老大谈的是一个重要的话题，老大说："女人之所以是女人就因为女人把啥都做了还不知道做的是个啥，图的是个啥。""我日你妈。"女人跳起来扇老大，把老大鼻血都打下来了，老大还是不生气，老大正儿八经的，"我说到你的痛处了。""你王八蛋你！"女人呜呜哭起来，嘴都哭歪了，"你竟然说我是松的。"

"你现在紧了嘛。"

"紧你妈个腿，日你妈去，少日我。"

老大一下子就火了，把女人压在地上捶了一顿。老大也没占多少便宜，脸被女人抓烂了，女人还抓他裤裆，老大疼得跪在地上，女人再使些劲他可就完了；女人没有落井下石，趁老大龇牙咧嘴的工夫，女人跟个豹子一样逃脱了。

土地是一个很奇妙的东西，好像一夜之间施了法术，土地膨胀变绿，在阳光下散出甜丝丝的芳香，在夜里就发出一股腥味。"土地怀了娃娃！"老二惊奇得不得了，老二闻到了这股腥味。老头告诉儿子："土地认庄稼一年两年就认下了，人要让土地认下得几辈子。""几辈子？你怎么办？""我有你这个儿子，你把我埋在这里，你就接着种这块地，地里埋的人多了，地就会认下我们。"

甜菜叶子哗哗响起来。老头点上烟，老头让老二也点上，这是老二第一次在父亲跟前抽烟，父亲把他当大人了，老二感到很自豪。老二想告诉父亲一句什么话，老二的耳朵里灌满了甜菜叶子壮阔的声音，老二就不想说那句话了。天就这样黑了，那些植物还在响动，跟一大群牲畜一样，在泥土里翻滚。后来星星出来了，星星也在响动，也在翻滚。老二就站起来看其中最大的那颗星星，老二就对父亲说了实话："我发现星星比太阳和月亮都漂亮。"老二说完就跟着星星出去了。他出了院子，出了甜菜地，一直走到高高的沙丘上，他高举着双手要抓那颗星星时，沙丘忽一下子散开了，老二被埋在沙子里，折腾半天才爬出来。

第二天，老二到戈壁深处挖来一簇火红的玫瑰花，老二连玫瑰根上的土都带回来了，整整一个大土墩，真是个诚实的孩子。老头帮老二挖坑，倒下去十几桶水，都是清水，从十几里外的机井上挑来的。玫瑰长着很结实的花蕾，谁都会相信有一天早晨这些花蕾会一个个炸开。

甜菜全被拉到糖厂去了，老二跟着最后一趟车去领现款。糖厂的人给老头报了不大不小的数字，老头跟孩子一样叫起来，糖厂的人就挖苦老头："你以为你抱了大金娃娃，还不够我们厂长一顿饭钱。"老头还追根刨底问到底多少钱，老二压低嗓门告诉老头："千把块钱吧。""已经不少啦，小子。"老头从来没有拥有过这么多钱，老头放弃了去领钱的机会，让老二去。儿子不能取代父亲的位子，父子俩互相推让，司机就按喇叭，糖厂的人就喊老二："还是你去吧，你老爹让大票子吓出心脏病怎么办？"老二是个好孩子，老二担心父亲的健康，老二就跟上汽车去城里领钱。

老头在沙梁上等儿子回来。老头带了一壶水一块馕，等太阳落到地平线上，馕和水全吃下去了，大地把太阳也吃下去了，老头终于看到儿子一点一点从地平线上冒出来。大地太辽阔了，老头的眼力也太好了，他可以看几十里远。他看见蚂蚁在红柳上攀援，他看见四脚蛇在戈壁上奔窜，他看见骆驼刺把滚动的太阳扎得鲜血淋漓，大地的豁豁嘴把太阳咬一个洞，儿子就从太阳中间的洞里血淋淋地出来了，就像刚刚生下来的婴儿。儿子一下子出现在父亲跟前，从怀里掏出一沓钞票，就像在掏胸膛里蹦跳的心。老二真是个好孩子，没多花一分钱，只吃了一盘拌面，五块钱一盘的羊肉拌面，老二满足得不得了，老二一边给父亲钱，一边报账。

月亮升起来跟白天一样亮。父子两个一张一张数人民币，数来数去十五张，另加一堆毛票，老二用毛票中的一部分吃了拌面。老头把钱包起来放到房子最隐秘的地方。老头离开院子几十米，绕着圈看自己的家园，老头在潜心体会一个藏着一千五百元人民币的黄泥屋子。好多年前老头把妻子埋进大地的时候，就是这种感觉。他们刚刚开出地，栽上树，地里长出麦子，树上长出叶子落了鸟儿，妻子的肚皮大了两次，生出两个娃娃，妻子就让大地收回去了。大地就成了他的房子。他轻手轻脚走进屋子。儿子已经睡着了，那一沓子钱也睡着了，老头兴奋得睡不着。

老头就把儿子弄醒了。老二迷迷瞪瞪跟着老头下地干活。甜菜地的那边，大片的碱滩被翻开了，还要一遍一遍地洗。星星布满了天空，一老一少跟鱼一样在排水沟里蹿来蹿去，新土一点一点多起来。太阳出来了，一下子吃光了天上的星星，天地空旷透亮，他们可以歇一会儿了。

那是一个晴朗的日子，天山蓝汪汪的，跟辽阔的大海一样躺在准噶尔盆地的边上，老头看着天山都看呆了。也真神了，一只美丽的天鹅慢慢地飞过来了。老二也看见了，老二丢下铁锹，眼睛瞪得那么大，老二浑身哆嗦着往水沟上边爬，老头把儿子拉下来："你要干啥？傻小子。"

"爸，爸，这是真的，天鹅是真的。"

"是真的，就不能急。"

"咋办呀，爸？"

"干活嘛，该干啥干啥。"

父子两个泡在水里，淘啊洗啊，新土越来越多。老二身上的肉不跳了，老二心里急得不行，老二趁着扬锹的工夫，朝远方看了一眼，老头就训儿子："你再看，你再看她就飞了！"

"我闭上眼睛，我闭上眼睛行了吧。"

老二没闭眼睛，老二的眼睛泡在碱水里，水哗啦啦响，传得很远，传到那个跟跟跄跄奔走的丫头的耳朵里。丫头就朝这边走过来了。

白碱滩唯一的一块甜菜地，在阳光下跟大海一样……一个老头和一个小伙子在干一件奇怪的工作，他们跟水牛一样泡在泥水里。

"你们在干什么？"

"我们在淘金子。"

老头捧着一把泥让丫头看，老头身边的小伙子很憨厚地望着她笑。他们就交谈起来。丫头太好奇了，她从来没听说过泥土是这么洗出来的，跟淘金子一样。

"我能跟你们一起干吗？"

"这活女人干不成，会弄坏女人的身体，女人就不能生孩子了。"

丫头的脸一会儿红，一会儿白。

小伙子就责备老头："人家是个姑娘，你唠叨什么生孩子。"

老头哈哈一笑："她是个大姑娘，不是个小姑娘，这么谈你不会生气吧。"

"我不生气。"

"你好像病了，你要去哪里？"

"我要去一个很远的地方。"

"这里是大地上最远的地方了。"

"你开玩笑吧？"

"你瞧瞧连土都没有，还有比这更远的地方吗？"

丫头踮起脚，伸长脖子向远处看，沙丘一个连着一个，黄色的远方有道黑沉沉的蓝光。

"那不是大海，那是戈壁，全是黑石头和青石头。"老头说，"这里是长土的地方，土地从这里开始，一点一点长起来。"老头一直把泥捧到丫头的鼻子跟前，丫头闻到一股腥味，丫头鼻子一酸，哭起来。丫头哭的时候，老头跟儿子就走开了。丫头越哭越厉害，丫头哭得没劲了就坐在地上，嘴角一歪一歪，鼻孔一抽一抽。老头估计丫头哭得差不多了，老头打发儿子去弄一盆热水，一块干净毛巾。丫头洗了脸洗了手，丫头这才感觉到她有多么累，她摇摇晃晃找睡觉的地方，老头对儿子说：去扶住她。

丫头在这张简陋零乱充满男人汗臭味的床上睡了好几天，竟然在一个黑黑的夜晚苏醒过来。蓝色的星星在远方一闪一闪，大漠的长风在吼叫，她还听见一声声狼嗥，还有四脚蛇在嗖嗖飞蹿。她还听到了呼噜声。她的眼睛亮起来了，她可以看见黑暗里的东西，她看见床头、地上的桌柜还有门窗。星光太微弱了。她坐等天亮，天就是不亮。她就乱窜，她像一只狐狸，把院子的角角落落挨着嗅了一遍。突然她在地上看到了自己的影子，她转过身一看，天已经亮了。两个男人也起来了，他们头发上背上粘着干草。他们睡在草堆里。老头告诉她：我们很快会有一张新床。

丫头亲眼看着老二做了一张新床，把圆木锯成板子，把板子刨光，不用铁钉就把床安装好了。新床亮晃晃的，整个家显得破旧灰暗。衣柜里的被褥衣服散发着汗腥味，老二半天找不到一件干净的，"都洗过的，洗不净"。老二连洗衣粉和肥皂都找不到。老头从大漠深处的胡杨树上弄回一筐胡杨泪，拓荒时代军垦战士把胡杨泪当土肥皂。

丫头洗了整整一个礼拜，连门窗都洗了。整个家园散发着胡杨泪苦涩的香味。所有的家什全都面目一新，屋子里弥漫着一股罕见的潮润。那些发亮的家具上出现一个女人美丽的头像。

这个家曾经有过女人，老头说那是世所罕见的美妇人，老头说到妻子时，跟一匹豪迈的公马一样用了一个很特别的词：美妇人。"我们家很穷，可我的儿子绝不委屈自己，他有一个美丽的母亲，他就一定要娶一位天仙一样的姑娘做妻子。"

老头出神地望着天山，好像天下所有美丽的女人全都生活在天山草原上。老头告诉丫头："每年都有天鹅从那里起飞，只要你心诚，静静地看着天，天鹅就会飞过来。"

"天鹅为什么会飞到你们这里？"

"白碱滩是准噶尔最荒凉的地方，天鹅这种鸟儿，要么飞得很高，要么就在荒凉的地方落脚。"

"为什么呀？"

"荒凉的地方离天最近。"

在丫头的想象里，那个美丽女人的头像会出现在每一个物件上。不仅仅是那些家具，让锅碗瓢盆也出现奇迹，丫头就挖空心思改善伙食。老头和儿子们一年四季穷对付，一次打够几个月吃的馕，日子就打发掉了。过年才吃一点肉。面粉也不怎么好，清油很少。丫头做素菜拌面，丫头自己咽两口都翻眼睛，老头和老二却吃得山呼海啸。老二连盘子都舔了，老二说："我小时候吃过妈妈做的拌面就是这味道。"丫头脸都红了。整个下午，丫头都在琢磨下一顿饭怎么做。老头和老二泡在盐碱地里。家里静悄悄的，丫头可以放开手脚干自己想干的事。厨房里除了面粉就是油盐酱醋，土豆萝卜皮芽子在菜窖里。没有经验可循，完全凭女人的本能，她的女人本能得到了超常发挥。她把萝卜切得很细，土豆丝更细，跟粉丝一样。白菜全用帮子，切成整齐均匀的长条形，醋在油锅里炝过，加上葱花。老头和老二不再那么惊惊乍乍，他们吃得从容不迫心安理得。

这里很快会长出庄稼。老二亲口告诉她："马上就可以种草木樨。"

"草木樨是干什么的？"

"碱土洗干净还不能算真正的土壤，甜菜给地透透气，草木樨可是长膘的，土壤有了油水才肯长东西。"

丫头可以到野外去了，她爬上一座低矮的沙丘，整个白碱滩展现在她面前。现在她才发现老头和他的儿子有多么了不起，新开垦的土地跟楔子一样插进茫茫碱滩，更像一个半岛，三面被碱滩包围，一面与绿洲相连。这是他们第几个家？老头自己也讲不清。老头是从奎屯出发，沿着大河的方向进入大漠，他们的家园差不多是一部悲壮的垦区开发史。

"三十多年前我以为到了大地的尽头，人们说这里是白碱滩，我就把根扎在白碱滩，我的汗水全流在那里了，我的女人也死在那里，我老了，却不能种自己开出来的地，还得自己找土地，在地上竟然还有一个白碱滩，跟影子一样跟着你，你年轻的时候以为征服了它，你老了，它又跟上来了，你能老吗？你好意思老吗？丫头，告诉你，这就是人的命，一点办法都莫有。"

"你已经开这么多地了，够种了。"

"丫头你不懂，新开的地太单薄，打不了多少粮食，广种薄收，种上十年八年就会好起来。"

"你能活到那一天吗？"

"我有儿子呀，儿子还会有儿子，土地会越来越肥。"

老头抓一把洗出来的新土，说："这是土地下的蛋。"

丫头就把土捧起来对着太阳看，太阳跟虫子一样在土里蠕动。

"不是虫子，是种子。"

"是种子？"

"什么种子都有，有庄稼的有草的。"

"我觉得它还是个虫子。"

"你看它是虫子它就是虫子。"

丫头直直地朝太阳走过去，手里的土一动不动，就像端着一架望远镜。

老二说："她去干什么？"

老头说："她想靠近太阳。"

"她想抓住太阳吗？"

"太阳变成虫子，谁都能抓它。"

丫头走到甜菜地里，把手里的土培在甜菜根上，甜菜叶子哗哗响着跟迁徙的鸟群一样，跟大海的波涛一样。爸爸，现在我可以告诉你，我找到那个传说中的叫作宝木巴的地方了，它是蒙古人的，也是我们所有人的。这个发现太重要了，丫头讲给老二，老二又讲给父亲，宝木巴圣地跟白天鹅的传说交合一起，在回忆中补充着想象着，吃饭的时候，干活的时候，宝木巴和白天鹅就出现了。最让人难忘的是篝火之夜，丫头把饭送到地里，吃完饭，趁着天凉一直干到夜幕降临。老二从沙丘上挖来干梭梭点起一堆篝火，圆浑浑的沙丘被烧红了，这是黑夜里的太阳，他们围坐在木柴烧起来的太阳边上，那个传说中的草原英雄江格尔汗骑着大红马就出现了……他们全都沉默了，火焰在轰轰地响着，火焰里有烈马的奔腾嘶叫，火焰里有草原歌手江格尔齐滔滔不绝的演唱……

老二说："我们家从奎屯沦落到白碱滩，没想到有那么多白碱滩。"

丫头说："这是最后的白碱滩。"

老二还不放心，去问父亲，父亲说："这事女人说了算。"

婆一个女人做妻子这个问题还是男人说了算。

那时老头还是个小伙子，在营部当通信员，第一批女兵进疆的消息，除过营长和教导员，通信员知道得最早。全营只有一个女兵，女兵是给军垦战士做老婆的。营长资历最老，职务最高，最有资格婆老婆。团长亲自打电话给营长通报这个重大的喜讯，团长让营长谈谈条件，营长的条件太简单了，简单得让团长吃惊，营长说只要是个女的就行了。这样的好同志不能吃亏呀。营长打仗开荒都是全团的主力，团长挑了一个内地大城市来的有文化的漂亮女兵，团长一定要营长亲自来接。别的部队已经发生过女兵抗婚的事情，女兵们往往看中首长的警卫员、通信员，或者年轻的下级军官，自古嫦娥爱少年。营长一点也不在乎，营长还不到三十岁，高大英武，自信得不得了，一口回绝了团长的好意，打发通信员去团部接新娘。

那正是开春时节，积雪快要融化了，新疆的春天有一个月的泛浆期，大地顿成沼泽，寸步难行。趁着冰冻，通信员赶着爬犁到团部，当女兵出现在他眼前时，他哇一声大叫："我们营的新娘！哈哈，我们营的新娘！"手里的鞭子是一根棍子，通信员扬手就扔掉了，他用带铜扣的武装带当鞭子，军用牛皮腰带哐一声抽在马屁股上，枣红马就蹿成一股风，冰碴子咯铮铮响起来。千里雪原上滚动着鲜红的太阳，就像刚从马身上切下的一块鲜肉。女兵说："你干吗这么高兴？"通信员就说了一段士兵们的顺口溜："三八大盖没盖盖，谁说八路军没太太……"女兵唱了一首歌，通信员听不懂歌词，曲调很好听，通信员都惊呆了，他从来没有听过这么好听的声音。女兵说话跟唱歌一样。

全营官兵走出地窝子，拥到营部的土房子前遥望着越来越近的雪爬犁，爬犁闪电般蹿过来，猛一下停在大家跟前，给人感觉好像从天而降。垦区出现这么漂亮的女人，美好的生活并不遥远。

营长对他的婚姻非常满意，女兵不但漂亮而且很能干，写一手好字，会做衣服，剪出的衣服样式又洋气又大方。营长整天笑呵呵的，整个垦区都充满了活力。

不久，教导员、连长、排长以及老资格的班长们都有了老婆。每个人都会有老婆的，王震说了，有老婆才能扎根边疆，献了青春献终生，献了终生献子孙。家眷越来越多，营长的老婆显然是女人中最出色的。营长为妻子感到骄傲。妻子对她的生活更满意了，教大家识字，教女人们做衣服，不是土里土气的样式是新款式，女人们又把做泡菜做腊肉的手艺传授给营长的妻子。生活本来可以这样美满地过下去。美满的生活刚刚过了一年多，风言风语就传开了，营长的妻子参军前在内地做过舞女。营长的脸就变黑了，黑了半个月，就管不住自己的手脚了，半夜三更女人就叫起来了，是那种刀子扎进身体里发出的尖叫，整整叫了一个月，谁也劝不动，实在不行离婚呀！离婚不行，营长不干，营长在天亮的时候是清醒的，这么漂亮能干的老婆怎么能随便丢手呢，到了晚上，营长就管不住自己了，就一门心思地让女人尖叫。

秋天就这样到了，草高了，马肥了，骏马悠扬的叫声中夹杂着女人的尖叫实在不是个办法。通信员本来要到马棚里去的，女人的叫声在那天晚上一下子成为一种号角，通信员把马丢在林带里就跟豹子一样蹿到营长的房子跟前，一脚踢开房门，营长还没有反应过来，通信员手中带铜扣的宽牛皮带就落下来了，营长的脑壳裂开一个血口子，营长的肚子上同时挨了重重一拳，营长的手里还攥着一撮女人的头发，皮带很快就落在营长的手背上，营长失去了反抗能力。通信员朝营长大吼一通，对女人只说了一句，"穿上衣服，走！"女人穿上衣服，带一块镜子一把梳子，跟上通信员走了。他们是骑着枣红马走的。

离开奎屯不远有一个叫白碱滩的地方，野兽出没，他们找不到住的地方，就抢占了狼窝。那个狼窝地势太好了，在干河沟拐弯的地方，洞口对着东方，沙碛三面环绕。老大就出生在狼窝里。老大竟然带着狼崽回来玩，晚上狼群包围了荒原上孤零零的家，大人吓坏了，老大愣头愣脑，抱着狼崽出去了，狼崽的脖子上系着一根布条子。狼群再也没有骚扰过他们。

他们开出了地，有了自己的地窝子，垦区的地跟他们连在一起。女人跟营长还没扯离婚证呢，女人不让丈夫出面，女人单独去找上级机关要求离婚，那个年代离婚是很艰难的。营长也在场，女人告诉营长："我已经生了一大群孩子了。"营长只好离婚。

女人很要强，从一家人的穿着打扮上，从他们的院落和房子里可以看出女人有多么精细，衣服上的每一个补丁，黄泥小屋的角角落落，女人的手跟熨斗一样熨过去了。

家园刚刚建起来，他们就被调到新建的连队，新连队都是荒地，都是年轻人。顺着奎屯河，他们的家园从来没有稳定过。女人似乎洞悉了命运的惨酷，每到一个新地方，她都用白碱滩这个地名，不管七连八连十一连，也不管蒙古人哈萨克人叫什么，她都用白碱滩这个名字，白碱滩是她的家，这就是一切。

漫长而艰难的迁徙中，女人失去了美貌，双手裂痕累累，头发干硬灰白，大漠风烈日还有冰雪暴在她的脸上留下多少痕迹啊，她常常累倒在地头上。人们劝她不要这么要强，累了就歇口气。新疆的条田多长呀，干吗非得干到地头呢。她非干到地头不可。

在丈夫眼里，她还是那个坐在爬犁上穿越茫茫雪原的女兵，年轻漂亮，有一副好嗓子，丈夫一直记着她的金嗓子。她跟营长在一起的时候，可以写字画画，就是不敢唱歌。新丈夫一定要听她的歌声，她就唱给丈夫听唱给孩子们听。简陋的家园里她的歌声一天天沙哑起来，她流下泪。丈夫就不让她唱了，丈夫让她说话，她轻声地说着话，孩子们睡着了，她的声音更轻了，大漠风在外边吼叫，丈夫听得那么认真。天气好的时候，百灵会飞到他们家，荒凉的地方，百灵简直跟神仙一样。丈夫就说："你的金嗓子在百灵鸟身上呢。"

"真快呀，这么快就老了。"

好多年前那个夏天，妻子看见太阳变成一条大鱼，妻子就意识到自己快要离开人世了。妻子对丈夫的唯一要求就是把她埋在干燥的地方，白碱滩太潮湿了，人的骨头都发霉了。

妻子彻底地躺下了，躺在床上，不要医生，不要惊动任何人。妻子指一下窗户，丈夫就打开窗户，她看见了她的孩子，五岁的老大和两岁的老二，还有几只羊。可怜的几只羊是丈夫从阿尔泰草原上搞来的，到冬天的时候可以宰上一只大肥羊给妻子补补身子。妻子是挨不到冬天了。我们的孩子会长大的。妻子一下抓住丈夫的手，丈夫给妻子发誓一定带大孩子。妻子的手软绵绵的、温乎乎的，妻子睡着了。丈夫按草原上的习惯，用白布把妻子裹起来。

他对孩子说："妈妈去走一趟远亲戚。"

老二哇一声哭了，老大给弟弟一巴掌，老二就煞住哭声。老大摸妈妈的手，老二也摸了，那手是热的，孩子们相信妈妈去走亲戚。老大和老二，一直相信妈妈活着妈妈在远方，他们为此跟人家打架，被打得头青面肿，老大愈战愈勇，老大把有关死亡的说法全都剿灭了，白碱滩的狗都相信老大和老二的妈妈没有死。

好多年以后老头才明白，妻子为什么不要坟墓，一定要把她埋在奎屯河消失的地方。妻子死后不久，老头带着两个年幼的儿子到了另一个白碱滩，也是最后一个白碱滩。

丫头给家里写了一封信。那封信写了整整一个礼拜，写一张撕一张，最长的一封信写了十几大张，名字都写上了，要装信封了，给撕掉了。笔和纸展在桌子上。丫头谁都不理。

老二担心丫头会离开他们家，这么破烂的地方，这么破烂的家，哪个女人也看不上的。老头就劝儿子想开些，命中注定的东西是你的就是你的，不是你的愁也没用。老二问父亲，那个哈萨克传说是真的吗？老头就把那个故事又讲了一遍，那个老掉牙的故事老头不知讲多少遍了，老头的嗓子都讲哑了，苍老而沙哑的声音，很远的地方都能听得见宝木巴和白天鹅。

这是星期六的下午，丫头终于把信写完了。丫头把信交给老二，丫头彻底放松了。

丫头再也没有什么顾忌了，丫头跟村子里的人打招呼，人家就跟她打招呼，当然是跟女人们打交道。女人们问她，你是老二媳妇？丫头笑一下。你们什么时候认识的？这么噎人的问题丫头都不生气，都告诉人家了，丫头是这么说的，我们很小的时候就认识。该大伙儿吃惊了。还是有人要问，有些问题一定要问，不问是不行的。你要嫁给老二？我是老二媳妇我不嫁他谁嫁他。婚礼快了？快了，麦子长出来就举行婚礼。丫头向大家发出邀请。你公爹太能干了，人太能干就容易摊上倒霉事。倒一万次霉总要占上一回便宜嘛。老二占了你的大便宜。我就是让他占的。丫头的头昂起来。

有一天，丫头正跟女人们聊天，连长的老婆过来了，女人们小声说："你妯娌过来了，那是你亲妯娌。"大家怂恿她快去叫嫂子，她可没那么傻。两个来自奎屯的女人走到一起，丫头伸出手，丫头说："你好！"两人握住手问好，互相好奇地打量着。连长的老婆说："你怎么能认识老二？"

"我做了一个梦，梦见白碱滩还梦见一个老实巴交的小伙子。"

"梦见你的白马王子在遥远而荒凉的地方苦苦地等你，你就放弃一切来到这里？"

"你不是也来了吗？"

"我是嫁过来的。"

"我难道是飞来的？"

"我觉得你是从天而降，飞来的。"

"其实女人都有飞翔的欲望和本能。"

女人离开后，丫头就听到了女人跟老大的故事，听了整整一天。丫头匆匆吃完饭，又去接着听，她自己都不明白她的兴趣为什么这么大。听了半天她明白了，这个故事有开头没有结尾，她很快也会成为故事的一部分，说不定同一时间在另一个地方，人们已经把她讲进去了，老大有故事，老二是逃不掉的。

"她是我们家的人。"丫头好像已经成了这个家的女主人，她用不着跟老头商量，也不用跟老二打招呼，她完全可以当这个家，必须把大嫂子领回来。

老大很久没有回家了，他都不认识这个家了。他的怪模样吓坏了所有的人，他给人家说他在阿尔泰金矿做事。挖金子是很苦的。挖下的金子全都浪漫出去了，这符合大家的想象。老大是大家想象中的英雄。老大在家里转一圈，整个家园在丫头的手里变样了。老大给丫头鞠了一躬，把丫头吓坏了。

连长的老婆来参加婚礼。丫头不再是丫头了，她是老二的女人了。老二的女人望着连长的老婆，她走过来换下酒杯，倒一杯饮料："你不能喝酒，从现在开始你就不是你自个儿了。"连长的老婆竟然顺从了新娘子。

这个年轻的女主人远远超出人们的想象。以前都是老头给老大训话，傲慢的老大在马背上听完父亲的呵斥，就扬长而去。这回老大让老二的女人叫住了，"大哥，你要把那女人娶回来"。

"我的女人还在丈母娘家里养着呢，让她养着吧，馍馍不吃在笼里搁着呢。"

"我不跟你开玩笑，你爱那个女人，你快把她娶回来。"

老大绞着缰绳，老大拼命地折磨他的马。老二的女人声音大起来："你怕她丈夫是不是？有老二有我，我们去把她抢回来。"老大气恨恨的，脸都歪了，那匹马是真正的伊犁马，是汗血马是天马，马一下子暴烈起来，嘶叫着游龙一般奔向野外。

连长老婆往大漠深处奔去。

大黑马等着她，大黑马一身汗气，她爬到马背上，马就飞起来了，马蹄子扬得那么高，就像一架飞机，一扬头就到了天上。大地往后退，大片大片地往后退，很快就到了大地的尽头。

老大坐在大石头上抽烟呢，老大跟前卧着大黑熊大灰狼还有凶猛的兀鹰，这些猛兽猛禽看见老大的情人来了，它们就哼哼哼怪叫着离开了。只有老大知道这些禽兽朋友开的是什么玩笑，那都是禽兽求偶时的情歌，是它们大交欢时发出的快乐之声，理所当然也是最忠诚的祝福。女人打着喷嚏半天走不过来，禽兽们留下的气味太刺激了，女人的眼泪都喷出来了，又是喷嚏又是咳嗽，好不容易适应这种气氛，老大的模样又把她吓个半死。老大满脸伤疤，跟戴了一副兽脸一样。

"你怎么这样子？"

"你抓的你忘了，最毒莫过妇人心，瞧瞧你有多狠毒。"

"我真是太狠毒了。"女人扑上去，连她自己都不敢碰那些稀奇古怪的伤疤，"我一直在恨你，天天都在咒你，我真该死，让老天爷惩罚我吧。"

"逗你玩呢，这样子挺好，跟古戏里的大将军一样，戴副兽脸，多威风呀。"

"你别安慰我，我知道是我抓的，我的手怎么就这么狠呢？"

"你抓的那些疤疤早都好了，这都是朋友们的杰作，不打不相识，你以为禽兽就那么容易结交？"

"为什么不用胳膊挡一下，为什么要伤脸呢？"

"痛快呀，你抓我脸的时候火辣辣的跟吃火锅一样，兽爪子抓一下那痛快劲，啧啧啧。"

"你怎么这样？"

"我就这样。"

他们躺下去的地方是一个开阔的大石板，跟大广场一样，老大就把女人放倒在大石板上，禽兽们留下的气味强烈地刺激着他们。

"你怎么这样？"

"我就要这样。"

"你这疯子。"

"你也是疯子。"

"我要给你生个孩子。"

"你生吧。"

"我要怀孕。"

"你怀吧,可你不要这么斯文。"

"我已经很野了,你要我变成野兽吗?"

"成为野兽才能过上好日子。"

"你就一辈子待在荒郊野外?"

"我的那些野兽朋友你都看到了,它们对我太好了。"

"比我好吗?"

"你变成野兽吧。"

"我答应你,我愿意。"

"很好,很好,就这样,对,对,就这样,现在我来告诉你,我那些野兽朋友离开这里时多么希望你能生下我的孩子。"

"他们这样说了吗?"

"它们跟人类一样喜欢孩子,它们跟人类一样总是祝愿自己的朋友早生贵子。"

"它们真的这样说了?"

"它们说得很诚恳,它们把怀孕叫打羔,它们异口同声叫我给你打上羔。"

"你怎么能这样?"

"我为什么不能这样,我就要给你打上羔,以前我是犁你那二亩地,现在我不稀罕那二亩地了,我要把你的肚子弄大,我要把你的肚子弄成喜马拉雅山。"

"我不要山，我要房子①，你把我弄成一座房子。"

"泥房子你都要？"

"老鼠窝我都跟你钻哩。"

"你这是干啥嘛，好好的日子你不过？"

"你过过好日子吗？我问你你过过好日子吗？"

老大不吭声。

女人说："我不给连长做老婆了，我给你做老婆呀。"

女人跟上老大到阿尔泰去了。女人给连长打电话把话挑明了，连长半天不回话，老大就在电话里警告连长："不要惹我家里人，我是啥人你知道。"连长镇定下来了，连长说："你小子咋这么做事，我又没得罪过你。"

"你好好想一想你说过啥话？"

电话断了，连长也想起来了，那是很久以前的事情了，老大要包地没包上，他说了几句难听话，不就是几句难听话吗？连长很快就愤怒起来了，连长想了许多恶毒的办法，两盒红雪莲都抽光了，老大是个啥人他太清楚了。

连长窝在家里几天没出门，再这么窝下去不是个办法。连长当机立断，趁消息还没传开，连长又从奎屯带回来一个漂亮女人。大家就知道连长老婆跟人跑了。大家都知道老大跟连长老婆的故事，连长老婆真的离家出走，还是让人吃惊

---

① 在新疆，房子与女人是一个意思。

的。

......

老大的故事越传越神奇，在那个故事里，连长老婆少女时代就爱上了老大，嫁给连长只为了接近情人，经过一番考验，一对情人跨上骏马到金色的阿尔泰山去了。

传到连长耳朵里，连长气晕了头，连长一定要老头说清楚，这对狗男女是啥时候串通起来的？老头说："男人和女人的事情谁能说清楚。"

"为啥要这么编排人？上中学时就认识咋不说是青梅竹马呢？一个远在奎屯，一个远在白碱滩，谎都不会编。"

"你打开地图看嘛，看准噶尔有多少白碱滩？"

连长家里就有垦区规划图，钉在客厅的墙上，进门一看就知道是领导的家。地图上有个布帘子，拉开布帘子，从天山到阿尔泰山的山山水水全都在眼前。奎屯河流域有五个白碱滩，离奎屯市最近的那个白碱滩快成市区了，老头一家就从那个白碱滩一路沦落下来，到了最后一个白碱滩。这个臭婊子跟传说中的一样，上学的时候就跟老大串通在一起了。这个臭婊子！

卷五

乔　尔　玛

他正在地里干活儿，电话这东西响起来。他朝房子看一眼。他没放铲子，铲子正从地里往外翻，翻出一堆土豆，圆滚滚的，这是土地下的蛋。他摸这些蛋，他两只手才能捧起一个土豆。他顺手摸摸土地的屁股，土豆就是从那里生出来的。他把土豆全翻出来了。土豆躺在地上，太阳一闪一闪，土豆身上的凉气散光了，它们开始适应阳光下的生活。还得适应我的生活。他拍拍土豆宽大的脑门，他不是太阳，他只有一双手，他把土豆挨个拍一遍，它们就适应了。他告诉土豆：跟你们一起过日子的是我，不是太阳。好像土豆是嫁过来的女人。

　　土地把土豆养大就是跟他过日子的。

　　土豆朴实本分，可以陪他一辈子。

　　电话这东西再次响起来，他感到愤怒。

　　电话破坏了他的好心境。他刚刚跟土豆亲近起来，他不能当着那么多土豆的面发火。他转过身脸就黑起来。他朝房子望去，电话在里边响，房子陌生起来，那个叫电话的东西什么时候跑进房子里的？

好多年来电话一直没响过。不是电话有毛病，是电话没必要响。一直是他往山外打电话，报告河流的水文情况，电话只负责传送他的声音。他的声音就是这条河的声音。房子下边的山谷里，那条狂暴的大河是他真正的主人；他把主人的一举一动准确无误地记录下来，通过电话报告给山外的管理处。他搅动电话的动作，仅仅是河流水涨水落的一种延续。在他的记忆里，电话从来没响过。难道山外也有一条河，想跟他套近乎？山外可能有条河。这条河就流到山外去了。跟野马一样，跑遍天山南北，最后想起乔尔玛这个地方，便在远方嘶叫起来。他相信电话里传来的是河的嘶叫声。他喜欢这种叫声。

他的脸就不黑了，跟他挖出来的土豆一样满脸纯朴。

他没听到河的声音，电话传来领导亲切的声音。领导说："老马同志，是老马同志吗？"

"老马，谁是老马？"

"乔尔玛那个老马啊。"

"我去给你找找。"

话筒搁在桌上，好像在冒气儿，领导张着嘴巴在那头等着。谁是老马呢？他问自己认识不认识这个老马。

院子里是菜地和满地的土豆。

他到河边，河道全是青石头，白色水浪在石头的间隙里吼叫，水浪不高却很凶猛，就像一群白熊。满河道都是震天的吼声。他也吼了几声，声音刚出喉咙就被挡住了，就像在说悄悄话。

离开河道走了很久，才把声音喊出来。那是在一面山坡上，已经看不见河了，他很轻松地把声音吐出来。他爬到山脊上，他喊那个陌生的老马。

"老马——老马——在哪儿？"

"老马——老马——有人找你。"

他的声音落入山谷，山谷越来越宽阔；那些声音张开翅膀，跟黑色的鸟群一样带着悠长的哨音掠过天山谷地；有些离群而去，散落在云杉树上，雪岭云杉，冠形优美，上尖下圆，像一座绿色宝塔直插云霄，他所呼唤的老马可能在云杉树下。他鼓足劲一声接一声，比刚才的鸟群更迅猛更剽悍，越过林莽和雪线，落在雪莲花盛开的雪峰顶上。他所呼唤的老马大概是个采药人。天山里的采药人必须到雪线以上去采那些珍贵的野花，那些红色紫蓝色的花瓣是冰雪里喷出来的火焰；冰雪越过严寒就会飞溅出火焰，他所呼唤的老马一定是让冰雪的火焰给迷住了。他的呼叫声越来越猛烈，他的肺叶大起来，他的肺腑之气弥漫了群山，他滚烫的舌头在山坡上颤抖，岩石开始沸腾翻滚，跟开水一样。

他对自己的嗓音感到惊奇，他从来没有这么大声呼喊过，他在深山里待了三十多年，他大声说过话，更多的时候是自言自语，就是没有扯嗓子呼喊过。他的双手张在嘴边张成一个大喇叭，他感到他的声音那么雄浑有力。

他一边呼喊一边奔走，他奔上山顶，山连着山，前方是高大的雪峰，他奔到雪线跟前，他的声音涌向雪峰，积雪轰然倒塌，翻滚着冲下山谷，山谷吼叫起来。雪崩刚平息，他又喊起来。雪山经受住了他的呼叫，不再发生雪崩，他的呼叫声可以顺利地穿越山谷，跃上山峰，四处飘荡。

他听见马蹄声，呼叫声一下子就清晰起来。牧人咻咻地吆喝牲口。那是个孤独的骑手，在山坡上踽踽而行，双脚不停地踢打马腹，山坡又长又陡，马小跑着前进，骑手向上瞭望，他的呼叫声就飞过去，落在骑手的肩膀上。骑手满脸惊喜，来不及下马，右手抚胸向他致礼："朋友你浩（好），我就是你要找的老马，马哈木提。马哈木提从遥远的伊犁赶到这里，就是听从胡达的呼唤寻找我的神马。"马哈木提滚下马背，奔过来抓住他的手，碰他的肩膀拍他的背。

"你来得正好，有电话找你。"

"电话跟我没关系，我要找的是马，马在呼唤马哈木提。"

"你不是老马？"

"汉人叫我老马，牧人叫我马哈木提，不管老马还是马哈木提，他们都是属马的，都要听从马的呼唤。"

"电话点名要乔尔玛的老马。"

"乔尔玛，这里是乔尔玛？"

"这里是乔尔玛。"

马哈木提跃上马背，双腿一夹，顺坡而下。

"噢嗬，马哈木提来到了乔尔玛，乔尔玛是马哈木提的乔尔玛。"

马哈木提下到坡底开始狂奔。他所呼唤的老马就这样消失了。

他回到房子告诉领导：老马来了，又骑上马跑了。

"老马就是这样子上班吗？骑着马整天乱跑。"

"他刚从伊犁过来，他的马丢了。"

"马丢了不要紧，最要紧的是那条河，水文站的工作就是看好那条河。在我们的印象中老马可是个好同志啊，兢兢业业，坚守岗位，认真负责……"

领导像在翻词典，词儿一个接一个。他越听越糊涂，他打断领导的词典："你说的这个人好像是我。"

"你是谁？"

"我是水文站的工作人员。"

"你就是老马呀，你真会开玩笑。你不要否认，你就是老马，水文站只有一个老马，秘书查一下，他叫马什么，马福海，噢，马福海同志，你是个好同志。"

"我是个好同志，可我不是老马也不是马福海。"

他把话筒捂在怀里："我是老马？我是马福海？"这个马福海就像贴在他脸上的树叶，很容易掉下来。他大声告诉领导，他不接受这个莫名其妙的马福海。

领导肯定为难了，领导没搁电话也没吭声，可以听见秘书的嘀咕声："就是马福海，水文站只有一个马福海，档案里清清楚楚。"领导说话了，领导没给他说，领导给办公室的同志说："马福海同志在高寒地区工作35年，几乎与世隔绝，脾气嘛大了点，肚子嘛有点胀，我们要理解他。"领导光明磊落，对下属一阵劝解后，大声对他说："老同志能不能这样，你自己告诉我你叫什么名字，我们尊重你的意见，你想叫什么就叫什么。"

"我有名有姓，我叫乔尔玛。乔尔玛不是我想叫就叫的，命中注定我叫乔尔玛，这是谁也没办法的事情。"

"这纯属你个人的私事，谁也不能强迫你。"

"这话我爱听。"

他们就这样热乎起来。领导可以说出组织的决定了："根据国家的规定，高寒地区工作的同志55岁必须退休，我们在市区给你分了房子，三室一厅，有暖气，你可以安度晚年了。"

他一直举着话筒。领导说了很多很多，可以说是滔滔不绝，口若悬河。领导肯定把连绵的群山当成数千人数万人数百万人的群众大集会了，领导声如洪钟，越敲越响，钟声浩荡，久久不息，最后领导还喂喂两声问他有什么要求没有，他咳咳两声，跟领导的喂喂相应，就像对联似的。领导很满意地搁下电话，当啷一声就像咽下一块美味。他也当啷一声搁下电话，他的喉咙本能地跳一下，他咽下去的是一大口唾沫。

搁下电话，他的眼睛就到了窗外。他看到群山和宽阔的山谷。他看到河滩上的石头，它们大多都是青石头，也有白石和麻石。白石头显得很醒目，也很英俊。

他的床就垫在白石头上，另几个白石头当凳子用。过路人进来就坐白石头上，夏天坐光石头，冬天垫上羊皮子。那些白石头是他从河道搬来的，比一头羊还要沉，他抱在怀里，撅着屁股吭哧吭哧抱进房子，咚一下扔到地上，就不再挪动了，跟丢骰子似的。石头总是面孔朝上，那是石头最整洁的一面，过路人走进房子，就会说："啊呀，石头给我的不是屁股。"过路人就把自己的屁股搁石头脸上，等着喝主人滚烫的奶茶。过路人肯到房子里坐坐，那简直是他的节日。进我的房子就是尊贵的客人，不进我的房子就是陌生人，让陌生人走过你的房子，那是比严寒还要厉害百倍千倍的大风，那冷风会吹你一辈子。

他不止一次追赶过路人的背影，把陌生人变为贵客，把严寒化为春雨。这种神奇的力量简直不可思议，他就怀疑这是白石头给他的神力。有时过路人太匆忙，急着赶路，他的赤诚会使人家中魔，临时改变主意，返回房子，一误再误，误了要办的事情。那事已经很次要了，重要的是在这荒山野岭，在这房子里坐一会儿，喝一碗奶茶，从嘴巴暖到肠里暖到脚后跟,整个人热气腾腾。客人情不自禁叫起来:"我从来没有这么热乎过。"客人擦一把,脸上没汗,可脸上就是热,整个人热成了一团白气。客人不再惊叫,客人声音变小,客人用很小的声音说:"活人就活一口气,这口气必须是热乎乎的。"客人看着飘荡在自己身上的那团热气,客人就把自己的使命看淡了。客人的屁股就像长在白石头上,再也抬不起来了。直到太阳升起,客人才恋恋不舍起身告辞。

送走客人后,他细细地看这神奇的石头。

那简直是一个宝座,谁坐上它谁就会高贵起来。

他一直坐那把木椅。那天早晨,他把椅子搬出去。他不能占客人的位子。尽管房子里的石头宝座有四个,他还是到河道给自己另搬一个,放在那四个旁边,就是五个。他数一遍,是五个。

那把椅子一直搁在窗户底下,落满了灰尘。让讨厌的灰尘坐椅子去吧,椅子是让人衰老的家伙。

就这样他想起了电话。这家伙比椅子更讨厌,竟然在房子里大模大样待了几十年,那把椅子在房子里只待了一年就被他赶出去了。他显然小看了电话这个东西。多少年来一直是他使唤这个电话。他到河边查清水速含沙量,回到房子就对着电话吼一声。他的声音跟水浪声一样大,河就这么吼他,他理所当然对着电话吼叫。那些水文数据被他吼到山外,吼到领导耳朵里,领导就会感觉到这条河的厉害。不吼是不行的。他的舌头他的声音跟水浪一样把电话机拍打了几十年，这几十年来，它一直是温顺的，它没法不温顺。就是一座山，水也会把它劈开，把大石头切成小石头，把尖石头磨成圆石头，把圆石头卷到山外抛到戈壁滩。被抛出河道的石头都不是好石头，河讨厌它们，河水就毫不客气地把它们赶出去。

他不会对电话客气的。他轻轻一抓就把电话拎起来，这么软弱的一个东西竟然对他居心不良。血性汉子不会给他来这一手。他稍用些劲就能把电话捏碎，他的手高高扬起来，做出要摔的样子。电话肯定吓坏了。他不是一个残忍的人，他会把一头熊摔下山崖摔成肉饼，他不会把一只雪鸡一只野兔弄伤的。把它赶出去就行了。他拎着电话往出走，电线在上边，他只好从窗户递出去放窗台上。窗台也不能让它待。窗台常有鸟儿光顾。就让它待在椅子上，椅子上落满尘土，椅子已经腐朽了，它待在上边正合适，就让它跟尘土说话去。多少年来，他清扫房子清扫院子，从来不清扫椅子，椅子是给电话准备的。

我的房子不要你。

他拍拍电话光滑的脑门，他想笑，他就笑了。他从来不压抑自己，他笑得很开心。

你让我退休，我先让你退下去，要不了多久，尘土就会给你盖上被子，老老实实给我待着，还有你一把椅子，再乱嚷嚷就把你扔到河里去。

他晃晃他的铁拳，电话缩在椅子里不敢动。

他蹲在栅栏外抽烟，他撕开一整盒，打算一根连一根抽，抽两根就抽不动了。他不想理电话，他还是朝电话走过去，没走到跟前他就吼起来："你娃乖乖的啊，你娃乖了一辈子为啥这时候气我，要把我赶出去。"他把唾沫咽到肚子里，他声音变小了："我想吐你一脸，可我不想吐了。鸟鸟都有指甲盖大个脸，你比鸟鸟大几倍，我吐你脸上你就不好看了。"

　　他摸一下电话，他的手就挪不开了，他的手摸来摸去，他的舌头想动已经来不及了，舌头僵硬了，他也搞不清他的情绪为什么这么激烈。舌头难以承受舌头就僵硬了。可他肚子里的话一个劲往出涌，涌到手上，手指麻酥酥的，手告诉电话："我从来没有把你当过电话，你为啥说出那种话？"

　　电话不吭声，提起话筒，电话还是不吭声，里边发出呜呜声。电话哭哩，电话不敢大声哭就压着嗓子哭。这种哭最伤心。电话伤心了。他也伤心了。他一伤心他的心就软了，跟泥一样，他那红通通的手就是从心里涌出来的泥，软软地摊在电话上。他的手还没给谁软过。打断骨头连着筋，电话到底是自己的。自己跟自己过不去就弄成这样子，电话压着声呜呜咽咽，他从心软到手。

　　他把电话抱到怀里，把屁股上的尘土擦干净。电话晒了一会儿太阳，热乎乎的像只猫，他大嘴一歪，笑起来："你这我儿①你就是个猫，咱心里钻了个老鼠，你把它吃了你这我儿。"他有一个宽大厚实的狗脯，猫从中间咬下去，咬得太狠，把自己陷进去了。"你这我儿咬对地方啦，狠劲咬咬死它。"他筛抖起来，浑身上下全是筛子眼，七筛八筛老鼠被筛出来，整个人好像长高了一大截。

他把电话举起来对着太阳看，太阳就成了一个大铜镜。他在太阳的大镜子里看到自己那张沟壑般盛满笑容的脸，他把电话举高一点把他那副嘴脸遮住，那副嘴脸很开心也很吓人，他不爱看那副嘴脸，他爱看电话这只猫。

"你这我儿，叫我好好看看。"

铜镜里的电话亮起来，陈旧的塑料壳子被亮光穿透，可以看见里边的肠肠肚肚，蓝色的电阻金红色的铜线圈还是新新的。他说的话全在这里边，他说的话有多少他也记不清了。那条大河变成一些数字，这些数字忽高忽低，跟狗的脉络一样很难把握。电话却能把它们理顺，那些乱糟糟的线圈最终变成一根粗线伸出去，越过房顶跃到电杆上。山坡平缓辽阔，电杆迈动它的长腿，它的腿那么长，跟树一样直直的一溜，涌上连绵起伏的群山向远方延伸。那是河的新出口。

从房子到河有一百多米，这段路必须由他来完成。他也有一双电杆一样的长腿。现在，他的长腿出现在太阳的铜镜

① 你这我儿：西北方言，也是古典语言，既是第一人称，也是第二人称，相当"我，你"。吾儿某某。

里，那条大河也出现了，他怎么瞒得了太阳呢？太阳是上天的眼睛啊。他居住的房子，他耕种的地，地里结的土豆，太阳都看得清清楚楚。他注定要在这一天把土豆翻出来，不是他要翻出来，是上天要土豆出来，上天要用它的太阳眼看看土地的杰作。自从他热爱上这个地方，土豆就越长越大，他耕作的手艺日趋精湛，他很高兴在他的双手炉火纯青的时候，上天睁开了眼睛。

这一天，河要流出它的辉煌。太阳这面铜镜照什么都是古铜色，一条古铜色的大河就不像是河就像龙的浮雕，从天山腹地直达遥远的准噶尔。

在这神奇的大镜子里，他很想笑一笑，一笑面孔就变形。他那张脸还算整齐，就是五官大了些，大嘴高鼻大耳朵深眼窝，稍有点笑容就显得很狰狞。他从不压抑自己，心里高兴，笑容就上头上脸。过路人进来都要深深地看他一眼，他不知道人家有多惊讶，他的嘴咧得更大，笑声像野马从那张大嘴里轰轰而出，震得人家头皮发麻，客人的嘴也就不由得歪起来。他喜欢这么开心地笑，他又不是女人，他不在乎面部表情，再狰狞也狞不成野兽。野兽的笑才吓人哩，但也吓不了他。他见过狗熊的笑，见过狼的笑。野兽的笑有一种粗犷的美。那不是一般人能欣赏得了的。他就能欣赏野兽的笑。他很高兴自己有这种能力。他把这种粗犷豪迈的笑献给客人时，客人的头皮都要麻一下，麻过之后就慢慢品出那种凌厉激烈的力量。客人喝过奶茶，客人脸上多多少少也有了这种线条奔放的笑容。

客人把这种笑容带到山外，山外的人目瞪口呆。他们就谈起乔尔玛，谈起河边那个神秘的房子。

乔尔玛有这么一个房子。

这是上天所见。上天的太阳从这里升起降落，太阳就落在房子后边的山坡上，在草窠里歇一宿又从那里升起来。

房子从外形看不像个房子，像山坡的自然延伸。他把房子的后墙打掉，把大梁直接搭到坡上，房顶是平的，压着一层石板，像从山上滑下来的，其实是他搬上去的。从山坡可以直接走到房顶上。房檐微微翘起来，像帽檐一样，青石帽檐下的两扇窗户也是石条砌的，那是山的眼睛。他就住在那深不可测的眼瞳里。他的眼睛跟山的眼睛合在一起就是一双重瞳。

过路人老远就能看见这双重瞳，过路人在里边待一会儿便恍若梦中。过路人爬上马背，或者到独库公路拦一辆车，他并不知道自己已经永生永世罩在那光里了。他把这一切当成回忆，讲给朋友讲给妻子或孩子，他并不知道是那光在回忆山中的一幕。那些回忆的片段构成光的基本微粒，飘荡在天山谷地。

那些微粒还在回忆。

这是他在太阳的铜镜里看到的最生动的一幕。他被这一切给镇住了，半天反应不过来。他抱着电话这只猫自言自语："都是你这我儿干的好事，你把爷爷我的心给掏空啦。"

他不敢看太阳，可太阳这面铜镜就在跟前，亮晃晃地照着他的眼睛。我总不能闭上眼睛。他飞快地看一眼太阳，那些微粒还在太阳的铜镜里颤动。

"他们在惦记我。"

是那些光顾过房子的客人，他们多得数不清。有些人连面孔都看不清楚，黑夜里来，借着幽暗的灯火喝奶茶啃干馕，天没亮就启程赶路，彼此都很模糊，就狠劲地握手，碰肩膀拍后背，把后背拍得咚咚咚跟打手鼓一样，客人在雾色苍茫中走了。现在他们同时浮现在太阳的铜镜里。太阳是大家的，谁有这心性谁就可以把太阳当成古老的铜镜，把自己的心灵投注到上边。乔尔玛，在乔尔玛，无论是白天还是黑夜，无论你有多么疲累，那房子都会让你尊贵起来。太阳的铜镜里颤动的就是他们成为贵客的珍贵时光。

他站在房子跟前，完全是一个威严的父亲的样子，怀抱着电话这只猫，边走边拍："你这我儿，你啥时给我当儿来？乖乖地听话，我就唤你为我儿。"他声音很轻，却很清晰，完全是说给房子听的。

房子完全听清了，房子里有一种幽暗的光在静静闪动。房子是由石头砌成的，墙根是石条，墙壁是石方，顶上横着一排原木，都是带皮的雪岭云杉，云杉原木上是一层薄石板，压一米多厚的干土，上边还是石板，厚厚一层跟岩石层一样。房子的结构就装在他的脑子里，清得跟水一样。床也是一圈青石，架起一拃厚的方木板子。有一个客人揭开熊皮褥子看见这么厚的方木床板，叫起来："爷爷，你这是地板砖么？"他的床确实有一种大地般的感觉，睡上很安稳，没有嘎吱声。那些放牧的哈萨克人、蒙古人，坐在他的床上，悠然自得，喝足奶茶，告别时指指房子说："这是个石头帐篷。"牧人的帐篷里，毡铺在地上，他们的睡眠很踏实，他们紧贴着大地睡觉，睡眠就像从泥土里渗出来的一样，鲜美无比。他的睡眠是从石头长出来的，石头从山坡上延伸到他房子里，就像山坡伸出的两条胳膊。山把胳膊盘在这片开阔地上，他就很自然地睡在山的怀抱里。

最早的房子是干打垒，是管理处的几个农工打土坯盖的。他在房子里住过一段时间。

他喜欢那些大石头。从河道到山坡，远远近近的石头他都摸熟了。要把它们搬回来可不容易，它们都比他重，而且性子野，比烈马还要野。他得慢慢挪，不能顺坡放滚石，那会让石头粉碎的。放牧的哈萨克从马背上弯下高大的身躯问他："朋友，这是一块什么石头？"

"我喜欢的石头。"

牧人下来帮他。他们一起用劲，用一下劲石头就挪动一两寸。牧人说："你要把它搬到哪里去？"

"搬到我房子里。"

"噢哟，你的房子。"

"石头要给我盖房子。"

牧人看他半天，看石头半天，牧人说："你喜欢石头是有道理的，你要在它里边睡觉。"

牧人撇下自己的羊群，从早晨忙到黄昏，太阳下山时，石头被两个壮汉搬到院子里。牧人歇了一宿，离开时留下一只肥羊，说是胡达的意愿："你祈求胡达吧，你有一颗诚实的心，加上一身好力气，你能搬来所有你喜欢的石头。"牧人一下子庄重起来，庄重的牧人是不能骑马的，牧人牵着骏马领着羊群走进灰蓝色的晨光。

在那个早晨，他心里开始涌动一种奇妙的感情，那是一种神圣的喜悦。太阳冉冉升起，辽阔天宇传来海啸般的滚动声。太阳在切割天空的大理石，太阳转动着锋利的齿轮，喷射出弧形的火光。太阳的身后出现青色的群山，那是太阳雕刻出来的气势磅礴的群山，他所喜爱的青石和白石全在那里，他所听到的呼啸声就是石头的翅膀发出的。石头在天上，石头就一定能飞翔。它们飞起来是为找一个归宿。飞到高空就能找到那地方。它们静静地落下来，它们等待着大地的翅膀。

在牧人消失的晨光里，他举起双臂去搬那块白石，他对白石说："这就是你所需要的翅膀。"他的双臂就箍在白石上，他的力量和白石的力量融在一起。他们走得很慢很笨拙，跌跌撞撞，尘土飞扬，可他再也不感到吃力了，石头的力量跟他的力量融汇成巨大的喜悦。泪水从眼瞳里渗出来，泪水越来越圆润越饱满。汗水也出来了，汗水不是一粒一粒渗出来的，汗水就像春天草地上的泉水大片大片涌出来，从后背到前胸到脖子，就像镶满了珍珠或宝石。尘土飞扬，他身上有一种圣洁的光芒，尘土和劳累是遮掩不住的。他满怀喜悦告诉白石："我把你顶在额颅上，你这么白，拿你做房檐，房子的印堂就会亮起来。"白石受到鼓励，一下子急切起来。石头是不能走快的。他肩顶着石头，一只手抓着，就像牵着一匹烈马。

他所喜欢的石头，从山上从河道里全被搬回来了，堆在院子里跟一座山一样。天上的石头也被搬来了，天空平坦辽阔，太阳就像大草原上的马，一匹真正的毛色金黄的骏马，垂着脑袋看大地上的群山，看那些壮美的石头。他就站在石头旁边，他正抽一根莫合烟，太阳所看到的石头罩着淡淡的烟雾；石头开始呼吸了，群山和群山里的峡谷都在呼吸，呼出清纯的气息，又吸进清凉的风。太阳就在这一呼一吸中转动着，向天空深处转去。天空根本就没有深处，也没有高度，每当它走到尽头时，它就会从那高处落下来，它年复一年日复一日地照着自己的形象在画一个又一个圆，在它的行程中天空绝对是一个大圆，一个无穷无尽的大圆。它还得从那大圆里落下去，它再次升起的时候，它相信今天比昨天更大。它就抱着这种念头奔走在天空。天空需要它的激情和喜悦。

搬走那些巨大的青石和白石之后，太阳来到更辽阔的天地里。

在那美妙的时候，他提着斧子和手锯登上山顶。对面山坡上长满云杉。那正是他要找的树，他就要这种树，根爪抓着大地，树冠直入云天，就像擎天柱。能支撑大地和天空的树绝对能撑起他的房子。他奔下山，很快出现在对面山坡上，很快进入雪线附近的云杉林。手锯呜呜响起来，斧子吭吭响起来，它们跟大鸟一起在林子里叫了好几天，十几棵树倒在山坡上，被截成好几段，再一根一根拖回去。

圆木堆成一座山。

他喜欢这些圆木，连它们的皮他都喜欢。他只除掉枝杈和叶子。

那栋旧房子跟雪峰、云杉林、青草地和奔腾的大河摆在一起太寒碜。他只留了电话机和那个"乔尔玛水文站"的牌牌，他一把火烧了那栋旧房子。他看着冲天而起的大火，他很兴奋，他对自己说："你这我儿，你是个土匪么。"他从来没有这么高兴过，在他的老家陕西，人们高兴至极就脱口而出自己给自己当儿子，"你这我儿你这我儿"。那是人对自己太满意了，觉得自己很了不起，不由得欣赏起自己来。他这辈子没遇上什么顺心的事。他离开老家来到天山脚下成为一名兵团战士，接着就是成家立业，还没等他喊出人生最得意的这句"你这我儿"时，他在自己房子里碰到他的女人跟连队的管理员干好事，他僵硬在外边，然后悄悄走开。他再也没回那房子。那是他和战友们打土坯盖起来的，巨大的耻辱压得他喘不过气。他没有声张，农场里平平静静什么事也没发生。团里在几百公里外的乔尔玛建水文站，没人愿意去深山老林守那条狂暴的大河。他报了名。他再也没有出山。团里的车去库车时，顺便给他捎些生活用品，也捎来了女人的离婚申请。司机告诉他，他女人另找了一个男人，不是管理员，管理员有老婆。他签上字交给司机。他在水文站的破房子里住了好几年，竟然不知道山上有这么壮美的石头和树。他的耻辱随着那把大火被烧个精光。他把废土和灰铲到地里做肥料。在原来的房基上他铺砌青石，石条和石块一级级高起来，高过他的头顶，他很吃惊他怎么有那么大力气把巨石一块一块搬上去。每块石头都是他凿过的，他并没有刻意去敲打那些纹路，它们竟然很吻合，一直到房顶，与圆木合拢，整个房子天衣无缝。

搁上最后一块石板，他从房顶爬下来，他倒退着，一直退到栅栏的横杆上，那房子就像神话里的宫殿突然出现在眼前。他不敢相信这是他的房子。他仔细看他的手，他嘿嘿笑起来："你这我儿，你有房子啦。"他完全成了地道的新疆人，在新疆人的意识里，房子就是老婆，你房子就是你老婆。他从来没有这么高兴过，这种令人愉快的感情猛然进入他荒凉的身体还有些不适应，他显得有些笨，他上台阶时摔了一跤，进房子时头又在门框上磕了一下。他太喜欢这个房子了。他做了一张宽大厚实的床，上边铺着熊皮和狼皮。皮子熟得很软和。都是他在山里打的猎物，自己剥皮自己熟好，缝制成别具一格的毯子铺在床上。牧人过他的房子总要留下最肥最美的羊，他吃了羊肉，把羊皮缝制成被子。那个大炉子是用土坯砌的，土能蓄热。他有的是木柴，也有煤，独库公路上过往的司机常常给他留下大块大块的煤。他的灯是装在铁筒里的羊油，中间一根手指粗的捻子，燃烧起来有一股油腻腻的芳香。夏天，整个大地的凉气顺着山坡涌进房子，打开南窗，从巴音布鲁克和那拉提吹来草原的气息。

那时候，他就坐在白石头上，望着窗外，森林草原，奔腾的河流，平静的蓝天，还有肥壮的太阳，它们都把这栋房子当成一个奇迹。这是你的房子。那是一种天籁，从天宇而降。让房子伴你终生，让石头让树让太阳让风让河流伴你终生。他站起来，他摸着墙壁，他说："这是我骨头里的骨头，这是我肉里的肉，做我的女人，我会好好待你，白头到老。"那房子闪出一团红光，那铁筒里的羊油把灯火缩成手指那么大一点，房子自己亮起来的时候，灯就会变小。那确实是他的女人。在乔尔玛，石头睁开眼睛，森林里的云杉睁开眼睛，狂暴的大河睁开眼睛，草原睁开眼睛，太阳睁开眼睛，风睁开眼睛，它们的光聚在一起聚在这房子里。他轻手轻脚走到床边，他解开衣服，他躺在一团柔和的光里。那些兽皮比它们活着的时候还要光艳，那些兽皮获得了新的肉体，那些兽就活过来了，熊和母狼融合出一种雄壮剽悍的狂野之美。

天亮后他还记着那个梦，他把熊和母狼的皮拿到外边，对着太阳看，熊和母狼的影子出现在天幕上，那巨大的投影远远超出它们的梦比它们的生命更真实，就像迎风招展的旗帜，上面绣着华美的太阳。他不知不觉走到陡崖上，兽皮在手中哗哗喧响，他被那强悍的生命牵引着。他的生命无所不在。风在他脸上揭一下，把他的笑容带到草原上，跟鲜花开在一起，可以想象他的笑容有多么生动，绝对要比在他脸上好。他喜欢太阳，他就走进阳光地带，让太阳尽情地照耀他。他喜欢树，他就到森林里去挨个敲打高高的云杉。那么高的树必须用铁拳，他使出全身的力气攥紧双拳，擂在树的胸膛上，树发出巨大的轰响；树冠在响，树根在响，伸入云天，琴声如诉，深入大地，鼓声隆隆……他把自己打累了，咕咚一声倒在地上，跟一堆泥一样。他靠着那棵音乐树睡着了。他的呼噜声就是美妙的音乐。树静悄悄的，整个森林静悄悄的，鹰在森林上空盘旋，鸟雀在林中追赶阳光；照进森林的阳光跟金黄的树叶一样，鸟雀捉住它们就喳喳叫着美餐一顿。阳光逃到这个呼呼大睡的壮汉身上，鸟雀就不敢过来了；鸟雀静静地听着壮汉的呼噜声，只有狗熊才发出这么雄壮的呼噜声。呼噜声一起一伏，大地也一起一伏，森林也一起一伏。鸟雀们晕眩起来，它们摆脱不了这种巨大的起伏，它们就像浮在水里。

那只熊出现了。熊从阳光里走出来，走到酣睡的壮汉跟前，熊被那热烈的呼噜声给迷住了。熊也能打这种雄壮的呼噜，可熊从来不留意自己的声音，这种奇妙的声音换个地方就显得奇妙无比。熊技痒难忍，笨重的身体慢慢倒下去，呼噜声响起来。

那只熊走进他的睡眠，他的梦就消失了，他的呼噜声弱下去，他睁大眼睛看那只熊。熊的嘴巴发出雄壮的音乐，那强劲的旋律深深感染了他，他伸手摸熊的嘴巴，他抓那肥厚的嘴唇，他抓那锋利的牙齿，在牙齿后边他摸到滚烫的舌头，宽阔厚实，奔腾着汹涌的热浪，森林之歌就从那里升起，雄壮健康嘹亮。他往后扬扬头，他发现熊是很漂亮的，宽阔的嘴巴里伸展出憨厚朴实的笑容，就像伸向田野深处的一道道土埂，那些土埂就在他身下。他再也睡不着了，他爬起来，他的手还抓着熊嘴巴，他听见自己惊叫一声。熊也被惊醒了。

他撒腿就跑，他手还在熊嘴巴上，把熊扯疼了。熊并没有咬他，他蹬一脚才把手拔出来。他跟石头一样滚下山坡。他在树上撞了好几次。熊也滚下来了。熊也在撞那些树，树冠在云端发出哗哗的响声，林涛滚滚，鹰一跃而起，落在太阳背上，太阳晃几晃像汪洋里的大船很快就稳住了。

熊在他之前滚到坡下，他下来时熊已经清醒过来。他还在狂热中。他离熊很近，熊往他跟前挪一下，他惊恐到极点，他既疯狂又胆怯，他竟然大手一挥指着熊大喊："你这我儿，你做啥？"熊噗通跪在地上，扬起粗大的脑袋不停地晃着，他竟然走过去摸熊脑袋，嘴里喃喃自语："你这我儿，你这我儿。"熊听懂了他的话，熊伏在他脚下用毛茸茸的脑袋蹭他的小腿，他有点感动，他拍拍熊脑袋："瞌睡了就睡吧。"熊卧在山脚呼呼大睡，太阳从森林上空赶过来，太阳贴着熊脑袋，熊的鬃毛全成了金黄色，像一堆跳动的篝火。

从熊开始，更多的鸟兽走进他的生活，他呼熊为儿的时候，其他动物就羡慕起熊来。

鹰从天而降，鹰叨人的眼睛，他捂住脸不敢抬头，鹰落在他背上跟石头一样压得他喘不过气。鹰发出凌厉的啸叫，啸叫声连续不断，回荡在乔尔玛河谷。他从这凌厉悠扬的旷野之歌中领悟出生命的旋律和节奏。他拧过脑袋，面孔朝上对鹰说："你这我儿你欺负你爷哩。"鹰一跃而起，直入云天，一晃而去，很快又出现在天幕上，不停地翻跟头。鹰太高兴了。做儿子就要做骄子，骄横而高贵，以绝对的优势超过父亲。

他只能仰望这个骄子，他低声说："这是我的儿子，这是我的儿子。"他应该有这么一个儿子，去纵横长天。他从来没有仰望过天空，一个不能仰望天空的生命该有多么悲哀。

他一动不动，静立天山长坡，仰望着辽阔高远的蓝天。

鹰飞走了。

太阳飞走了。

他坐在房子里，他从窗户里看天空。他不可能像女人那样离窗户那么近，支起下巴无奈地看天空。一个男人，一个沉默的男人总是坐在房子的角落里，坐在石凳上，静静地看着外边。

那夜，灯没有亮，他的眼睛亮着；他的眼睛在天空发芽，长出鲜美的星星，长出娇嫩的月亮。他再也不能给星空一个确切的称呼了，语言显出它的无奈与笨拙，他的心灵发出一声声惊叹一声声呼唤，星空在对应着，但彼此的交感只能在无声中进行。他是地上的一个活物，能跟天上的生命彼此感应，他很满足了。

日出而作，日落而息，飞禽走兽以呼儿为荣。他乐意这么呼唤它们，他乐意拥有这些生命。

月亮和星星的面孔让人难以诉说又难以忘怀。他相信这种奇迹一定存在于大地。

他从早晨走到黄昏，他好像在追赶太阳。太阳再也跑不动了，太阳落到山坡上，踉踉跄跄，就像负伤的勇士。他紧跟着。

那是中亚腹地的秋天，牧草一片金黄，太阳很容易在草丛里藏身。他很快就发现了太阳的血迹。他一跃一跃地向前奔跑，跟一头豹子一样，那凶猛的样子把太阳吓坏了。太阳拖着受伤的后腿，太阳在草丛里爬着，拼命地爬着，多威风的空中勇士，伤成这样还干干净净一尘不染。整个山坡笼罩在金红色的光芒里，他喊一声："我不是抓你的。"他把枪扔到地上，拍拍手。太阳缩在草丛里不再窜动，等喘息声平缓下来，他慢慢走过去。

　　他小心翼翼拨开牧草，他看到的是一只俊美的母狼。母狼一身金红色的毛，那双美目放射出逼人的光焰，那光焰笔直地射入他的眼瞳。他听见他心里发出一声惊叹，接着是一阵强烈的晕眩。他垂下眼皮。他看见母狼受伤的腿，猎人的铁夹夹在上边，还在渗血。他从靴子里拔出英吉沙钢刀，刀光一闪一闪。母狼身上依然散射着金红色的火焰，母狼的目光落到地上，母狼死死地盯着地面，在地面打出一片亮光。他的刀也打出一片亮光。那亮光慢慢地撬开兽夹子，把皮肉里的铁刺剔出来，剔干净。

　　母狼翻身躺下去，紧绷绷的身体完全放松了。它仰躺的身体修长俊美剽悍。它把受伤的腿压到下边。它让这个救它的人看它的俊美和健壮，它的瞳光湿漉漉的，带着逼人的光焰一闪一闪。它所凝注的那个人显然受不了如此美艳的光芒。那人朝天空看一眼，天早就黑了，他所追赶的太阳是一个幻象。奔逃的母狼以及母狼的光焰照亮了群山，把那人诱到天山腹地最美妙的地方。狼不再奔逃，狼意外地获救，狼惊叹这突如其来的奇迹，狼不知道它的瞳光何以含泪，狼有一种奇妙的感觉。那人抬头看天，狼的目光被那人引到天上，月亮很小，星星很亮，那无边无际的夜空跟它去过的辽阔草原很相近，狼想起美妙而甜蜜的日子。狼并不知道自己在笑，那俊美的眼睛里涌出罕见的笑容。

　　那人走了很久，狼也不知道，狼让夜空给迷住了。

297

狼朝夜空走去，刚开始伤口发疼弄得它难以忍受，它长嗥一声，叫过之后它羞愧起来。它奔到水边，就是那条狂暴的大河，它用那河水洗净伤口，它在激流中看到自己的影子。它为自己的美貌而自豪。它看见它的眼睛里有一丝羞涩。一只羞涩美丽而剽悍的母狼，简直让它不可思议。星星在缩小，月亮越来越大，夜空更加辽阔。母狼奔上山坡，它跃动的步子很优雅，潇洒自如，徐缓有致，一会儿谷底，一会儿坡上，一会儿山脊，一会儿越上峰顶。在天山峰顶，母狼要停留片刻，那里离天很近，它伸出前爪，它触摸到天空辽阔的胸脯，它听见那辽阔的胸膛所发出的大海般的轰鸣，那雄壮激烈的心跳让它感动。母狼身上热乎乎的。母狼朝夜空走去。母狼奔走在月亮的身边。

月亮把它带到那栋房子跟前，月亮靠在栅栏上不再动了。母狼身上涌起一股巨大的柔情，它垂下头，它看见地上的影子，它的睫毛很清晰地投射到地上。它相信那门是开着的，它轻轻一推门就开了。它相信那人在等它，那人和衣躺在床上瞅着屋顶。它进去时，那人坐起来，那人对它的到来一点儿也不感到惊奇。一切都很正常。它静静地蹲在白石头上，那人也悄悄地躺下。那人睡着了，狼也睡着了，狼是看着夜空睡着的。

他醒来时狼还睡着，他轻轻走出去。他去河边测量水位。太阳还没升起来，晨光在山那边，天已经很亮了，群山上空要更亮一些，山谷里有点暗。他走到栅栏边，他看见房子的窗户。母狼在窗户里，母狼的侧影在窗户里完全是个美妙的妇人，瘦长的脸，亮闪闪的金发，美目闪出光焰。那完全是房子的光焰，从墙壁从门窗从屋顶放射出强烈的生命之光。太阳出现在群山上空，太阳看见那美貌的妇人，她的面孔在窗户里多么生动！

过路人在这里留宿，他们把这美人的芳名带到山外。更多的客人要见她一面。他笑而不答。人家以为他是那种丈夫，就神秘地朝里屋张望，他们都以为美人躲在里边。这么一想，他们也就满足了，他们跟美人待在一个屋子下么。

他很喜欢这种默默无言的交往方式。他们配合默契，这种默契只有房子才能相比。其实，母狼到他这里也只是在白石头上待一会儿，然后离开。现在他必须告诉母狼一件大事。他打破了他们多年来保持的习惯，他站在山顶喊一声："你这我儿你快点来呀。"

他只喊了这么一声。

他前脚进屋，母狼后脚就进来了。

他告诉母狼："我要到山外去办一件大事，这事办成了，我还能住这儿，办不成就得离开。"

他怕狼听不懂，他一字一顿重复一遍。狼眼睛就湿了，狼跃到床上，呜呜咽咽叫起来。他拍一下桌子："你这我儿你别哭啦！"狼停止呜咽，狼静静地看他，狼眼睛里闪出奇异的光焰，他摸一下那光，他小声说："你这我儿，你有这么亮的光我怕尿个啥。"狼就狗样蹲起来，面孔对着他细细地看他。

他的瞳孔大起来圆起来，嗖儿嗖儿的。母狼的光焰流进他的眼睛，他整个人鼓起来，骨头嘎巴嘎巴响，他问自己："你这我儿你这我儿，乔尔玛都成了你的儿，你为啥不做你的儿。"他小声说："人可以自己给自己做儿，人可以从自己的命里生出另一个命。"

管理处设在山外一个叫奎屯的小城。他好几十年没有进城了。他赶到奎屯时，领导正伤脑筋呢，没人愿意到乔尔玛去。领导接到门卫电话，想躲一躲，那人已经进来了，那人说他是从乔尔玛来的。

"我父亲回老家了，我代他工作，水文站那一套我都会。"

"老马有这么一个儿子咋没听说过？"

"我们待在山里，你当然没听说过。"

"你父亲也太那个了，连欢送会都不开，我们多被动，高寒地区工作的同志是我们重点保护对象，我给你们争取到了房子，三室一厅的房子，这是你父亲应得的，你可以继承。"

"我不要房子，乔尔玛有房子。"

窗外好多人听着呢，大家都关注这个大房子，大家都觉得乔尔玛来的人很可爱。

"你要想好啊，老婆孩子愿意吗？"

"他们喜欢乔尔玛，待在乔尔玛就行了。"

这是管理处最欢乐的一天，人人脸上阳光灿烂。

领导亲自带他到各办公室去填表盖章。办工作证时他看到了自己三十五年前的老照片，三十五年后他还那么结实，他心里说："人是可以给自己做儿子的。"他看着秘书在新照片上盖上钢印，他紧绷绷的身体一下子放松下来，他抓起工作证，拍一下领导的肩膀："我儿主任就是厉害，一下子就让我回到了乔尔玛。"领导满面通红，很生气地取下他的手，办公室里的人都捂着嘴笑，他莫名其妙："把你当贴心人才这么叫你。"秘书过来推他："快走快走，这话挨揍呢。"

卷六

奎　屯

奎屯河谷的那一边，地势开阔，有一条公路像黑色河流，与河一起流进准噶尔盆地深处。河谷在平地变窄，跟公路差不多。这个季节水很小，河道像眯缝着的眼睛，水浪奔腾的日子已经过去了。那几排平房坐落在河道与公路之间，林带里的树落尽了叶子，挡不住这个季节的大风。

　　老头在院里待很久，风刚停他就掂上大扫帚往外走。扫帚很大展得很开，像只大尾巴狗，跟老头出去时，把蓝色铁皮门咬得咯吱响，老头一用劲儿把它拽出来，一下一下扫门口的空地，跟写毛笔字似的。那些干净漂亮的笔画，随着老头的步子稳稳地来到大路上，老头把路口都扫干净了。

　　路口到公路有好几公里，老头蹲林带里卷莫合烟抽。这会儿没风，原野很静，一片枯黄，老头鼻孔里散出青青的烟团，仿佛老树在长叶子。那条大道被风刮得干干净净，又白又亮，就像林带中间夹着一条河。老头的大扫帚没用处，他很想扫那些地方，连整个旷野他都想扫一遍。

老头往回走，大扫帚跟狗一样跟他后边一摇一摆，老头把它靠在门口，让它看门。丫头在屋里说："爸你都扫到公路上去了。"老头说："要下雪了。"

"下雪才不扫呢，雪扫得比你干净。"

"地干净了，可雪脏啦。"

"脏就脏吧，雪又不是人，爸你进来呀。"

"我在外边坐坐。"

没太阳，天空不阴不阳很神秘。老头喜欢外边的空气，老头喜欢他这个宽敞的大院子，前边是放煤的土房，后边是住人的砖房。厨房原来在前边，后来搬后边砖房了，两间土房子全部用来放煤块。土房顶上那个瓷罐烟囱还在，跟土炮似的很威风。房顶上铺厚厚一层干土，煤块躺在这样的房子里，跟躺煤窑里差不多。四棵树煤矿他去过，那些煤全躲在山包里，一条小铁轨通进去，煤块很不情愿地被拖出来。拉到他这里，是煤的福气，他会善待它们的。

雪就是这时候落下来的，就在老头眯着眼睛神游四棵树煤矿的时候，一群群雪片静悄悄伞兵似的拖着胀鼓鼓的白降落伞来到老头身边，把他猛地惊醒了。屋上屋下全是雪，一下子来这么多，整个冬天就这样被大雪白净的翅膀驮到地上，连老头自己也成了雪人，门口那个大扫帚简直就是一只雪豹。老头嘿嘿笑着往外跑，把扫帚撞到地上，雪很快就把它埋了，像沉没在大河里的船。

这回老头可没跑远，他在路口就停住了。从门口到这里他全扫过了，他便以为雪应该落在这里。他蹲下，屁股在雪上响，他只好撅高一点，脑袋反而离雪近了，好像雪地里埋着庄稼的种子，其实种子全在路边的地里，路上全是人的脚印，这些脚印会不会发芽？反正地里的种子要发芽要长成庄稼。雪越多，种子的希望就越大。路也一样，人把自己吃用的东西种在地里，给自己留一条路，可人从来不像种子一样在一个地方生长，人喜欢走动，弄得路像怀不住娃娃的女人，一生一世总是干瘪着肚子。地是那么容易受孕，路永远不会。老头的手伸下去，雪硬生生，他摸到的路面跟石头一样，又光又硬。他希望又光又硬的路面长出一些东西来。

路上果然冒出一个大家伙，跌跌撞撞，越来越近，差点撞上他鼻子，雪碎成粉末就是不化，轮胎干干的。路上长出一辆车算是个好收成。

这条路好久没来车了。车全在几公里外的独克公路上，就像汽车厂的流水线，不分昼夜，一辆接一辆，从克拉玛依油田到独山子炼油厂，几百公里车流不息。

这辆车就是从独克公路上转过来的。车子摇摇晃晃开到老头家门口，老头才知道那是儿子的车。儿子从驾驶室跳下来，进大门。车在门口喘息。老头跑起来，跌一跤压碎好多雪，眉毛胡子嘴巴全白了。嘴巴上的雪化成水，这是冬天融化最早的雪，雪水有股白萝卜的味道。

车上装满煤，覆厚厚一层雪，煤块黑亮而粗壮，跟山里的熊一样，老头几乎能听见煤块粗壮的出气声。山里的熊就这样披着厚厚的雪在雪地里爬来爬去，出气很粗可它们不累，爬多远也不累。

儿子从门里出来："爸，大雪天你跑哪儿去了？"

"我在路上转转。"

"我怎么没看见你？"

"我跟雪待一起你当然看不见。"

他们回屋里，丫头做揪片子，到处都是羊肉和皮芽子的香味。老头问儿子："办好啦？"儿子说："那是个好单位，在市中心，妹妹明天就可以上班。"老头喊丫头出来，老头说："吃过饭跟你哥走，上班可是大事。"儿子说："爸不用急，老板是我哥儿们，晚点儿没事，让妹妹多陪你几天。"丫头也说要在家待几天怕爸爸寂寞。老头笑："你爸是粗人，不认识寂寞。"儿子和丫头都笑。

吃饭时儿子叮咛爸爸不要出去乱跑，不要待雪地，那会把人冻僵的："你就在屋做饭，看电视，吃的用的全给你安顿好了。"几天前，儿子把前边厨房搬进来，院子的菜窖里储备了整整一个冬天的果子和菜。儿子说："过几天我拉两只羊，爸你好好享福吧，等我分到房子，就把你接到奎屯去，咱们跟这里拜拜了。"老头说："我喜欢这里，跑奎屯干什么，你知道奎屯什么意思，蒙古语里是个寒冷的地方。"儿子说："现在那里建起了城市，你儿子你女儿在那里工作，你肯定要在那里安度晚年。"儿子又大谈一气宏伟蓝图，嘴里咯儿咯儿响像青蛙在叫。后来，儿子点一棵烟，慢腾腾走出去，喊连里的熟人去了。

丫头很高兴，收拾碗筷，哼哼着歌。老头说："你喜欢那里。"丫头说："我喜欢。"老头说："到那里要听你哥的话。""爸爸我会常来看你，给你买好吃的。"老头笑："咱家不缺吃的，你不要乱花钱。"丫头说："我要给你买肯德基、巧克力蛋糕。"

"我不吃那些洋玩意儿，有羊肉有皮芽子就够了。"

"那东西吃了一辈子你还吃呀。"

"不吃羊肉不吃皮芽子就没什么好活的。"

"爸你真有意思，不吃羊肉不吃皮芽子就不能活了吗？"

老头不知什么时候蹲在窗户下边，那里放着两棵白菜和一堆皮芽子，老头拣一个大个儿皮芽子，红皮，就是羊血那种暗红色。老头擦掉上边的土，跟擦果子似的，擦过之后又剥掉一层，闻它浓烈尖利的味道。老头嚓咬一口。老头牙齿很好，嚓嚓几下就吃光了。

"爸，我走了房子里就剩你一个了。"

"我知道你们操心这个，我不孤单。"

"这里只有你一个。"

"有好多人家，怎么说是我一个。"

"那是别人，这里你没亲人了。"

老头笑了："我不孤单，你到奎屯才孤单哩，你谁也不认识，你只认识你哥，街道楼房你一个也不认识。"

丫头说："我在电视上见过奎屯，城里很热闹。"

309

"年轻的时候应该到热闹的地方去生活。"

丫头放心地收拾自己的行装。丫头有一间自己的小屋。

外边好多人帮儿子卸煤，他们把煤块从窗口递进来，一块块堆起来，整整齐齐，上边还沾着雪，像果霜。煤待在这里，跟在地底下一样。帮忙的人抽着儿子散的烟，回去了。

儿子把妹妹的行李搬到车上，兄妹俩不要老头送，老头就站在门口，看着车子消失在白雪中。

老头知道那白茫茫的远方有一条公路，更远的地方是一座城市，儿子和女儿到那里就半夜了。

老头感到有些冷，他蹲地上摸半天，摸到了那把扫帚，把它从雪里拖出来，拖进院子，关上铁门。院子里的扫帚很快又被雪埋住了，埋在院子里跟埋在外边不一样，至少风吹不着。

老头到前边的土房子里，从煤堆上搬下一个大煤块，手一松，煤块就碎在地上，声音很松散，哗一下，全成了拳头大的小煤块，乌亮乌亮，掂手里跟木炭一样。门后有一个轮胎制作的皮桶，老头用它装煤，装满满一桶。有煤块掉在雪里，没有声音，老头听见的全是刷刷的落雪声。煤块被雪压住，起先还能看它的黑影，雪越落越多，完全抹掉了那团黑影。院子彻底地白了。

炉子里的火焰扑轰扑轰，跟健康人的心脏一样。老头不是心急的人，他有耐心，等火那种轰轰声衰弱下去。炉膛里静悄悄，老头心里也静悄悄。炉子这么谦虚绝不是因为它弱，而是它沉得住气。老头揭掉炉盖，火烬咯铮铮渗出岩熔状的红光，可炉子有个结实的铁壳，跟堤坝一样把波涛滚滚的洪流压向远方。冬天的房子就靠这炉子支撑。老头用火钳试一下，火钳跟电炉丝一样一会儿就红透了，火烬很瓷实，像牝马胸前的筋肉。老头上了年纪，可还是喜欢结实有力的东西。这么棒的火他很放心。他觉得是时候了，岩熔状的火烬快裂成娃娃嘴了，老头夹一块煤，像给一个壮汉递一块烤羊腿，他的动作豪迈大方，煤块刚递进炉膛，就像鱼饵在深水里似的，猛然一抖，火扑上来，煤块没有立即燃烧，而是焊接在火烬上，焊得很紧。火焰如同少女的红晕一下子涌到煤块中央，在一片爆裂声中煤块喷出大火。

炉子有个好胃口，跟吃果子似的把一桶煤咔嚓光了。火焰一跃而起，老头绝不让它们冲出来，他把他的大铁壶搁在上边，火焰被压进火墙，沿着远程火炮的膛线射向屋顶射向寒冷漫延的各个角落。寒冷覆盖整个冬天，却对房子无能为力，房子里有他这样的老头和炉子。炉子是他的机关枪是他的大炮。老头当过志愿军，跟联合国军打过仗，他知道一挺机枪完全可以守一座山头。

老头喜欢这个炉子，喜欢火焰的轰轰声，老头忍不住把脚搁在炉子上，就像把脚搁到牲口身上一样。他种过地放过牧，牲畜身上那种暖烘烘的感觉很诱人。一个烧得很旺的炉子就跟一头黄缎般的牛犊一样，就跟浑身雪白的儿马一样，

311

就是那些臭烘烘的猪，当它们用肥凸凸的肚皮来蹭你的时候，你也会满心欢喜乐不可支。

夜很亮，完全是纯净的雪光，但天很蓝，蓝得平坦而辽阔。雪本来就是从天上下来的，它们在天上的时候，也会发出星星和月亮的光，它们到了地上，星星月亮就不用放光了。这就是冬天的好处，虽然寒冷，但大家都不累。

老头用铁簸箕端好多雪，撒房子里，房子太干燥。老头跟撒化肥一样一大把一大把撒出去，白雪噗噗落地，像一群鸭子在跑。

雪融化得太猛，潮湿的地方还留着雪的清香。

老头睡觉前关了灯，炉子一下子到了暗处，像一头熊进入幽暗的林子。黑熊碰到树就来劲，它会把树玩得死去活来，牛性子一来，会把树连根拔起。我们称之为黑暗的那种东西几乎全在屋里，屋外全是白雪，莹莹的雪光，浓浓的雪的清香弥漫天地。夜晚滋生的黑暗跟蝙蝠似的纷纷躲进屋里，兴许是被冻坏了，进了屋跟猫一样专往热处蹭。这下可给炉子逮住了，炉子夯夯的憨憨的，笨手笨脚，可劲儿很大，把黑暗全抓住了，抓得死死的，全拽到自己跟前，炉子索性连外壳都不要了，赤裸裸一团大火跳跃在黑暗当中。

在老头的梦里，炉子成了真正的黑熊。老头听见炉子在地上腾腾走动，黑夜像个狐狸精，缠绕在它身边，把它弄得很兴奋，越兴奋脸就越红眼睛就越亮。老头猛地坐起来，揉揉眼睛，天空泛出青光，天快要亮了。

老头摸下床，拨开炉子，火焰又困又乏，老头只给它几块煤，就像对待一个饿汉，不能给它太多，那会撑坏它的胃。很快有一股蓝色火苗蹿上来，像春天泥土里蹿出来的嫩芽。大清早就要这种火苗，嫩而不娇，一脸纯朴的蓝色，像个新鲜的婴儿，老头真想抱一抱，老头就把手伸进炉膛，让蓝色火苗吮他的手。他的手又干又黑，伤痕累累，可蓝色火苗不嫌弃，吮奶子似的吮他丑陋的手。老头压根儿不管火烧火燎的疼痛，他只瞅着蓝汪汪的火苗从手指爬到手背，火苗和他同时看到了手背上唯一鲜嫩的东西——血管。老头的血管还是新鲜的，老头知道这是唯一陪他去死的东西了。身上的其他部件都坏了，不能用了，唯有血液能流到生命的尽头。老头兴奋得哽咽起来。

半月以后，儿子拉回来一只羊，宰好的，连骨头都剔了。儿子把鲜嫩的整羊埋在院子的雪堆里，儿子交给他一把利斧："爸你用这只羊过冬吧，想吃就砍。"老头说："我有炉子，有一车煤，它们可以陪我过冬。"

老头叫儿子听炉子里的火焰，儿子说："这又不是收录机，你要解闷看电视嘛。"儿子打开电视，发现父亲对电视没什么感觉。父亲蹲在炉子跟前，像兽医给奶牛会诊。父亲很满足，儿子放心地走了。

老头从雪堆里扒出羊肉，用斧子嚓砍一方块，他只要一块。他把羊肉泡在凉水里，泡了整整一上午。下午肉才化开。他把肉剁成拳头那么大，放铁锅里煮。他在汤里只放姜和大盐。这样煮出的羊肉味道很纯，肉也鲜嫩。

老头开膳之前，先给炉子添上煤，他要炉子跟他一起用餐。他听到煤块碎裂的声音才动筷子。一盆羊肉全吃下去了，身上热烘烘。

老头到院子里铲些雪撒房子里，可再也闻不到白雪的清香了，浓烈的羊肉味儿冲出屋子，冲到很远的地方。

新疆就是这种地方，谁家煮肉，几里外就能闻到，特别是下雪的日子，羊肉的香味就显得特别鲜美。老头喜欢白雪的清香。他走出院子，走到白茫茫的雪原上，嘴巴和喉咙一下子清爽了，舌头也薄了灵巧了。积雪的气息真厉害，一直透到肠子里，五脏六腑像洒了清水，潮润润的。

老头差不多一礼拜炖一次羊肉，吃饱喝足总是忘不了白雪的气息，总是走好远，在雪地里呼吸那种清爽而真切的芳香。

丫头真是好丫头，头月发工资就买了肯德基和巧克力蛋糕，在爸爸生日那天赶回来了。老头啃着鸡腿，喝着丫头温好的奎屯特曲："这就是美国鸡，真有意思，老子跟美国人打过仗，现在又吃美国鸡。"老头吃得很香，一只鸡一扫而光，还喝了半瓶白酒。丫头想跟爸爸说说话，爸爸已经走神了，死死盯着炉子。炉子刚加了煤，老头张着嘴巴支棱着耳朵听炉膛里的轰响，老头沉醉在煤块激昂的燃烧里，丫头叫了几声他都没听见。丫头哭了，声音很小。丫头一哭老头就回过神来："给你说过么，到了奎屯你会哭鼻子。"

"爸爸，你太寂寞了，我下月给你买收音机。"

"我不要那玩意儿，我有煤有炉子，我过得很好。"

丫头看出来了，炉子成了爸爸的宠物。丫头拿抹布蘸着水把炉子上下擦一遍，然后她到院子里铲好多白雪，撒在煤垛上。这里没生火，雪一直覆在上边。

老头迷恋这个冬天，他从来没有过过这么好的冬天。积雪不怎么白了，开始变暗，有些地方雪成了干粉。照这样下去，炉子也不用烧了，家家户户把炉子搬到前院土块房里，炉子只给人做饭用，炉子不可能在房子里陪我们人。

"这可怎么办，有雪有煤还有炉子，这还不够吗？"

老头给大家叨叨他的烦恼，大家知道老头在冬天里陷得太深了。大家安慰他：五一节天才变暖，你还有几十天好日子过。那正好是四月初，冬天的大尾巴还拖在大地上，人们还不敢怎么放肆，厚厚的棉衣还在身上穿着，大皮帽子还戴着，不小心会摔在冰碴子上硌得骨头发麻，眼睛喷出泪花。

儿子这时候来接爸爸，儿子在奎屯有了房子，三室一厅，有暖气有煤气，其中一间是给老头的。儿子一把大锁锁上大门，什么东西也不带，只接他的父亲。老头还是那句话："没有炉子没有煤，日子怎么过呀？"老头问儿子："暖气能不能接到炉子上？"儿子说："能。"老头说："接上暖气我还要烧煤。"儿子说："你烧什么都行。""我只烧煤，煤烧起来可好听了。"

到了奎屯，新房子用不着炉子，老头听了很久也听不到煤块燃烧时那种雄壮的声音。炉子放在楼道里，老头蹲在它跟前一蹲就是大半天，儿子只好把它搬到老头床前。儿子还给炉子装上四个滑轮，老头出去的时候，炉子轰隆隆跟在后边像凶猛的猎狗。

卷七

麦　　子

他们住在土房子里，一直要住下去。不管是谁，问他们搬不搬走，他们就说要住下去。当然了，老婆婆的回答要平和一些："搬走怎么办呢？你前脚走，草就后脚跟过来，这儿的草有多凶哇，你刚转个身，它们就爬到窗户上，往屋里钻。"老头脾气躁："往哪儿搬？我搬走你住呀！"老头总以为他住的是皇宫。

房子又矮又小。房子高不起来，房子周围的树就不怎么高。这儿的树都是矮个儿，都是那种憨厚的榆树——枝杈很多，叶子很密，就是长不高。风大。树像绿狮子，毛发纷乱，疯狂地扑打风，风疼得满地打滚，蹿到天上，发出长长的哨音，又跌落到洼地里发出猛兽似的嗥叫。风嗥起来，地都动呢。老头吓唬老婆婆："树抽它们呢，树是老天爷的鞭子，老天爷要抽它们，它们只能哇哇乱叫。"老婆婆战战兢兢："老天爷为啥要抽它们？"

"谁让它们乱跑，老天爷可容不得谁整天乱跑。"

"它们已经认错啦，老头子救救它们吧！"

风撕心裂肺地叫，已经分不清是在天上还是在地上。

老婆婆说："它快没命了，它往咱们房子里逃呢老头子。"

风惊慌失措，拼命地拍打门窗。

老头慢慢站起来，老头在考虑老婆婆的请求。老头遇什么事都要考虑考虑。一个威严的男人即使面对自己的老婆，也不能贸然答应什么。老头盯着老婆婆盯了好一会儿，老头慢慢走出去。

老头走出房子脚步就快了，高大的身躯三晃两晃就到了树跟前。老头唰一下拔出腰刀。老头身上有一把库车腰刀。老头不是库车人，可老头佩带着库车腰刀。老头大手一挥，砍下半截子树，一个很大的枝杈滚落地上，扑通又滚下来一个，就像从疾驰的马背上栽下来的，摔得那么厉害。

老头一路砍过去，林子里全是扑通声。风一下子挣脱了，风跟猫一样远远躲开。老头站在斜坡上大喊："老婆子出来吧，风得救啦。"

老婆婆花白的脑袋在门缝儿里探一下，小心翼翼地走出来。

林子里的树静悄悄的，坡上的草静悄悄的。天上的云露出一副媚态。老头正指着那朵云："老婆子看到了吧，那就是你要找的风。"风卧在云端那么温顺那么乖巧，一点也不像哭喊过的样子。老头说："风跟你们女人一样爱嚷嚷，其实啥事没有。"

老婆婆又心疼那些树。每棵树上都有一个大伤疤，金黄的树液翻卷出来，把树皮全都渗湿了，一直渗到树根。老婆婆抱那些落在地上的粗大的树杈。老婆婆这辈子就这样了，心疼这个心疼那个。老婆婆抱着树杈扯着衣襟擦啊擦啊，树液跟泉水一样没完没了。

老头说："行啦行啦，弄脏衣服还得你自个儿洗。"

老头手脚麻利，很快就把树杈堆起来，堆在院子里。让老婆子一个人难受去吧。老头可不是心肠软的人。老头手持一把亮晃晃的斧子，把树杈全卸开了。木柴高高堆起来，像一堆金黄的苞谷。

老婆婆抱着树杈往回走，老婆婆轻手轻脚就像抱着一只受伤的小动物。老婆婆看见丈夫手持利斧就叫起来："老不死的，你干啥呀？"

"劈柴火。"

"你把它们都劈了，它们还流血呢。"

"干了就不好劈了。"

老婆婆嘴都歪了，歪得说不出话。

老头说："歪一会儿脑子就清醒啦，女人就是爱犯迷糊。"

老婆婆的嘴巴歪了很久，才顺出一口气。她忘了对老头子的怨恨，她怀里的树杈早就被老头夺走，粉身碎骨，躺在

321

柴火堆上了。她的脑子在慢慢苏醒，她没想到她这么老了还会有一双清澈的眼睛，看什么东西都是那么清晰。树林被老头的库车腰刀一阵猛劈，变得疏朗起来。老婆婆朝树林走去，老头在她跟前咳嗽，她没听见，老头大声嚷嚷她也听不见。老头气咻咻地说："疯婆子，又犯迷糊啦？"

　　老婆婆迷糊得厉害，她摇摇晃晃走过去，她走到浓密的树林里。老头发现她竟然一身金黄，飘动着团团芳香，就像一头金色的豹子。

　　豹子走在麦田里，麦子哗哗响起来。麦子的金光洒在榆树上，榆树叶子油汪汪的；麦子的金光洒在云朵上，云就像戴了金笼头，云跟牲畜一样弯下脖子在明净辽阔的苍穹上吃草，云吃草的声音很柔和，窸窸窣窣。老婆婆摸麦穗呢。她的手像一只跳鼠，跳到麦芒上，麦芒浓密绵长就像夏天的睫毛，老婆婆触摸到夏天最美丽的地方。

　　麦子在老婆婆的掌心里颤动。

　　老婆婆的手又干又小，黄巴巴的，长满金黄的茧豆。那些茧豆真大呀，又圆又壮实，比麦粒大，比麦粒好看，就像一颗颗小太阳。中亚大漠的太阳都这样子，小小一点，原野就像合起来的手掌，太阳在金色的指缝儿里回落。有时太阳会挂在树梢上，挣扎半天也挣不脱，把树都拉弯了，茂密的树梢牢牢地抱着太阳不肯松手，就像一个粗野的汉子搂抱他心爱的女人。树梢不停地朝天空涌动，连地上的草也想拧太阳的小脸蛋儿。

老婆婆的额头闪动着快乐的光芒，老婆婆发出梦呓般的叫声："长高了，长胖了。"老婆婆搓开一只麦穗，麦粒肥肥胖胖，软乎乎的，就像刚出生的婴儿，老婆婆用手轻轻拍打着："哭哇哭哇，快哭上一声。"

老婆婆曾生过一个孩子，那个孩子没长大就死掉了。从那以后她再也没有生过孩子。她有过生孩子的经历，非常清晰，常常出现在脑海里，弄得她很难受。那个孩子离开人世时牙还没有长齐呢，肉乎乎的，娇嫩的身子在她怀里一点一点变凉，整个大地都冰凉了，天空和房子都是冰凉的。老婆婆的怀抱是热的。老婆婆把冰凉的孩子放进棺材时，一下子记住了自己热腾腾的怀抱。老头说："行啦行啦，明年咱再生一个。"

老头扛着小小的棺材，就像提着小木箱出远门。老头穿过榆树林，榆树刚栽下不久，已经被风吹弯了。老头在草地上走了很久，看不到房子时才停下来。前边有个土墩，黄扑扑像个从地底下钻出来的兽。老头就把孩子埋在土墩下边。

老头还记得铁锹铲开草地的情景，草根细密跟血管一样，就像割开牲畜结实的腿，泥土的筋肉在冒血，在突突跳，老头伸手摸一下，简直就是一匹活马的大腿内侧。老头的泪唰地落下来，落到汁液丰沛的泥土里，泥土的气息真呛人啊。老头连打几个喷嚏。老头在挖好的坑里坐一会儿。老头抽莫合烟，烟雾落到草丛里，一点一点沉下去，又升起来。老头心想：它还会出来。老头这才放心地把棺木放进坑里，掩上土，把所有的土全堆在坟上，连草皮都贴上去了。绿色的原野上出现一个小小的土丘，就像大地结出的果子。一个绿色的大果子。

老头站在旷野里看了好一会儿。

老头回去时，老婆婆还在摸自己的怀抱，好像怀里躺着一个婴儿。老头说："他还会回来。"老婆婆说："他要去多久？"

"大概一年吧。"

"一年吗？"

"一年。"

那年，牧草长到了天顶，畜群就像小蝌蚪，连马群也被草浪淹没了。她敞开怀抱去搂那高高的草浪，她整个人被草浪冲起来，又吞下去，她总能活着回来。好多马被草浪卷走了，卷走的羊羔更多。

那时，他们年轻力壮，老头相信他们会有孩子。老头自己动手做几只木碗，换一口大锅，好像他们要生一大群孩子。她说："一个女人生不了那么多。""为什么生不了那么多？"丈夫在她身上抓一把，丈夫抓的是女人身上最丰润最感人的地方，丈夫自豪得不得了："这是咱们新疆，想要多少娃娃就有多少娃娃。""拿什么养活他们呀？"丈夫大手一指，外边是辽阔的原野。

旷野无边无际，伸向远方。好多年以后，从大城市来的洋学生把这辽阔的土地叫太平洋。

老头不知道什么太平洋，老头只知道他要养许多娃娃，老头就从太平洋开始的地方垦荒。老头把金黄的麦种大把大把撒出去。那正是落日时分，泥土波涛汹涌就像沸腾的金属。老头的手臂跟鹰一样伸向苍穹，把落日给遮住了，手臂粗壮的黑影投落到地上，随即发出一阵粗重的唰唰声。麦种的大网捕获了土地，肥大的土块跟鱼群一样跳起来，向四周奔窜。太阳落下去，麦子升起来。

老头端着空簸箕，眼睛充满梦幻般的光芒。

他曾这么端过他的女人。那是流传在西部的古老仪式，男人在那神圣而壮丽的时刻，必将端起他挚爱的女人，把女人团成金光灿烂的圆，照亮他的生命，照亮大地和天空。

那年，他去团部接受重要任务。他已经30多岁了，他在农场最偏远的地方开荒种地，领导终于想起他的婚姻问题。传他去团部的重要任务就是解决这个问题。他骑马跑三天三夜，赶到小拐团部。他喊报告进去的时候，政委正给一个青年女子谈话，政委脸色很不好看。那女子却眉是眉眼是眼，长得很好看。他都看呆了。女子不看他，他看人家。他说："这是我女人。"政委说："怪我无能，把工作没做通。"漂亮女子转身走了。政委气得大叫："无组织无纪律。"他劝政委别生气："那么漂亮的女子根本不适合我。"政委吃惊地看他，他说："我那地方需要结实的女人，跟马一样结实的女

325

人。"政委笑了："你真是好同志，你是我们的英雄，我们一直想给你找个漂亮女人。"他咧嘴笑："漂亮女人不中用。""你要身体棒的，还真有一个，长相差些，心灵绝对美。"

他很快见到那个大块头女人。他们在猪圈见面的，她是炊事班长，兼管猪圈。她接触过好几个男的，都没谈成。她就跟猪待在一起，那些猪个个肥壮无比。大家发出惊叹：谁跟她过日子，谁就能肥壮起来。就是没人动这个念头。他们见面，她就说："你这么壮你还来找我？"他不知道这话跟猪有什么联系，他就说："谁不想壮？""你想壮？""我想壮。""你找对人啦！"她从猪圈站起来，看他好半天，他说："看仔细，我不少胳膊不少腿。"她从猪圈跳出来："你也看仔细，我有胳膊我不比谁差。"

他们就这么说好了，她跟他走。她是后勤部门的强劳力，她要到荒漠里去，大家才发现她的好处，大家把她围在大院里，大家在她肥壮高大的身体跟前显得跟小孩子一样，就像一群小朋友围着一只长颈鹿。她骑上团部最好的大白马，跟他走了。

走进荒漠她就显出优势，她在空旷荒凉的景象中亮丽起来。他不停地看她，他故意把她让到前边，她圆浑浑的长脖子跟枯死的胡杨打个照面，胡杨就亮起来，坚实的木纹显得很清晰：她整个庞大的身躯一下子让大荒漠充满了生命强烈的存在。

他小声说："你脸这么大。"他声音很小，她还是听见了，她说：“真的吗？”她的脸亮堂堂的。

他小声说：“你的眼睛这么大。”

她说：“真的吗？”

他小声说：“你的嘴这么大。”

她说：“真的吗？”

她的腿夹着圆浑浑的马腹，她的腿比马腹圆，可他说不成这个圆。她的屁股又圆又厚实，跟厚实的马屁股贴在一起，可他说不成这种厚实。他能说什么呢？他很想说两句。他突然看见那匹大白马，那是一匹真正的骏马，他说：“马漂亮得很。”

“真的吗？”

“真的。”

“人家叫我大洋马，就是这匹马。”

“这马漂亮呀。”

“你也这么说。”

“马是你的嘛。”

“从来没人这么说过我。”

她脸红起来，那种圆浑浑的红把太阳都显小了，太阳有点儿苍白。天空挺起火热的胸脯，一下子把太阳挤成两瓣，太阳最饱满的地方出现优美的谷地。女人和骏马走在太阳的谷地里，女人就像起伏的娇娆群山。他没想到他能娶这么大一个媳妇，一个顶三个。

“你说我一个顶三个？”

"三个女人才顶你一个。"

"从来没人这么说过我。"

"我是你男人才这么说你。"

"你是我男人，你就天天这么说我，我喜欢你这么说我。"

　　跟那个年代所有的西部故事一样，他们的洞房在地窝子里，里边有一盏马灯。流传在西部的古老仪式就这样开始了，他端起他挚爱的女人，他的女人这么大，他一下就感受到生命的强壮。一股豪气冲天而起，就像端起了整个大地，他把大地端在手上，他把大地团成一个圆，他的女人就坐在那个圆里。他听见一个声音，那声音不停喊叫："端起来了，端起来了。"土炕上出现两个金黄的颗粒，女人把那颗粒捧到手上，女人说："它养我们一辈子。"那颗麦子一直跟着他们，他们举起马灯向四周看，他们跟鼠一样窝在洞里。

　　女人说："我们就像谷壳里的籽。"

　　丈夫说："我们出去。"

　　女人说："不是出去，是发芽，我们发芽。"女人指着手心里的麦子："这是我们的命，我们从这里发芽长起来。"

　　丈夫说："那我们就长吧！"

　　那麦子就长起来……

　　麦子长起来……

　　麦子生长的样子就像太阳升起来……

　　太阳是这样升起的……男人举起双臂，女人举起腿，太阳就升起来了。

我来告诉你太阳的秘密。

女人贴着男人的耳朵。此时,男人的生命正在女人的身体里,男人在逐渐扩大,跟河流的入海口一样汹涌着澎湃着……我来告诉你,我一定要告诉你,你这鬼啊你啊你啊啊啊……

啊!——我来告诉你吧,太阳是从地窝子里长出来的。

还有麦子,长满谷地的麦子,大片大片的麦子……太阳落下去,麦子长起来。

老头端着大簸箕,麦种撒光了,簸箕里还有泥土的光芒。我把泥土的光端回来啦。老婆子开门啊。泥土金闪闪的,老婆婆被吸引住了。

"我们是簸箕命。"

他们伸出手,手指指蛋上没有一只斗,全是簸箕。簸箕不聚财。老婆婆说:"咱不要财。"老婆婆搓开一只麦穗,搓出几十颗胖乎乎的麦粒,轻轻拍打着:"哈哈,我有这么多孩子。"

我的父亲

——代后记

杨　扬

　　我的童年是在新疆度过的。

　　我们一家刚开始住在伊犁州技工学校的家属楼。这种楼带有一层地下室，冬暖夏凉。新疆夏天很热，好多人会把西瓜等水果放到地下室里，有人甚至直接住在里面避暑。这种楼叫作塔式楼，至于为什么叫这个名字，我也记不清了。现在想起来，伊犁州技工学校占地面积很大，大门外就是公路，那条路上经常会有奔驰而过的大货车、油罐车，货车上拉的是扎成捆的棉花，远看很像白白的方块糖（新疆特有的一种糖，用白砂糖制成）。

　　后来，我们家搬到塔式楼附近的平房里，我们在那里度过了在新疆最后的时光。平房有个比较大的院子，院子里有个小小的花圃，种着可以缠绕在走廊上的啤酒花。经过花圃和走廊就是房子的正门。进门左手边是厨房，厨房还挺大，可以容纳三个人；右手边有两间卧室，这两间卧室一样大，我住在厨房旁边的那间卧室，那儿也是父亲夜间创作的空间。

小时候，父亲在我心中是高大的、伟岸的，总觉得他无所不能。送我上学的路上，他会拿本《唐诗三百首》，一边走一边教我念，这种记忆将让我铭记一生。他会变魔术，会讲故事，会做各种小玩意逗我玩。记忆当中，父亲是个爱锻炼的人，一年四季，每天早晨早早出去跑步，回家后还要做俯卧撑。冬天，他穿着短袖衫和短裤在雪地里跑步，洗冷水浴，当时很多人对此感到震惊，觉得不可思议。后来，听父亲说，跑步锻炼是他从小养成的习惯，洗冷水浴也一直坚持了很多年。

1995 年，父母办好了调动手续。调走之前，技工学校的老师、学生帮我们整理行李。父亲的书很多，打包后装了好多箱子。家里的家具四散出去，最后一件家具留给了王树萍叔叔。离开的那天，学校几乎所有的老师都来相送，我还记得庞琦阿姨给我们端来了一大盘馓子。汽车队的叔叔送我们一家前往乌鲁木齐。上火车时，爸爸的朋友张海生还帮忙提着行李箱。

绿皮火车在陇海线上摇晃了三天三夜才到达目的地。到宝鸡的那天，天已经快亮了，灰蒙蒙的。我们一家到宝鸡火车站后，大姨和姨夫来接我们，这就开启了我们在宝鸡的十年生活。

初到宝鸡，我很不适应。我从小在新疆长大，头一回听到陕西方言，有点不知所云。刚入学那会儿老是迟到（迟到是因为作息习惯不同，新疆的冬天早上九点才天亮，下午大概七点放学），经常被叫家长。

相比新疆的自由、豁达和"野性生长"，到了新环境要"深谋远虑"。另外，见识了新疆瓜果的浓香和遍地的牛羊，这里就显得有点"贫瘠"。最让我意外的是，陕西这边吃西瓜是切成一片一片的。新疆那边吃西瓜是一刀劈开，然后用勺子挖着吃，吃完了再把馕泡进去吃。

在宝鸡的十年，是父亲创作的高峰期，他的很多经典作品于此时诞生。十年间，父亲带着我走遍宝鸡市的各个角落，每家新开的书店乃至路边的旧书摊都被我们"扫荡"了好多遍，淘书成了每个双休和假期的必修课。

同我们一家回到宝鸡时一样，我们仍是踏着初冬的白雪离开这座城市。2005年11月，我们一家迁居古城西安。

来到西安后，父亲的创作激情比以前更高涨。他的精力也让我们很惊讶。他从不午休，甚至整晚不休息，要么在创作，要么在看书。早晨，父亲还会做好饭等我和母亲起床。我曾经问过父亲：这样作息不会累吗？父亲告诉我：他这些习惯是从小养成的。小时候家里条件很差，为了看书学习，只能后半夜趁大家睡着了，自己去厨房点个油灯看书，直到天亮。至于旺盛的精力，得益于父亲孩童时代和少年时期坚持锻炼。听父亲说，他小时候，家里的很多重体力活都是他去做，上山砍柴、打猪草等等。中学时期还和同学一起学过武术，练就了

我的父亲——代后记

强健的体魄和坚韧的意志力。

父亲最喜欢国外的历史名人，尤其是德国、俄罗斯等国历史上的强者。他最喜欢听的是德国和俄罗斯的经典乐曲，最喜欢看的也是这些国家的文学、历史和哲学名著等。他三次游历俄罗斯，俄国历史上的文学巨匠的故居和墓地他都一一凭吊过。去英国时，还参观过英国海军学校。记得父亲说：这所海军学校当年住过很多平民学子和贵族子弟。那些贵族子弟住的校舍是最简陋的，连窗户都没有，床就是一张铺着厚厚稻草的木板，这是为了让他们不要耽于安逸和享乐。

父亲很喜欢强悍勇敢的英雄人物，父母去新疆时，和他们同行入疆的人很多。父亲和他们一路畅谈，和不少人结下了深厚的情谊。在新疆那段时间，父亲和边疆的驻防军人及老一辈的革命军人相识相知，构思了一部作品——《创世记——老兵的故事》，这部作品不仅仅是讲述边疆驻防军人的故事，更是探寻祖父年轻时的经历。

父亲去世后，我在网上看到过好多纪念他的文章。有的读者以为父亲在新疆当过兵，还有人以为父亲当年是一个人去新疆的，我和母亲两人在陕西生活，等等。其实，我父母是在大学期间认识的，相识后两人一同去往新疆。当年因为父亲家里条件不好，没有举办婚礼，他们是在新疆伊犁州技工学校办的婚礼，我也是在那里出生的，我父母都是陕西关中西府人。

父亲在少年时代就大量阅读文学、历史、地理方面的书籍，中学时期就开始发表诗歌，后来在新疆开始小说创作。他的很多作品都是大学甚至少年时代就开始构思的，比如《准噶尔之书》《西去的骑手》《太阳深处的火焰》《长命泉》；去新疆后，那里的风土人情和少数民族史诗更激发了他的创作潜能。父亲曾说：新疆，包括整个西域，是个无尽的"宝藏"，这个宝藏包含的不是狭义上的资源，而是整个西域的文化，这些灿烂的文化直接或间接地影响过我们的文明。

父亲整理创作的长篇小说《准噶尔之书》，详尽描述了准噶尔盆地及周边的风土民情。这部作品从文学、历史、地理等不同角度将准噶尔这个丝路交通的必经之地作为核心，链接起西域文化。

父亲做事细心认真，待人很随和。他讲课前一个星期就把要讲的内容整理好并打印出来，等上课时发给每一个学生。父亲讲课从不带讲义，上课期间也不喝水，永远站着上课。他曾说：海明威就是站着写作的，那样更有灵感。父亲将自己的毕生所学通过笔触融入文化"丝绸之路"，并投注了一生的心血。

2020年年初，疫情席卷全国，我和母亲也同样"猫"在家里。最初的日子里，就是每天看看媒体的报道。外面的街道空空如也。我偶尔拿着单位开具的出入证明去值班，时间好像突然静止了一样。

有一天，母亲突然对我说："咱们在家待着哪儿也去不了，除了看新闻还是看新闻。我们两个把你爸的作品整理整理，有很多以前的手稿都在箱子里，时间久了就更不好整理了。"我想了想，母亲说的也是，这些资料很多都是二十多年前的，甚至是手写稿。想到这儿，我们立马行动，把书房所有的箱子搬到客厅，一箱一箱地找。杂志书籍归为一类，报纸归为一类，手写稿另外整理好放在一个地方。在整理的过程中发现很多曾经出版或者未出版过的作品，其中就有《创世记——老兵的故事》《准噶尔之书》。发现它们的时候，我和母亲心情无比激动。我们仔细地翻看了好几遍这两部作品，一来是确定这是没有出版过的；二来是确定它的内容和篇幅，这两部长篇的雏形原来是这样的。

2020 年 3 月，父亲的中篇小说集《跃马天山》收入了河南文艺出版社出版的"百年中篇小说名家经典"丛书，收到样书时得知编辑王宁女士正在洽谈该书的海外版权，便试着将《创世记——老兵的故事》《准噶尔之书》《惊魂未定》三部书稿交给王编辑，不久便得到河南文艺出版社经过论证同意出版父亲这几部遗稿的消息。

父亲去世已经五年了，还有很多朋友、读者记挂着他，作为家人，我们深感欣慰，也唯有以他的作品回报大家。

图书在版编目(CIP)数据

创世记:老兵的故事/红柯著. --郑州:河南文艺出版社,2023.10

ISBN 978-7-5559-1497-6

Ⅰ.①创… Ⅱ.①红… Ⅲ.①长篇小说-中国-当代 Ⅳ.①I247.5

中国国家版本馆 CIP 数据核字(2023)第 110152 号

选题策划	李建新　王　宁		
责任编辑	王　宁		
责任校对	赵红宙		
装帧设计	书籍/设计/工坊 刘运来工作室		

出版发行	河南文艺出版社	印　张	11
社　址	郑州市郑东新区祥盛街 27 号 C 座 5 楼	字　数	215 000
承印单位	河南瑞之光印刷股份有限公司	版　次	2023 年 10 月第 1 版
经销单位	新华书店	印　次	2023 年 10 月第 1 次印刷
开　本	889 毫米 × 1194 毫米　1/32	定　价	68.00 元